KB241498

용병시대
최후식 新무협 판타지 소설
Fantastic Oriental Heroes

용병시대 3
최후식 新무협 판타지 소설

초판 1쇄 찍은 날 § 2007년 4월 26일
초판 1쇄 펴낸 날 § 2007년 5월 6일

지은이 § 최후식
펴낸이 § 서경석

편집장 § 문혜영
편집책임 § 장상수
편집 § 이재권 · 유경화

펴낸곳 § 도서출판 청어람
등록번호 § 제1081-1-89호
등록일자 § 1999. 5. 31
어람번호 § 제2-1186호

주소 § 경기도 부천시 원미구 심곡1동 350-1 남성B/D 3F (우) 420-011
전화 § 032-656-4452 팩스 § 032-656-4453
http://www.chungeoram.com
E-mail § eoram99@chollian.net

ⓒ 최후식, 2007

ISBN 978-89-251-0612-0 04810
ISBN 978-89-251-0609-0 (세트)

용병시대 ③

최후식 新무협 판타지 소설

Fantastic Oriental Heroes

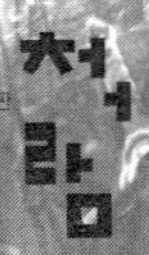

목차

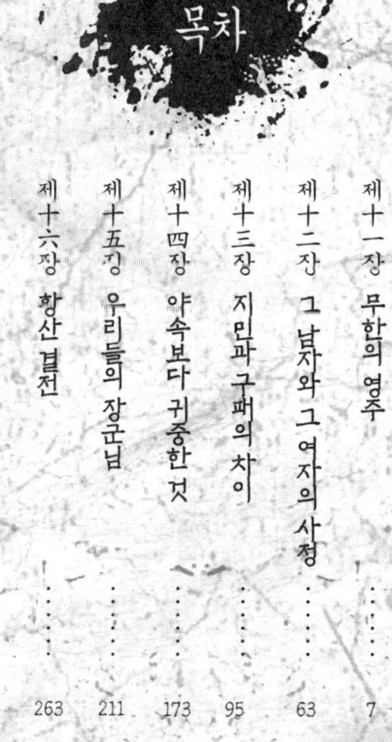

第十一章 무한의 영주

까짓 오리?

하얀반도 최북단의 무량산 남쪽 기슭 깊은 곳에 위치한 이곳 작은 산골 마을에서는 아무도 오리를 무시하지 않는다.

풀포기조차 변변히 자라지 않는 황량하고 척박한 땅. 그 흔하다는 꿩도 멧돼지도 토끼도 이곳에는 찾아보기 어려웠다.

까짓 오리?

하양반도 최북단의 무량산 남쪽 기슭 깊은 곳에 위치한 이곳 작은 산골 마을에서는 아무도 오리를 무시하지 않는다.

풀포기조차 변변히 자라지 않는 황량하고 척박한 땅.

그 흔하다는 꿩도 멧돼지도 토끼도 이곳에는 찾아보기 어려웠다. 가난한 마을의 유일한 단백질 공급원은 역시나 오리였다. 물론 피라미도 단백질 공급원이라면 공급원일 수도 있었지만 까짓 피라미들이 개울가 오리들의 식량이고 보면 역시나 최선은 오리였다.

올해로 열두 살이 된 자칭 사내대장부 주하.

　모름지기 사내로 대접받으려면 일단 오리 정도는 잡을 줄 알아야 한다. 물론 진짜 사내라면 오리가 아니라 토끼, 꿩, 더 나아가서는 사슴이나 멧돼지도 잡아야 한다. 그래도 주하의 마을에서는 오리면 그만이었다. 그것이 주하가 속한 마을에서 사내대장부로 인정받는 전통이라면 전통이었다.

　까짓 오리?

　그렇게 말해서는 안 된다. 오리잡기가 얼마나 어려운지는 이 마을 사람이라면 누구나 안다. 오리만 잡을 수 있다면 사나이로 인정받기에 충분한 것이었다.

　주하는 텀벙거리며 개울 속을 반나절이나 이리 뛰고 저리 뛰었다. 물론 아직은 오리를 한 마리도 잡지 못했다. 어른이 된다는 것이 어찌 그리 호락호락한 일이더냐. 그래도 주하는 온통 오리 잡기에 정신이 팔려서 시간 가는 줄도 모르고 개울을 들쑤시고 있었다. 점심을 먹고 나섰는데 어느새 저녁 해가 뉘엿뉘엿 무량산 기슭에 걸려 있었다.

　"오리를 잡고 있구나!"

　주하는 그렇게 굵은 사내의 목소리가 들려온 쪽으로 고개를 돌리고는 깜짝 놀라서 입을 헤에 벌리고 섰다.

　"어!"

　"왜?"

　사내가 어리둥절해서 되물었다. 주하는 아마도 자신이 넋이 나간 듯한 놀란 눈을 뜬 꼴사나운 모습이라, 사내도 그래서 되묻는 것이리라고 생각했다.

"북, 북쪽에서 왔어요?"

"응."

사내가 몸에 붙은 눈을 털며 씨익 웃었다.

"무, 무량산을 넘어서요?"

"응, 새말에서 왔지."

주하의 눈이 더욱 동그래졌다.

지금은 겨울이었다. 그리고 여기는 무량산 기슭이었다. 게다가 사내는 북쪽에서 왔다고 했다.

무량산은 바나도 삼면이 둘러싸인 하앙반도의 북쪽 방패막이었다. 아무도 겨울에는 이리족의 침략을 걱정하지 않았다. 높고도 험준한 반도의 최북단 지역에 위치한 무량산은 적설량이 풍부한 곳으로 유명했다. 북쪽의 푸른이리족 영토와 유일하게 연결되는 이동로인 일대의 협곡은 눈이 오면 저절로 봉쇄되었다.

주하도 간혹 무량산을 넘어 북국에서 오는 여행객을 보기는 했다. 하지만 적어도 이맘때는 아니었다. 이곳은 이미 겨울로 접어들어 있었다.

크지도 작지도 않은 체구. 초췌한 몰골로 봐서는 산을 넘는 데 모르긴 몰라도 수십 번은 죽다 살아나는 고생을 한 듯싶었다.

마을 어른들이 말했었다. 겨울에 무량산을 살아서 넘어오는 사람은 한 명도 본 적이 없다고. 적어도 살아서 넘어온 사람은 없다. 즉, 겨울의 무량산 등반은 절대적으로 죽음을 의미했다.

주하는 생각했다. 아마도 눈앞의 이 사내가 올해는 북국에서 오는 마지막 손님이리라.

사내가 허리를 쭈욱 펴고 감개가 무량하다는 듯이 주변을 휘이 둘러보았다. 사내의 눈빛이 묘했다. 눈발도 날리지 않는 건조한 날씨였는데도 사내의 눈가에는 물기가 맺혀 있었다. 주하는 어쩐지 그런 사내의 모습이 정겨워 쑥스러움을 이겨내고 다시 물었다.

"어디로 가는 길인데요?"

"음, 여기가 무한의 영토라는 곳이지?"

"어? 어떻게 그걸……?"

"오! 꼬맹이 너도 무한의 영토를 알고 있구나! 그렇다면 내가 제대로 찾아온 거지. 꼬마야, 마을에서 제일 높은 분이 누구시냐? 나는 그분을 만나야 하거든."

주하는 또다시 깜짝 놀라고 말았다. 여러 가지로 사람을 놀래키는 손님이었다. 딱히 이렇다 할 지명이 없는 마을이었다. 사람에게 버려진 지 오래된 폐허촌, 주하가 듣기로는 겨우 사오 년 전부터 사람들이 들어와 정착하기 시작해서 겨우겨우 새로 재건된 마을이었다.

'무한의 영토, 무한의 영토' 라고 어른들이 도란거리는 것을 듣기는 했지만 그것이 무슨 뜻으로 쓰이는지는 아직 모르는 주하였다. 그러나 주하도 모르는 것을 다른 지방 사람이 알 리가 없다고 생각했다. '무한의 영토'란 단어를 알고 있는 사람이 마을 어른들 말고도 또 있다는 것이 놀라울 따름이었다.

"거야 촌장님이죠."

"오, 그렇구나. 그럼 촌장님 댁은?"

주하는 팔을 들고 손가락을 쭉 뻗어서 한쪽을 가리켰다.

"음, 저기로구나. 안내해 주겠느냐?"

수하는 고개를 끄덕였다.

"착한 아이로구나. 이거 먹어라."

사내가 준 것은 주하에게 있어서는 아주 귀한 것이었다.

사탕, 그중에서도 새하얀 사탕.

바로 박하사탕이었다.

　주하는 저녁 식사를 하던 중 자기도 모르게 귀를 쫑긋 세우게 되었다.

　"여보, 마을에 손님이 오셨다면서요?"

　어머니의 질문은 당연했다. 어쩌다가 일 년에 두어 번 정착민이 들어오는 것 말고는 손님이라고는 전혀 없다고 해도 과언이 아니었다. 그만큼 사람의 왕래가 드문 마을이었다. 홍성진의 거간꾼 황 영감님 말고는 주하도 딱히 기억나는 손님은 없었다.

　"응."

　아버지는 감자를 한입 베어 물며 언제나처럼 건성으로 대답했다.

"무슨 일로 이런 외진 곳까지 왔대요?"

어머니도 흥미가 있었는지 재차 물었다. 일 년에 두세 번 황 영감을 따라서 오는 손님들은 있었지만, 따지고 보면 그들은 이 마을에 정착하러 온 새 식구들이지 손님은 아니었다. 사실 외지에서의 손님이라면 주하가 기억하기에도 까마득… 아니, 없었다, 황 영감을 제외한다면. 그러므로 어머니의 호기심도 당연했다.

오늘따라 어인 일인지 아버지도 선선히 대꾸를 해주었다.

"어, 글쎄. 무슨 일인지는 모르겠지만 조금은 별난 사람인 거 같어."

"왜요?"

"마저 마저. 엄마, 북쪽에서 왔어, 그 아저씨."

주하가 자랑 삼아 끼어들었다.

"이 녀석아, 어른들 말에 참견 말고 어여 밥이나 먹어. 정말 북쪽에서 왔대요?"

"어. 그렇다나 봐."

"아니, 이 겨울에요?"

"응. 별난 작자여. 목숨이 열 개라도 되는지 원."

아버지는 그렇게 말하며 남은 감자 조각을 입에 털어 넣고는 저녁상에서 물러났다. 이렇게 되면 통상적으로 대화는 끝이었다.

"정말 별일도 다 있네. 어떻게 산을 넘어왔을까? 날개라도 달렸나?"

어머니도 대화를 포기한 채 혼잣말처럼 중얼거렸는데 예상과 다르게 아버지가 말을 받았다.

"촌장님 말로는 이 마을에 당분간 머무르려나 봐. 정신 나간 사람은 아닌 것 같은데……."

"정착?"

"그건 아니구. 서쪽 계곡을 밭으로 일군다나 뭐라나……."

"예?"

어머니가 깜짝 놀라서 반문을 했다. 놀랍기로는 이제 열두 살밖에 안 먹은 주하도 마찬가지였다. 서쪽 계곡 근방이라면 그것은 밭이 될 가능성이 전혀 없었다. 황야나 황무지라면 말도 안 한다. 거기는 밭은 밭이로되, 완전히 돌밭이었다. 열두 살짜리 세상 물정 모르는 꼬맹이가 보기에도 이것은 정말 아니었다. 절대로 아니었다.

다음날, 주하는 아침을 먹는 둥 마는 둥 밥숟갈을 놓자마자 어머니의 체포술에서 필사의 탈출을 감행하여 서쪽 계곡으로 달려갔다. 가쁜 숨을 몰아쉬며 한달음에 달려가 보니 언덕에는 종두와 주석이가 이미 나와 있었다.

"와아, 일찍도 왔네."

"어, 짜식. 이제 오냐? 왜 안 오나 했다."

“어디 있냐?”

종두가 씨익 웃으며 턱짓으로 언덕 너머를 가리켰다. 멀리 어제의 그 사내가 보였다.

“저 자식 미친 거 아닐까?”

“아무리… 보기에는 멀쩡해 보이는데……?”

“자식이라니? 아저씨보구.”

주하는 제 딴에는 이미 견식이 있는 사이인지라 나름대로 사내의 편을 들어주었다.

“아저씨는 무슨… 제정신 가진 아저씨라면 저 짓이겠냐? 너라면 지 돌밭을 밭으로 민들 수 있겠이?”

종두가 타이르는 주하에게 종주먹을 늘이대며 냉소를 퍼부었다.

“아니.”

주하가 대번에 풀이 죽어 그렇게 대답했다.

“저게 밭이 될 수 없음은 열두 살짜리 너도 다 아는 사실이야. 저 사람은 분명 아저씨가 아니라 천하의 바보야.”

종두는 사내를 ‘바보’에서 ‘아저씨’로 정정할 마음은 조금도 없는 듯 보였다.

“쯧쯧. 어제 할아부지가 그렇게 말렸건만은…….”

종두의 할아버지가 바로 이 마을의 촌장 장두태였다.

“말렸더니?”

“그냥 멍청하게 빙그레 웃기만 하는 거야. 그 미소가 또한 정상인으로는 안 보였다 이 말씀이야."

"근데 왜 느이 집으로 간 거야? 느이 할아버지가 아는 사람?"

"아니, 할아버지도 생전 처음 보는 사람이래."

"밭이 되든, 안 되든 하루 이틀 걸릴 일이 아니라는 것은 제 아무리 바보라도 이미 각오했을 터, 그럼 그동안 어디서 먹고 잔데?"

주석이가 마치 수사관이라도 된 듯이 심각하게 팔짱을 끼고 종두를 심문했다.

"그게 또 웃긴 게, 저기서 움막을 치고 살게 해달라고 할아버지한테 부탁하러 우리 집에 왔다더라."

"에엥? 저기 움막 지을 데가 어디 있다고?"

"누가 아니래냐."

주석이가 놀라서 물었지만 종두의 대답은 심드렁했다.

"야, 어디 가?"

잠자코 듣고 서 있던 주하가 느닷없이 사내가 있는 곳으로 걸어가기 시작했다. 오가는 외지인이 없으니 아이들은 숫기가 없어서 감히 그에게 다가갈 엄두도 못 내던 터였다.

사내는 들은 소문대로 땅을 파고 있었다. 그러나 그 괭이가 이상했다.

"아저씨!"

"오, 너로구나!"

사람 좋은 미소를 씨익하고 지어주고는 사내가 주하를 알아봐 주었다.

"어른들 말로는요……?"

"응?"

"아저씨가 이 돌밭을 밭으로 일구겠다고 했다면서요?"

"응."

"정말로?"

"응, 그랬지. 왜?"

"에이, 거짓부렁!"

사내가 다시 사람 좋은 미소를 지어주었다. 주하는 괜시리 그 미소가 좋았다.

"응, 왜?"

"그 괭이로?"

주하가 사내가 대화하면서도 연신 땅을 파고 있는 그 문제의 괭이 같지도 않은 괭이를 손가락으로 가리키며 다시 물었다.

"응."

"이 돌밭을?"

"응."

일대는 크고 작은 돌뿐, 흙이라고는 눈을 씻고 봐도 없었다. 그리고 사내의 괭이는 차라리 그냥 나무시쌍이라고 우기면 적어도 내기는 이길 수 있을 것 같았다. 붙음표 모양으로 끝이 굽어진 나무지팡이 그 이상도, 이하도 아니었다.

"왜요?"

"글쎄다… 그냥."

"에이, 그게 말이 돼요? 이렇게 힘든 일을 아무런 이유도 없이, 지금 나 놀리는 거죠?"

"아니."

"그럼 이유를 말해봐요."

주하가 짐짓 뿌루퉁해져서 재촉했다. 사내가 잠시 허리를 펴고 땀을 닦으며 뭔가 생각하는 눈치였다.

"글쎄다… 처음엔 그냥 잠시 들르려고 했는데… 막상 와보니 또 그게 갈 곳도 없고 딱히 할 일이 있는 것도 아니고 옛날 생각도 나고…….."

사내가 정말 난처하다는 얼굴로 머리를 긁적이더니 이내 밝게 웃으며 말했다.

"어쨌든 좋잖아. 여기에다 밭을 만들면 감자도 심고… 넌 뭘 좋아하니? 혹시 수수떡 좋아해?"

수수떡.

맛있다. 주하는 얼른 고개를 끄덕였다. 수수떡이 맛있다는 것쯤은 주하도 알고 있었다. 하지만 알다시피 미을에는 수수를 심을 만한 밭이 없다. 그것은 진정한 신선들의 세계에나 나옴직한 환상의 음식이었다.

"그럼 수수를 심어도 좋구."

“야, 좋겠다.”

주하가 깡총 뛰면서 손뼉을 쳤다.

“근데, 정말 밭이 될 수 있을까요?”

깡총거리다가 주하가 금방 얼굴이 다시 어두워져서는 고개를 갸웃거렸다.

“글쎄다.”

사내는 웃었지만 주하가 보니 어쩐지 자신이 없는 것 같았다.

주하가 잠시 쪼그리고 앉아서 사내가 하는 양을 턱을 괴고 지켜보았다. 겨울 땅은 꽁꽁 얼어 있었다. 아니, 꼭 겨울이 아니더라도 여기는 자갈밭이었다. 아니, 꼭 돌밭이 아니더라도 나무괭이로는 주하가 보기에도 고개가 ‘설레설레’ 에 한숨이 ‘푸우’ 였다.

사내는 힘겨워 보였다. 주하가 걱정이 돼서 되물었다.

“아저씨.”

“왜에?”

사내는 다른 어른들과 확실히 달랐다. 다른 어른들 같았으면 이렇게 땀 흘리고 고생을 하는 상황하에 주하같이 집요하게 물어대는 어린아이가 있다면 십중팔구는 꿀밤에 축객령이었다. 그런데 사내는 언제나 한결같았다.

“우리 집에 쇠로 만든 땅 자알 파지는 괭이 있는데…….”

“그래애?”

“내가 갖다가 줄까?”

“아니.”

“왜요?”

“그냥 이게 좋아.”

“칫, 땅 파기 힘든데?”

“응. 그래서 좋아.”

사내는 괭이질을 멈추고 돌덩이들을 주워서 한쪽으로 나르기 시작했다. 돌밭 건너편 언덕에는 아주 정밀한 원추탑이 있었다. 아저씨는 그곳으로 돌을 운반했다. 주하는 그제야 깨달았다. 저 한 치의 어긋남도 없는 기가 막힌 원추탑이 사내가 운반한 돌덩이들의 모임이라는 것을……

사내가 돌아오기를 기다려 주하가 지치지도 않고 재차 물었다.

“아저씨?”

“응?”

“저거 아저씨가 쌓아?”

주하가 원추탑을 가리키며 물었다.

“응.”

“어떻게 쌓은 거야? 진짜진짜 똑바른데?”

“뭐어 그냥 정성을 들이면 되는 거지.”

“마을 아저씨들은 그냥 아무렇게나 버리는데, 저렇게 쌓으려면 더 힘들고 귀찮지 않아?”

“응, 그래서 좋아.”

“응? 힘들고 귀찮아서 더 좋다구?”

사내가 주하를 돌아보고는 말없이 웃으며 고개를 끄덕였
다.

“왜?”

“글쎄다. 그냥 도를 닦는다고 해두자.”

“도?”

주하가 몇 번이고 반복해서 도에 대해서 물었지만 사내는
그저 민망한 듯 웃기만 할 뿐, 끝내 답해주지 않았다.

문득 돌아보니 종두와 주석이가 돌아오라고 손짓을 연신
해대고 있었다. 그래서 일어났더니 머리가 핑 돌았다. 너무
오래 쪼그려 앉아 있었던 탓이다. 머리에 현기증이 나서 그랬
는지 몰라도 주하도 아저씨처럼 이상한 생각을 했다.

어쩌면 돌밭이 정말로 수수밭이 될 수도 있을지도 모른다
는 뜬금없는 믿음이었다. 저 사내처럼 한결같다면, 날마다 하
루도 빠짐없이 지금처럼 한결같다면, ‘도’가 뭔지는 몰라도
그게 잘만 닦인다면 혹시 내년 가을에는 수수떡을 먹을 수도
있지 않을까 하는 정말로 정신병자 같은 이상한 생각이 들었
다.

장두태는 슬쩍 개울가 쪽을 바라보았다. 그곳에는 한 사내
가 나무괭이로 땅을 파고 있었다. 이제는 하나의 마을 풍경이

되어버렸다. 언덕 한 켠에 움막 같지도 않은 움막을 하나 지어놓고 생활을 하는 듯했지만 마을 사람 어느 하나도 그가 움막 안에 있는 모습을 본 자는 없었다. 그는 누구보다도 일찍 일어났으며 누구보다도 늦게 잠들었다. 낮에도 움막에 들어가 쉬는 일은 없었다. 항상, 언제나 늘 그 돌밭에서 돌을 나르거나 땅을 파고 있었다.

'음, 어째 살이 붙었나?'

장 영감은 사내를 보며 그렇게 생각했다. 사내는 아무것도 받지 않았다. 하다못해 감자 한 알도. 마땅히 사냥할 것도 없는 이곳에서 도대체 무엇을 먹고 사는지 궁금할 따름이었다. 처음 왔을 때는 어쩐지 단단하지만 한편 약간은 갸름했는데, 이제는 날마다의 노동 덕분인지 오히려 터질 듯 단단한 근육의 사내가 된 것도 같았다.

'도대체 뭘 먹고 사는지 원.'

장 영감은 쓴웃음을 지었다. 먹을 것이 구하기 쉽지 않은 곳에서 사내는 어떻든 이미 석 달째 굶어 죽기는커녕, 더욱 탄탄한 근육으로 변해 있었던 것이다.

처음에는 장 영감도 여간 걱정이 아니었다. 마을의 촌장이라는 입징에서는 마을에서 아사나 동사자가 나온다면 그것 또한 여간 골칫거리가 아니었다. 움막 같지도 않은 움막에서 마을 사람들이 거저 준다고 애걸복걸하는 깔고 덮을 것들을 한사코 마다했다.

촌장으로서의 장 영감이 전전긍긍한 것도 어찌 보면 당연했다. 어쨌거나 아직 얼어 죽지는 않았다. 그러기는커녕, 촉한의 이 북쪽 산골에서 지금도 반라의 모습으로 근육을 자랑하고 있지 않은가. 또한 굶어 죽지도 않았다. 오히려 근육이 불어나서 몸이 더 좋아졌다.

"촌장님."

장 영감은 누군가 부르는 소리에 상념에서 깨어났다. 쳐다보니 당곤이었다.

"어, 자넨가? 이 아침부터 예까지 웬일인가?"

"그러시는 촌장님이야말로……."

둘은 어색하게 웃었다. 그럴 만도 한 것이 여기서 마을 사람 누구라도 민닌다면 누구나 그럴 것이다. 그가 처음 장 영감 집에 찾아와서 마을에 머물게 해달라고 허락을 요청했을 때, 돌밭을 개간코자 청했을 때, 누구 하나 콧방귀를 뀌지 않은 사람이 없었다.

모두가 알고 있었다. 불가능하다는 것을.

누구들 마을을 샅샅이 뒤져도 변변한 밭이라고는 고작 두어 빼미 있는 이 척박한 곳에서 개간을 생각해 보지 않았을까. 하지만 평생을 땅만 일구던 자도 감히 엄두를 내지 못한 대공사였다. 게다가 어딘지 허술해 보이는 멍청한 표정의 사내를, 하물며 농사일이라고는 한 번도 해본 적도 없는 것이 분명한—이 마을 최고 경력의 농사꾼 장두태의 견해에 따르면 그

것은 틀림없었다―그런 매끈한 손을 가진 사내를 어찌 믿을쏜
가.

사내가 온 해 겨울은 유난히 추웠다. 그렇지 않아도 춥기로
는 둘째가라면 서러운 무량산 자락의 황산 기슭이었다. 그저
거적때기로 하늘만 가린 허허벌판의 움막에서 첫날 하룻밤
만에 동태처럼 뻣뻣하게 얼어 죽어도 하등 이상할 것이 없었
다.

가뜩이나 식량도 부족했다. 특히 겨울이면 더 심했다. 굶
어 죽지 않도록 도울 마음이 있어도 그럴 능력이 되지를 않았
다. 모두들 사내가 이삼 일도 못 가서 포기하거나 얼어 죽거
나, 그도 아니라면 기어코 굶어 죽을 것이라고 백이면 백 그
렇게 예상했다. 아니, 확신했다. 그러나 다음날도, 그 다음날
도 사내는 그곳에서 여전히 밭을 일궜고, 이제는 아예 하나의
마을 풍경이 되어버렸다.

당곤이 물끄러미 사내의 일하는 모습을 지켜보다가 혼잣
말처럼 되뇌었다.

"이상해요. 전혀 튀지를 않아요."

"뭐가 말인가?"

"저 손님이요."

장 영감이 무슨 뜻인지 모르겠다는 표정으로 당곤을 쳐다
보았다.

"제가 예전에 풍경화를 조금 그렸지요."

당곤은 이 마을로 흘러들어 오기 전에는 화공이었다고 장 영감도 들은 적이 있었다. 믿기 어려웠지만 한때는 번창한 도시에서 아주 유명한 솜씨를 자랑했다고 했다.

"그런데?"

"그림 그리는 눈으로 보면 아무래도 사람과 자연은 다르지요. 자연은 그냥 그대로 그리면 되지만 사람에겐 감정이라는 것이 있으니까요. 우린 화폭에 그걸 나타내야 하거든요."

"그렇겠지."

"그런데 저 손님은 뭐랄까, 그냥 저곳에 원래부터 있었던 것 같은 느낌이에요. 괭이질도, 몸태도, 표정도……."

"음."

당곤의 이야기를 듣고 보니 그런 것도 같았다. 장 영감이 보기에도 그의 일하는 모습은 너무도 자연스러웠다.

"예전엔 그저 배운 놈들의 말장난이려니 했는데……."

"뭐가?"

"자연과 하나가 된다는 거요. 저 손님 일하는 모습을 보고 있노라니 이젠 그 말이 무슨 뜻인지 알 것도 같아요."

둘은 그렇게 한참 동안 사내를 바라보았다.

돌무더기로 쌓은 원추탑이 어느 사이엔가 개수를 알 수 없을 정도로 언덕에 쭉 늘어서 있었다. 장 영감은 당곤의 말을 듣고 보니 새삼스레 그 돌탑들도 달리 보였다.

어느 부분 하나 주변 환경을 기슬리는 것이 없는 돌탑들,

세밀하게 가지런해서가 아니었다. 그 모양새나 배열이 사람이 쌓았다고는 믿기 힘들 정도로 자연스러웠기 때문이다.

무량산 남쪽 기슭의 이름 모를 마을의 서쪽 벌판에 마을 사람들이 하나둘 모이기 시작한 것은 북쪽에서 손님이 온 지 석 달하고도 보름이 흘러간 겨울의 끝 자락이었다.

돌들을 고르기 시작해서 가지런한 돌탑들이 서쪽 언덕을 가득 채울 무렵, 마침내 서쪽 벌판의 한쪽 구석에서 고운 흙들이 그 자태를 드러낼 무렵, 마을 사람들은 아직도 마을에서 떠나가지도, 얼어 죽지도, 굶어 죽지도 않은 사내가 살을 에는 북풍을 반라의 상체로 온몸에 맞으며 몇 번이나 허물이 벗어졌는지 이제는 사람 손 같지도 않은 손으로 날도 서지 않은 나무괭이를 잡고 묵묵히 땅을 개간하는 모습에 콧날이 시큰해지고 말았다.

맨 먼저 서쪽 벌판에 합류한 자는 공교롭게도 가장 먼저, 가장 크게 사내를 비웃었었던 덕삼이었다.

어느 날 덕삼은 혼잣말처럼, 그러나 서쪽 벌판의 사내에게 똑똑히 들리도록 커다랗게,

“허어, 돌탑들이 볼만하구먼. 에따, 심심하던 차에 나도 돌탑이나 쌓아볼까나?”

하고는 은근슬쩍 서쪽 벌판에 들어섰다. 사내는 덕삼을 바라보고는 그냥 씨익 웃어주었다.

그 다음은 덕삼의 불알친구인 동보였다.

"게서 뭐 하나?"

"보면 모르겠는가. 돌탑을 쌓고 있잖나. 허어, 이거 생각보다 쉽지 않은걸."

"예끼, 이 사람아. 그리 쌓아서 되겠는가? 이리 줘보게."

"어허, 이 사람이… 돌들은 저기 많잖아. 정 쌓고 싶으면 자네가 직접 가져다 쌓으라구."

덕삼이 사내가 일하는 곳을 가리키며 그렇게 말했다.

"사람도 참……."

동보가 못 이기는 체 서쪽 벌판으로 들어섰다. 사내는 이번에도 발없이 씨익하고 웃기만 했다.

다음부터는 쉬웠다. 지나는 마을 사람마다—사실 지나는 깃도 아니었다. 모두가 이때만 기다리고 있었구나 싶었다—저마다 한마디씩 참견하는 척 서쪽 벌판의 개간 작업에 합세하였다. 개중에는 아예 미리 작정하고 곡괭이나 쇠스랑 따위의 농기구를 미리 지참하여 온 자들도 적지 않았다. 홍성진의 태수 고보태가 일휘국의 수도 하지성으로부터 새로운 훈령을 받은 것은 그로부터 사흘 후였다.

홍성진은 일휘국이 이 지역의 주인이 되기 전까지는 그냥 홍성이었다. 그러나 하양반도 최고의 명장 배웅은 일휘국을 건국하며 즉각 체제 정비에 들어갔다. 하양반노 북부 시역, 즉 북쪽 벌판의 푸른이리족과 얼굴을 맞대고 하양반도의 방패를 자처하고 나선 배웅은 그 방패라는 정치 이념에 걸맞게 즉각적으로 국가 체제를 이리족의 남하를 저지하는 데 중점을 두어 정비에 박차를 가하였다. 국경 지역의 주요 거점들은 모두 육 개로 나눠서 이를 육진이라 칭하고 군사 도시로 탈바꿈시켰다. 그중 가장 북쪽에 설치된 것이 바로 예전의 홍성, 즉 지금의 홍성진이었다.

그로부터 사흘 후, 무량산 남쪽 기슭의 이름 없는 산골 마을에 뜻밖에도 일단의 군마가 모습을 나타냈다. 총 일곱 명으로 모두가 말을 타고 있었다. 복장으로 보건대 가슴에 '동' 자 커다랗게 새겨진 청색 갑옷과 황색 바지로 모두 같은 복장인 것을 보니 그들은 일휘국의 병사들이었다.

"음, 이런 곳에도 마을이 있기는 하구먼."

홍성진의 황군 백십일대의 십인대장 진충이 믿을 수 없다는 듯 마을의 서쪽 벌판에서 무리를 지어 무엇인가 작업을 하는 마을 사람들을 바라보며 그렇게 말했다.

홍성진의 황군이라 함은 홍성진 수비군 중에서 수색대를 말하고 그들은 각각의 십인대로 독립적으로 활동했다. 황군 백십일대는 홍성진의 태수 고보태로부터 새로운 임무를 부여받고 홍성진에서 이 마을까지 도보로 나흘 거리를 말을 타고 온 것이다.

"이거 참 공교롭군요. 변변히 부쳐 먹을 밭떼기도 없고, 사냥거리도 거의 없는 곳인데 어째서……."

부조장 허달이 맞장구를 쳤다. 허달은 이제 사십을 넘은 노병으로 이곳 홍성의 토박이였다.

진충이 의아해서 허달에게 물었다.

"공교롭다니?"

"예, 저도 들은 이야기이긴 합니다만 십여 년 전에도 이곳에 마을이 있었다고……."

"그런데?"

"소문대로라면 지난 십년전쟁이 일어나기 직전에 소개되었다고 들었습니다만……."

진충은 고개를 끄덕였다. 그것은 당연한 일이었다. 그러나 공교로울 것은 없었다.

"그럼, 그들의 후손들인가?"

수구초심이라고 했던가. 그렇다면 그들의 고향인 셈이니 딱히 일부러 이곳에 정착하지 못할 이유도 없었다.

"아닐 겁니다. 그때 이곳 정착민들은 무슨 이유에선지 모두 전멸했다고 들었습니다."

"허어, 반항을 했던가?"

"그것이, 용병들이 투입되었던 모양입니다."

"음, 비극이로군."

진충이 듣고 보니 허달이 공교로워할 만도 했다. 딱히 사람 살 만한 곳이 아니었다. 십여 년 전에 소개가 되어 마을이 폐쇄되었다면 현명한 사람들이라면 굳이 이곳을 선택해서 정착할 까닭이 없었다.

이곳보다 비옥하고 풍부한 임자 없는 땅이 하양반도에는 지천이었고 '인구가 곧 병력'이라고 주장하는 일휘국왕 배웅은 인구 증가를 위해서 이른바 개척 시대라고 불러도 좋을 정도로 새로운 땅의 개척을 장려하고 있었다.

"가보자구."

진충이 돌연 표정을 굳히고 짧게 말했다. 매부리코에 부리부리한 눈의 진충은 천상 군인이었다. 주의 깊고 신중했으며 상부의 명령을 처리함에 있어서 조금도 소홀함이 없었다. 인정에 어긋나는 일이라는 점이 조금 께름칙하기는 했지만 이것이 군사작전상 꼭 필요한 일이라는 것도 충분히 숙지하고 있었다.

홍성진 수비대 소속의 황군 십인대가 노련한 대장 진충의 지시에 따라서 마을의 서쪽 벌판에 진입하기 시작했을 때, 싸늘한 겨울 해가 중천에 떠 있었다.

주하는 눈이 튀어나올 듯 깜짝 놀랐다. 금방이라도 숨이 멎을 것 같았다.

"구, 군인이다!"

예나 지금이나 군인이라는 직업은 어린 사내아이들의 동경의 대상이었다. 더군다나 일 년 내내 외지인이 가뭄에 콩

나듯 드나드는 이런 깊은 산골의 아이라면 더욱 그럴 수밖에 없었다. 더군다나 모두가 말을 타고 있었다.

아아, 어떻게 저토록 멋질 수 있단 말인가.

서쪽 언덕에 나타나 역광을 받고 선 번쩍번쩍 빛나는 갑옷과 장창을 든 일곱 기의 군마는 주하에게는 마치 하늘을 찌를 듯한 고목처럼 거대하다는 착각을 들게 할 정도였다.

주하의 느닷없는 외침에 괭이질과 돌 나르기에 여념없던 마을 사람들의 시선이 모두 한곳으로 집중했다.

어른들도 신기한 듯 일단의 군인들을 바라보았다.

"어, 저 사람들이 여긴 웬일이지?"

"그러게? 혹시 저번처럼 또 탈주범이……?"

덕삼이 말을 내자 동보가 받았다. 그리고 보니 예전에도 언젠가 군인들이 마을에 왔던 적이 있었다. 무슨 탈주범을 찾으러 왔다고 했던 것 같다. 그때 주하는 난생처음 군인을 보았고 그날 이후로 전쟁터에 나가는 꿈을 꾸며 얼마나 열병을 앓았던가.

그중 주하가 가장 멋지다고 생각한 매부리코의 군인이 탁하고 말 허리를 발로 차더니 따그닥따그닥 앞으로 나서며 외쳤다.

"여기 책임자가 누군가?"

"장 영감님 부르자나요."

입이 잰 철명이 장두태의 옆구리를 찔렀다. 그러나 촌장 장 영감은 무엇이 두려운지 주저하였다.

"이 사람이… 내가 왜?"

"아니, 그럼 기껏 오십 명도 안 되는 이 마을에 책임자가 촌장님 말고 또 누가 있어요?"

"자네들이 막무가내로 뽑은 거지 내가 언제 촌장 한다고 했어?"

"여기 책임자 없는가?"

홍성군 십인대장 진충이 골짜기가 쩌렁쩌렁 울리도록 다시 소리쳤다.

"아따, 영감님. 어여 나가보세요."

마을 사람들에게 등을 떠밀려서 마지못해 장두태가 나섰다.

"자네가 이 마을 책임자인가?"

"아, 아닌뎁쇼."

장두태가 머리를 긁적이며 말했다. 진충은 말 위에서 당당히 장두태를 굽어보았고 장두태는 연신 굽신거리며 우러러보고 있었다. 주하는 또 한 번 감탄하였다.

"그럼 자넨 누군가?"

"이 마을 촌장인데요?"

"촌장?"

"네, 네."

진충이 어이없다는 듯이 장두태를 노려보았다.

“촌장이면 책임자지. 안 그런가?”

“네, 네.”

“난 홍성진 황군 백십일대의 조장 진충이다. 일휘국왕의 명령을 전한다. 당장 이 마을에서 모두 떠나라.”

“네?”

“해 질 녘까지 모두 떠나라. 해 질 녘에 다시 와서 그때까지도 남아 있는 자가 있다면 반역죄로 모두 죽는다.”

“이, 이보세요!”

장두태가 당황해서 두 손을 휘저으며 불렀으나 진충은 들은 척도 않고 그대로 말 머리를 돌려 십인대로 돌아가서는 다시 한 번 예의 쩌렁쩌렁한 목소리로 준엄하게 외쳤다. 그러나 마을 사람들은 귀곡성을 듣는 듯한 표정이었다.

“명심하라! 해가 지고도 남아 있다면 그때는 누구도 예외 없이 죽는다! 목이 멀쩡할 때 모두 떠나라! 철수.”

진충은 마을 사람들을 노려보며 오른손을 높이 들어 그렇게 말했다. 그러자 홍성진의 십인대는 군기도 엄정하게 그대로 돌아서 언덕 아래로 사라졌다.

청천벽력도 유분수지. 서쪽 벌판은 그 즉시 호떡집에 불난 듯, 아니, 벌집을 쑤셔놓은 듯 소란스러워졌다.

　촌장 장 영감의 집은 한동안 대화를 나누기가 불가능할 정
도로 시끄러웠다. 장 영감이 버럭 소리를 지르고 나서야 비로
소 안정이 되었다.

"모두 조용히 해봐!"

"……."

"지금 그렇게 제각기 떠들고 있을 때가 아니야. 이대로는
도저히 대화가 안 되니까……."

　잠시 뜸을 들이고 장두태가 말을 이었다.

"음, 이렇게 하지. 말을 하고 싶은 사람은 손을 들고 내가
허락하면 일어나서 이야기 해. 나머지 사람들은 입을 다물고.

알았지?"

침통한 어조로 거기까지 말하고는 그대로 주저앉아 팔짱을 끼고 좌중을 둘러보았다.

먼저 손을 든 자는 역시나 입이 잰 철명이었다.

"명이, 무슨 할 말 있는가?"

"예."

"그럼 일어나서 이야기해 보게."

발언권을 얻은 철명이 엉거주춤 일어나서는 어색한 듯 입술에 주먹을 가져다 대고 몇 번 헛기침을 한 후 입을 열었다.

"해 질 때까지면 이제 서너 시간도 안 남았다구요. 이러고 있을 시간이 없어요. 지금부터 짐을 꾸려도 될까 말까예요. 자칫하면 이삿짐도 못 꾸린다구요."

"그럼 자네는 무턱대고 여기를 나가자는 말이야?"

성질 급한 막동이가 버럭 소리부터 질렀다.

"저도 막막해요. 하지만 그자들은 군인이에요. 우리 같은 것들 목숨은 파리보다도 못하게 여기는 무지막지한 사람들이라구요."

"우린 돈도 없구, 가진 것도 없어. 아무런 준비도 없이 여기서 나갔다가는 봄이 오기 전에 모두 다 굶어 죽고 말 거야. 방법이 없어."

서쪽 벌판을 개간하다가 바로 모인 형편인지라 오십 명이 넘는 사람들이 앉기에 비좁은 방은 땀 냄새와 발 냄새가 진동

을 하고 있었다. 여기에 여기저기에서 답답한 한숨들이 더해

지자 방 안은 질식할 듯 침통한 공기만이 흐르게 되었다.

젊어서 혈기가 넘치는 태보가 벌떡 일어서서 소리쳤다.

"까짓 일곱 명이에요! 우리는 오십 명이 넘고요! 우리 싸웁

시다. 나가서 굶어 죽나 여기서 맞아 죽나 몽땅 마찬가지 아

니에요?"

"하지만 그놈들은 사람들을 죽이는 게 직업인 군인들이라

구."

"그뿐이야? 행여나 그놈들 일곱 명 물리친다고 그걸로 끝

날 거 같애? 다음엔 군대가 올걸. 그렇게 되면 이건 반역죄라

구. 그땐 죽고 싶어도 곱게는 못 죽어."

"도대체 왜 우리같이 하잘것없는 마을을 없애려는 걸까?

당최 이해가 안 돼."

"여보, 우리 감자 남은 게 세 푸대였던가요?"

"이 여편네가, 지금 그게 문제야?"

"그래두 여기서 죽느니 세 푸대면 어디 가서든 겨울은 날

수 있을 거 같은데……."

"아, 이 답답한 여편네야. 이 엄동설한에 잠은 어디서 자

구? 애새끼들 얼어 죽일 거야?"

장내가 금방 다시 소란스러워져서 더 이상 회의가 진행되

지를 못했다. 그러나 장 영감도 엉덩이만 들썩거리다가 그만

포기해 버렸다. 나랏일이라지만 이건 정말 맑은 하늘에 날벼

락도 유분수라고 생각했다. 이래서는 마을회의고 뭐고 안 될 것 같다고 생각했지만 다리가 후들거렸고 목이 타며 아무런 생각도 나지를 않았다. 그냥 마을 사람들 떠드는 소리를 귓전으로 흘려들으며 넋을 놓고 앉아 있을 뿐이었다.

설왕설래 많은 말들이 오갔지만 당연하게도 딱히 해결책이 나오질 않았다. 너무도 분해서 주먹으로 눈물을 훔치는 자, 그저 천장만 바라보며 한숨 쉬는 자, 모두가 막막한 가운데 시간만 무정하게 흘러가고 있었다.

어느새 해가 뉘엿뉘엿 서편으로 기울고 있었지만 떠날 채비를 차리는 사람도, 나가서 싸울 준비를 하는 사람도 없었다. 모두가 죽을 날만 기다리는 사람들 같았다.

"할아부지! 와요, 와! 군인들이 와요!"

우당탕거리고 방으로 달려들며 종두가 외치는 소리는 그들에게는 사형선고와도 같이 들렸다.

주하는 어머니의 손을 꼭 잡고 뒷산으로 올라갔다. 이리저리 경황이 없었다. 일단 발등의 불부터 끄자는 심정으로 마을 사람들은 급한 마음에 마을 밖으로 피신하기로 했다.

주하네도 서둘러서 간단한 짐만 꾸려서 마을 사람들과 함께 뒷산으로 오르고 있었다. 문득 돌아보니 아버지의 눈에서 굵은 눈물줄기가 연신 흘러내리고 있었다. 주하의 아버지는 무뚝뚝하기로는 마을에서 대장이었다. 주하가 아버지의 우는 모습을 본 것은 이번이 난생처음이었다.

"아이고, 저걸 어째. 저걸 어째."

마을 사람들이 구릉에 서서 발을 동동 구르고 있었다.

주하는 구릉에 도착해서 숨을 헐떡거리며 마침 곁에 있는 종두에게 물었다.

"왜 그래?"

종두가 어울리지 않게도 심각한 표정으로 산 아래를 턱짓 하였다.

살을 에이는 북풍도 한참을 달린 뒤라 시원하게 느껴졌다. 주하는 질주로 인해서 멍한 머리로 산 밑을 내려다보았다. 구릉에서는 마을 전체가 한눈에 보였다.

마을 옆으로 서쪽 벌판도 환하게 눈에 들어왔다.

주하는 숨이 멎을 듯 그곳을 응시하였다.

사내가 그곳에 있었다.

언제나처럼 나무괭이로 밭을 일구며 그곳에 있었다. 마치 아무것도 모르는 양 묵묵히 괭이질을 하고 있었다. 그리고 그 언덕에서 일곱 명의 병사가 말을 탄 채로 그 사내를 노려보고 있었다. 벌판의 돌들이 석양의 빛을 받아서 반짝거렸다. 마치 돌밭이 피로 변한 것처럼 그렇게 붉게.

지민은 그때 꺼실이 아저씨를 생각하고 있었다.

'그때도 여기였나? 아닌데…….'

하도 어린 시절이라 희미한 기억이기는 했지만 그때와는 마을이 조금 달랐다.

'아아, 그때는 마을 한가운데 공터가 있었지.'

문득 그 공터에 주검으로 널브러져 있던 아저씨들의 모습이 마치 어제 일이라도 되는 양 생생하게 머리에 떠올랐다. 지민은 생각하기도 싫다는 듯이 재빨리 다른 생각을 했다.

'그때 꺼실이 아저씨가 이 돌밭을 밭으로 바꾸겠다고 버릇처럼 항상 말했었지.'

"아저씨?"

"응."

"왜 이 돌밭을 밭으로 바꾸려는 거야?"

"거야 옥수수도 심고 감자도 심으려구."

"우리 집 지금 하루 세 끼도 못 먹어?"

"아니."

"근데 왜?"

"거야 널 도시로 보낼려면 돈이 있어야 하잖아."

"내가 왜 도시로 가야 하는데?"

"넌 우리들하고 달라. 도시로 가서 공부를 해야 해."

"공부는 무슨… 내가 싸래기 아저씨보다도 덧셈도 빠르고 몽당이 아저씨보다 글자도 많이 아는데… 나 도시에 안 가. 여기서 아저씨들하고 같이 살 거야."

"안 돼, 인석아. 넌 싸가지가 없잖아. 싸가지를 기르려면
넌 반드시 도시로 가야 해."

그때는 몰랐었다. 꺼실이 아저씨가 지민을 얼마나 사랑하
는지. 그 헐벗고 굶주린 환경 속에서도 꺼실이 아저씨는 지민
의 미래를 항상 잊지 않고 있었던 것이다.

병사들이 말을 몰아서 뚜벅뚜벅 지민이 있는 곳으로 다가
왔다.

"이봐!"

"왜!"

진충이 묻고 지민이 되물었다. 가는 말이 고와야 오는 말도
고운 법, 지민의 어조는 사뭇 도발적이었다.

"떠나라고 했을 텐데?"

"내가 왜 떠나? 여긴 내 땅이야. 당신이야말로 남의 땅에서
말 발자국 좀 치워줘."

"뭐어?"

진충은 어이가 없어졌다. 진충은 철저한 군인이었지 막되
어먹은 용병이 아니었다. 그래서 순리를 따르고자 했다.

"여기는 엄연한 일휘국의 영토이고, 그 주인이신 일휘국왕
께서 지엄하게 명을 내리셨다. 이 마을에 사람이 한 명이라도
남아 있어서는 안 된다고. 뭐 불만있나?"

"일휘국왕 좋아하시네. 일휘국왕이 아니라 일휘국왕 할애

비라도 소용없어. 여긴 내 땅이야. 여긴 배웅의 땅이 아니
야.”

진충은 기가 막혀서 잠시 말문이 막혔다.

불충도 이런 불충은 없었다. 일국의 왕의 이름인 ‘배웅’ 이
라는 두 글자를 그 영토에 사는 촌 무지랭이의 입을 통해서
듣게 될 줄은 꿈에도 생각지 못했다. 이것은 명백한 반역 행
위라고 진충은 생각했다.

진충은 철저한 군인이었다. 진충은 더 생각할 것도 없이 말
을 달려서 지민에게 돌진하였다. 단 한칼에 목을 베어버릴 기
세였다.

주하는 보았다, 석양을 등지고 질풍처럼 달려드는 매부리
코의 병사를.

그것은 장엄하였다. 뽀얗게 먼지가 일어나며 병사의 손에
는 기다란 장창이 석양의 빛을 받아서 찬연하게 불타오르고
있었다. 반라의 사내는 예의 나무팽이를 꼬나 쥐고 마치 거대
한 기마와 감히 맞서려는 듯 앞을 노려보고 서 있었다. 주하
가 생각하기에 그것은 연약한 유리병과도 같았다.

달려오는 군마와 그에 맞서는 꼿꼿한 사내, 벌판을 반짝이
는 석양빛과 더불어 그것은 그냥 한 폭의 그림이었다. 멀리
서녘 하늘의 저녁노을이 오늘따라 유난히도 붉어 보였다.

진충으로서는 뜻밖이었다. 눈앞의 사내는 무심한 눈으로
천천히 나무팽이를 올려 들었다. 진충의 상식으로는 전혀 이

해가 가지 않는 대응이었다. 사람이 말의 기세와 힘을 이길 수는 없었다. 하지만 조금 더 다가갔을 때, 진충은 뭔가 잘못되었음을 느꼈다. 사내의 눈빛은 한 점 흔들림도 없이 너무나 고요하였고 그의 구릿빛 근육은 마치 돌처럼 탄탄하게 당겨졌다. 진충은 순간 거대한 산이 자신을 막아서고 있는 듯한 착각에 빠졌다.

진충은 급히 생각을 고쳐먹고 사내의 바로 앞에서 급하게 말을 정지시켰다. 그리고 그의 코앞으로 창을 겨누며 말했다.

"죽음이 두렵지 않으냐?"

지민은 담담하게 말했다.

"돌아가라. 여기는 내 땅이다."

"이놈이!"

진충은 그대로 거칠게 말고삐를 잡아당겨 올렸다.

히이잉!

갈색 말은 비명을 지르듯 소리를 내며 두 발을 허공으로 올려서 투레질을 했다. 그 두 발은 지민의 머리 위에 있었다. 잠시 후 그대로 지민을 덮쳐서 그의 머리를 뭉개 버릴 참이었다.

지민은 십 년 전의 해 질 무렵이 생각났다. 그때도 똑같았다. 아무런 이유도 없이, 아무런 변명도 없이 아저씨들은 하나씩 죽어나갔다. 지민의 가슴 깊은 곳에서 알 수 없는 분노가 치솟았다.

주하는 자신의 눈을 의심했다. 보통 키의 보통 체구의 사내가 장정들 여섯을 합해야 겨우 될까 말까 한 무게의 갈색 말을, 그 갈색 말을 번쩍하고 들어 올렸다. 어떻게 그리되었는지는 주하도 모르는 사이였다.

히히힝!

석양의 벌판에서 반라의 사내에게 번쩍 허공으로 쳐들린 말이 길게 비명을 질렀다.

쿵!

흙먼지가 풀썩이며 말이 저만치 날아가 곤두박질을 쳤다. 하지만 말 위에 있던 매부리코 병사는 멋들어지게 말에서 뛰어내렸다.

"돌아가라."

말을 내던진 지민은 숨조차 헐떡이지 않고 다시 그렇게 담담하게 말했다.

진충과 지민의 눈이 마주쳤다. 분노하고 당황한 진충이 창을 꼬나 쥐고 그대로 지민을 찔러 들어갔다. 십년전쟁 때는 한 번의 창질로 이리족의 난폭한 병사들을 세 명까지 한꺼번에 산적으로 꿰뚫었던, 유명한 진충의 장창 찌르기였다. 그것은 진충의 회심의 자랑거리였다.

'이럴 수가!'

어느새 들었는지 지민의 손에는 나무꽹이가 들려 있었다.
주하는 저도 모르게 눈물을 훔치며 문득 싸아한 입맛을 회
상했다. 저 대지의 사내가 주었던 박하사탕의 맛이다.

四. 무한의 영주

"뭐, 뭐라고?"

홍성진의 태수 고보태가 깜짝 놀라서 되물었다.

"예, 분명히 반란입니다. 진충 조장께서 교전 중에 어깨뼈가 부서지는 중상을 당하셨다고 합니다."

이것은 큰일이었다. 주민이 고작해야 육십 명의 마을에서 반란이 일어났다고 무슨 큰일이냐고 대수롭지 않게 여기다가는 큰 사단이 날 수도 있었다. 그 마을의 위치가 공교롭게도 적군인 푸른이리족과 가장 가까운 최북단의 마을이기 때문이었다.

그 마을이 적의 수중에 들어가기라도 한다면 무량산맥의

긴 방벽도 아무런 소용이 없었다. 고보태는 즉각 진압 작전을 명령하였다. 일단 진의 상비군 중 백오십 명을 차출하여 무량산 자락으로 출전시켰다.

그것은 명백한 오판이었다. 진충만 부상당하지 않았어도 고보태는 보다 더 사건의 진상에 가까운 보고를 받았을 테지만 불행하게도 진충은 아직 깨어나지 않았고 부조장 허달은 오래된 군인치고는 지나치게 대가 약해서 허풍에 허풍을 섞은 진실과는 거리가 먼 과장된 보고를 하고 말았다.

홍성진의 상비군은 전체를 합쳐 봐야 오백 명이 채 넘지를 않았으니 반란 진압군의 규모는 가히 수비군의 사분지 일을 넘는 규모였다. 홍성진에서는 근래에 볼 수 없었던 대규모 출진이라고 할 수 있었다.

고보태는 반란 진압군을 출병한 뒤, 반란군에 대한 조사에 착수하였다. 우선 세금징수원을 조사하였다.

일휘국왕 배웅은 북으로 산맥 하나를 사이에 두고 푸른이리족이라는 막강한 세력과 대치 중인 나라 사정에 따라 군비 확장에 주력하였다. 그 재원의 확보를 위해서 건국 초기에 인구 조사 등의 세제 관련 자원의 조사를 확실하게 해두었다. 그 세금징수에 관한 장부의 기록이야말로 일휘국에서는 가장 정교하고 믿을 만한 조사 기록이라 할 수 있었다. 그러나 장부에는 무량산 남쪽 기슭의 황산 마을에 관한 재정이나 징수 기록은 하나도 없었다.

"이거 참, 어찌 상부에 보고해야 할려나. 참으로 곤란하구나. 어찌하여 기록이 남아 있지를 않는가? 게다가 마을의 이름도 모르는데……."

정말 난처했다. 마을의 이름도, 징수 기록도 없었다. 이대로라면 그 마을은 국가 통제 조직에서 아예 존재하지 않는다는 것과 같은 말이 되었다. 도대체 상부에 보고할 길이 난망하였다. 사실대로 보고했다가는 행정관리 소홀로 자신이 문책을 당해야 할 판이었다.

홍성진의 꽤나 일려진 거간꾼 황 영감은 그날 일단의 관원늘의 방문을 받았다.

"댁이 거간꾼 황도영이요?"

"예, 그렇소만……."

"아, 우리는 진에서 나왔수."

"아이고, 나으리들께서 이 늙은이에게 무슨 일로……?"

황 영감은 무슨 일인지 의아했다.

"물어물어 소문 듣고 왔시다. 영감님이 무량산 남쪽 기슭의 마을과 왕래가 있었다고 하길래……."

"아, 황산? 그렇소만……."

황 영감은 별일이라고 생각했다. 자신이 그곳에 마을이 존재하도록 만든 이래, 그 마을에 대해서 묻는 사람은 이들이 처음이었다.

황 영감은 사 년 전 어느 날, 이십여 명의 보라족 피난민들을 대동한 먼 친척의 방문을 받았다. 그는 그곳으로 보라족 유랑민들을 데려다가 정착시킨다고 했다. 추후로도 갈 곳 없는 자들이 있다면 그곳으로 안내해 달라고 부탁했다. 그곳은 완전한 자유가 있는 땅이라고도 했다. 그것이 인연이 되어 인정 많은 황 영감이 길 잃은 영혼 약간을 구원해서 그곳으로 인도한 적이 있었다.

"어찌하여 관에 보고하지 않았소?"

황 영감은 고개를 설레설레 저었다. 당시는 세제 관리가 극도로 엄격했던 시기였다. 특히 인구 이동에 밀접한 거간꾼이 관을 속였다가는 치도곤이었다.

"웬걸입쇼. 분명히 보고했습니다. 전임 태수님께서 친히 그곳까지 납시시기도 했는걸요."

"응? 추호도 거짓이 없으렷다?"

"물론입죠. 소인이 그때 직접 전임 태수님을 안내했습죠. 그때 전임 태수님께서 혼잣말씀을 하시는 걸 똑똑히 들었습니다만… 아마도 과연 무한의 영지가 이런 초라한 곳일 줄이야! 였던가……."

황 영감이 고개를 갸웃거렸다.

"무한의 영지?"

"네."

"그게 무언가?"

“저도 모릅지요.”

“마을에 정착민을 데려온 영감의 먼 친척이 누구라고?”

“예, 황치성이라는 놈입지요. 그놈도 이곳 홍성 출신이지요. 어릴 적에 새말로 건너가서 기어이 용병이 되어가지고서는 십년전쟁에 참전했다고 하더만…….”

“그가 유랑민을 데려온 사연은 말하던가?”

“예, 그때가 막 십년전쟁이 한창이었는데 상부의 명령이었다고 하더군요. 용병이 돈은 똑같이 받는데 전쟁을 안 하고 원주민 피난민들의 안내 임무를 맡았으니 서서 먹는 거라고 녀석이 좋아하넌 게 생각나는군요.”

“원주민?”

“아, 보라족 말입니다. 초전의 언덕인가 뭐어 그 근처에서 살던 사람들이라고 하더군요.”

“흠.”

관리들은 황 영감에게 그 마을에 대해서 꼬치꼬치 캐묻고는 돌아갔다. 황 영감은 근시일 내에 그 무량산 기슭의 마을에 무슨 일이 있는지 가보아야겠다고 생각했다.

홍성진과 반란군(?)—일단 홍성진의 수장 고보태는 그들을 반란군으로 규정하고 있었다—과의 첫번째 정규전—이 또한 그 마을에 직접 가서 보지 못한 고보태의 상상이었다—은 믿을 수 없게도 홍성 정규군의 참패였다.

보고에 의하면 반란군은 유격전의 명수들인 모양이었다. 어떤 이들은 함정에 빠졌고, 어떤 이들은 돌무더기의 공격에 당했다. 그들은 하룻밤에도 몇 번이나 반복되는 야습에 잠도 잘 수 없었고, 설상가상으로 둘째 날에는 군량을 홀랑 태워먹고 굶어야 했다.

피곤과 굶주림, 추위에 지친 병사들은 결국 삼 일째에는 퇴각하기에 이르렀다. 특이한 점은 단 한 명의 사상자도 기록되지 않은, 일방적인 패전이었다. 결국 고보태는 얼이 빠져서 모든 것을 체념한 채 상부에 보고하기에 이르렀다.

일휘국왕 배웅은 보고를 받고 사태의 심각성을 파악하고자 친히 홍성으로 이동하였다. 겨우 인구 오십 명 남짓의 작은 마을이었지만 전략적으로는 무시할 수 없었다. 이리족이 무량산을 넘으려면 일주일, 또 무량산에서 홍성진까지 일주일의 거리였다. 즉, 적들이 무량산을 넘어서 하양반도로 남진하려면 적어도 아무런 약탈도 불가능한 보름 길을 남하해야 했다.

약탈을 기본으로 현지 조달의 보급전을 펼치는 이리족으로서는 곤란한 점이 많았다. 장장 보름의 긴 여정을 자체적으로 물자 조달을 해야 했다. 그런데 무량산 기슭의 반란군 마을을 거점으로 잡는다면 적어도 거기서 식량을 조달하지는 못할지라도 여러 가지로 중간기점으로 쓸모가 있었다.

도명강을 사이에 두고 이리족과 늑대족이 최근 몇 년간 으르렁거렸다. 늑대족은 삼 년 전 근래에 기록적인 흉작으로 서진하고자 하는 의지가 강했다. 개전 초기 서쪽의 이리족에 비해서 보다 야만적인 늑대족의 공세가 강하여 이리족은 서쪽으로 자꾸 밀려났다. 그러나 그들에게는 희대의 명장 황인이 있었다.

사분오열하던 이리족들은 위기가 닥치자 선택의 여지없이 황인 장군을 중심으로 뭉쳤다. 그리고 마침내 경신산맥의 대결전의 대승으로 전기를 마련하고 황인의 기마병들이 늑대족을 패수시켜서 그늘을 도명강 농쪽 수백 리 지점까지 밀어내는 데 성공하였다.

전쟁에서는 승리했지만 오랜 전란으로 국토가 피폐해진 이리족의 위기 타개책은 불 보듯 뻔했다. 남쪽의 비옥한 땅 하양반도, 뒤통수를 노리던 적들을 도명강 저 멀리로 밀어버렸으니 후방도 든든하고 오랜만에 여러 부족들이 단합하였다. 봄이 가까워오면서 하양반도에도 짙은 전운이 감돌기 시작했다.

진인사대천명.

무량산의 눈만 녹으면 황인이 움직일 것이다. 북쪽에서 오는 첩보들의 보고는 모두 그렇게 이야기하고 있었다.

어느 사소한 것 하나라도 놓치는 것 없이 철저히 준비하고 싶었다. 그래서 봄을 준비하는 마음으로 무량산 남쪽 기슭의

눈엣가시 같은 산골 마을을 고보태에게 소개시키도록 명한
것이다. 일종의 아군에 의한 국경 지대 초토화 작전이었다.
그 마을만 폐쇄한다면 국경 일대의 정지 작업은 완료가 되는
셈이었다. 그런데 느닷없이 반란이라니.

배웅은 홍성진에 당도한 즉시, 진압 계획을 세웠다. 반란은
민심의 동요와 직결되는 터였다. 그래서 배웅은 조기 진압을
우선시하였다. 일휘국의 수도 하지성에서 정예병 이백을 대
동하였고, 거기에다가 홍성진의 상비군 중에서 이백을 차출
하니 사백의 병력이 되었다. 까짓 오십여 남짓의 작은 산골
마을을 진압하기 위해서 사백의 병사를 동원한다면 주변 국
가에서는 배웅의 간이 작아졌다고 비웃을 테지만 보고에 의
하면 이미 두 차례의 진압 작전이 실패한 터였다. 게다가 두
번째 출정은 백여 명이 넘는 병력을 동원하고도 실패였다. 더
이상의 방치는 곤란했다.
　배웅은 홍성진에 도착해서 이틀 만에 모든 준비를 마치고
무량산으로 떠났다. 그야말로 쾌속 전진이었다.

　"저곳인가?"
　배웅은 계곡에 도사리고 있는 목책을 바라보며 중얼거렸
다. 놀랍게도 그곳에는 마을이 아니라 요새가 있었다. 목책은
아주 최근에 세워진 듯했다. 배웅은 고개를 갸웃거리며 의아

해했다.

'좋은 목책이구나. 저 정도의 목책이라면 필시 병법을 아는 노련한 장수가 저곳에 있을 터…….'

이쯤 되고 보니 백여 명의 진압대가 패배한 것도 이해가 되었다. 배웅은 그 당시에는 목책조차 없었음을 꿈에도 생각지 못했다. 목책의 경비병 위치나 자세도 제법 군기가 서 있는 듯 보였다.

배웅은 단번에 마을을 쓸어버리리라는 애초의 생각을 수정하여 일단 반란군의 장수를 만나보기로 했다. 일견하기에도 병력의 배치나 목책의 위치로 볼 때 저런 정도의 기량이넌 절대로 이런 한적한 마을에서 썩고 있을 인물은 결코 아니라고 판단되었다.

배웅은 하양반도 최고의 명장이라는 위명답게 평범과는 거리가 먼 장군이었다. 일국의 국왕 신분이라는 것을 잊지 말라고 만류하는 참모들의 의견을 무시하고 단기로 말을 달려 목책 앞까지 내쳐 달렸다. 목책 위에서 화살이라도 쏟아낸다면 위험하기 그지없었다. 그러나 배웅은 두려워하는 기색도 없이 배포 좋게 큰 소리로 외쳤다.

"나는 일휘국의 국왕이다. 너희 우두머리는 누구냐? 만나보고 싶다."

목책에서 고개가 불쑥 나와 배웅을 확인하고는 다시 들어갔다.

얼마 안 지나서 한 사내가 목책 위로 모습을 드러냈다.

"무슨 일인가?"

일국의 왕이라고 자신을 소개했음에도 사내는 대뜸 반말이었다.

"네가 이곳의 책임자냐?"

"그렇다."

"어찌하여 반란을 일으킨 게냐? 너희는 일휘국의 백성이 아니고 이리족의 주구더냐?"

"헛소리! 어디가 일휘국이고 어디가 이리족이냐? 여긴 내 땅이다. 일휘국 따위가 있기 전부터……."

"뭐라?"

주하는 몰래 목책으로 나가서 살짝 밖을 내다보고는 눈이 휘둥그레졌다. 그 넓은 남쪽 벌판을 가득 메운 병사들을 보았다. 마을 사람을 다 합친 것보다 열 배는 넘을 것 같은 많은 병사들이 햇살에 갑옷이며 병장기들을 반짝거리며 도열해 있었다.

'이길 수 있을까?'

하지만 주하는 당당한 지민의 등을 보고는 이내 고개를 흔들어 걱정을 떨쳐 버렸다.

'저 아저씨라면…….'

그랬다. 주하가 본 최초의 사람 같지 않은 사람은 바로 지민이었다. 그는 범처럼 용맹하였고, 매처럼 날렸다. 적어도 주하가 보기에는 그랬다.

마을 사람들을 지휘하여 적 병력의 삼분지 일은 돌무더기로 쓰러뜨렸고, 나머지 삼분지 일은 기기묘묘한 함정 속에 밀어 넣었다. 그리고 또 어찌나 신출귀몰한지 밤이 되어 그가 적진에 몰래 나갔다 하면 적의 군량미 창고에서 불이 타오르고, 적진 여기저기서의 급박한 비명 소리가 여러 번 마을까지 들려오고는 했다.

물론, 마을 사람들이 처음부터 지민을 믿고 따른 것은 아니었다. 그러나 보라족 사람들은 달랐다. 이제는 열 명 남짓 남은 이곳의 원주민이었다. 그들은 항상 조용하였다. 그러나 지민이 싸우자고 주장하고, 마을 사람들이 말도 안 된다고 펄쩍 뛰었을 때는 달랐다.

"우리는 남겠어요. 우리는 장군님을 따르겠어요. 우리는 장군님을 알아요. 예전에 우리가 살던 북쪽 벌판의 온달평에서 그분은 수백의 병사들과 홀로 맞서서 우리들을 지켜주었지요. 나중에 새말군의 높은 분까지 오셨지만 그분도 장군님의 뜻을 꺾을 수 없었지요. 나중에는 그 높은 분도 우리 장군님께 장군님이라고 부르며 공손하게 허리를 굽혔답니다. 장군님은 약속을 했지요. 우리를 남쪽의 안전한 곳으로 데려다 주겠다고. 우리는 처음엔 믿지 않았지요. 하지만 장군님은 약속을 지켰어요. 그 난폭한 이리족 병사들도 꼼짝 못하게 했던 장군님이에요. 우리는 믿어요. 장군님이 할 수 있다고 하면 그건 할 수 있는 거예요. 우리는 장군님을 믿어요. 그분은 약속을 생명처럼 소중히 여기시는 분이니까요."

보라족 사람들의 믿음은 철석같았다. 그리고 지민은 털끝만큼의 동요도 없이 언제나 차분했다. 그리고 달리 선택의 여지도 없는 우리도 결국 '앉아서 죽나 나가서 죽나 마찬가지지 뭐' 라는 심정으로 눌러앉게 되었다. 목책 밑에서 우렁찬 고함 소리가 들리자 주하는 비로소 상념에서 깨어났다.

"나는 일휘국의 국왕이고, 여기는 일휘국의 영토다!"

"한 나라의 국왕이 일구이언을 하나? 당신도 약속을 했다. 여기는 내 땅이다."

배웅은 어이가 없었다. 너무도 어이가 없어서 다시 되물었다.

"약속?"

"그래. 이것이 너의 증표가 아니던가?"

지민이 끈으로 단단히 동여맨 두루마리를 성벽 아래로 집어 던졌다. 일견하기에도 보통 두루마리 같지는 않았다. 두루마리 자체가 그리 흔한 물건이 아닌 데다가 양장에 금박까지 입힌 두루마리는 민간에서는 보기 힘든 물건이었다. 그것은 국가 간의 조약에 사용되는 외교 문서와 흡사했다. 배웅도 심상치 않음을 느끼고 두루마리를 받아 들었다.

서둘러서 두루마리를 펼치자 비범한 필체의 글과 그 밑으로 하양반도의 쟁쟁한 군주들의 서명이 줄을 이었다. 그중에 배웅 자신의 낙관이 있었다. 틀림없는 자신의 증표였다.

"이, 이건······."

오래전의 기억이 서서히 돌아왔다. 전쟁을 종식시키기 위한 양보라고 했다. 당시에는 코웃음을 쳤다. 일개 용병의 계약이 어찌 전쟁의 승패에 영향을 준다는 말인가. 하지만 남부 연합군의 수뇌들은 지푸라기라도 잡는 심정으로 새말군 수뇌부와 동성 장군의 강권에 동의하였다.

'그곳이 바로 여기였나?

지금은 자신의 영토였지만 당시는 일개 장군이었던 배웅에게 그 약속은 자신의 일과 무관했다. 얼마 지나지 않아서 잊어버렸던 서명이었다. 지금에 와서 기억을 되살려 보니 분명히 기억이 났다.

결과적으로는 동성 장군과 새말의 사령부가 옳았다. 어찌 되었거나 일개 용병의 공작이 전세의 큰 흐름을 돌려놓은 셈이었으니.

당시 남부군 연합의 참가국들은 하나도 예외없이 무량산 남쪽 기슭의 한 지역의 권한을 용병 계약금으로 내는 데 동의하였다. 그래 봐야 손톱만 한 땅덩어리였고, 이리족과 코를 맞대고 있는 골치 아픈 땅이었으니까.

남부 연합국에 참가한 모든 국왕들이 인정한 땅, 어느 누구도 점령할 수 없는 땅, 적어도 하양반도에서는 어느 권력도 행사할 권리가 없는 땅, 그래서 무한의 권력으로 영지라 하여 '무한의 영지'라고 명명되었다. 그제야 세금징수원에서 저 마을이 누락된 이유도 이해가 되었다. 무한의 땅은 당연히 무한의 권력을 가지고 있으므로 어느 국가에도 세금을 내지 않았다.

"저자가 바로 말로만 듣던 그 무한의 영주로군."

배웅은 조용히 말에서 내려 지민에게 허리를 굽혔다. 한때는 하양반도 최고의 명장이었고 이제는 일국의 국왕이 작은 산골 마을의 반란군 앞잡이에게 공손하게 허리를 굽혀 사죄의 인사를 한 것이다.

일휘국의 군대가 물러난 것은 그들이 마을에 도착하고는 채 밥 한 그릇 먹을 시간도 되지 않았다. 그야말로 밀물처럼 밀려왔다 썰물처럼 빠져나간 것이다.

"아저씨!"

"여어, 주하로구나."

지민은 언제나처럼 담담하게 씨익 웃어주었다.

"그래, 웬일이냐?"

힘껏 달려왔는지 주하는 숨을 헐떡이느라 말을 잇지 못했다.

"저기……."

한참을 답답하다는 듯이 숨을 헐떡이다가 호흡을 집중해

서 일시에 말을 토해내었다.

"새싹이… 새싹이 나왔어요."

"오, 그래? 가보자꾸나."

주하의 손에 끌려 도착한 서쪽 벌판의 한구석에는 주의를 기울이지 않으면 발견하기조차 힘든 곳에 오롯하게 새싹이 돋아 있었다. 어디선가 날아든 잡초가 마침내 며칠 전만 해도 돌밭이었던 이곳에 싹을 틔운 것이다. 어지간히도 생명력이 질긴 놈이었나 보다.

"어느새 봄이로구나."

한참 동안 새싹을 들여다보던 지민이 냄새라도 맡는 듯 히 공중으로 고개를 들어 올리고는 말했다.

무량산의 산골 마을에도 어김없이 봄이 오고 있었다.

양웅은 마침내 양가장의 청사자 깃발을 되찾았다.

그러나 깃발을 되찾고 계절이 채 바뀌기도 전에 다시 모든 것을 잃고 북벽의 해가통 지역으로 다시 되돌아와야 했다.

"그 사람 어찌 지내는지……?"

양양은 마침내 양가장의 청사자 깃발을 되찾았다. 그러나 깃발을 되찾고 계절이 채 바뀌기도 전에 다시 모든 것을 잃고 북벽의 해가통 지역으로 다시 되돌아와야 했다.

"그 사람 어찌 지내는지……?"

처음 해가통에서 움집을 지을 때는 그 사람이 있었다. 그저 여기저기서 재료를 모아 뚝딱뚝딱 쉽게 만드는가 싶었는데 막상 양양이 해보려니 쉽지 않았다. 재료는 그나마 사촌 당숙인 양영회의 집에서 미리 준비해 왔기에 망정이지, 하마터면 움집을 지을 엄두도 못 낼 판이었다. 그저 모자라는 나부와 돌 몇 개 찾기가 어찌 그리 어려운지.

“훗, 그러고 보니 보기보다는 능력있는 사람이었네.”

양양은 푸웃 하고 웃고 말았다. 다시 그 멍청한 사내가 생각났다. 오늘따라 자꾸만 생각나는 지민이라는 이름의 싸구려 용병 사내다. 어쨌거나 봄은 왔지만 지난겨울은 유난히도 추웠다. 그 어줍지 않은 주변머리로 얼마나 고생이 자심했을까 하고 생각하니 지민의 멍한 얼굴만 떠올라도 그저 콧등이 찡해지는 양양이었다.

호파수 해적소탕전이 끝나고 지민과 석태 일행이 귀환했을 무렵에는 그래도 괜찮았다. 모든 것이 순조로운 듯싶었다. 물론 조세룡과 약속한 기일이 촉박했고 십년전쟁의 용역비 잔금을 모두 받아봐야 금 여섯 냥이 모자라기는 했지만 까짓 여섯 냥쯤이야라고 생각했었다. 그런데 결국 그 여섯 냥이 사단을 내고 말았다.

양양이 금 여섯 냥을 마련하기 위해서 동분서주하던 어느 날, 지민이 불쑥 금 여섯 냥을 제외하고도 무려 넉 냥이나 남는 금액을 불쑥 내밀었다.

“자아.”

“뭐야? 이틀 동안 어디 갔었던 거야? 우리 양양단은 정부의 용역에 입찰 자격을 획득한 당당한 새말의 갑조 용병단이고 그쪽은 그 갑조 용병단의 유일한 용병이라구. 그런 중요한 사람이 마음대로, 것도 이틀 동안이나 자리를 비워도 되는 거야?"

항상 말조심하는 양양이었지만 왠지 이 사내에게만은 쓸데없는 잔소리까지 보태게 되는 이상한 관계였다.

"이게 무슨 소리. 일이 들어오면 그 일을 맡고 일을 맡았으면 그 일을 처리하는 게 용병단 아니야? 이래 봬도 이 몸이 청부받은 것은 금 열 냥짜리 일이라구."

세상에. 저런 사내에게 금 열 냥짜리 일을 맡기는 곳이 다 있었다니.

그때만 해도 양양은 과연 갑조 용병단의 위력이 대단하긴 대단한가 보나라고밖에는 생각할 수가 없었다. 그때만 해도 필요한 때에 필요한 돈을 벌어오는 지민이 기특하고도 기특하기만 하였다.

마침내 조세룡과의 약조일이 찾아왔고 기여코 준비된 돈을 건네주었을 때, 조세룡의 똥 씹은 표정을 예상했지만 조세룡은 무어가 그리 기분 좋은지 선선히 웃으며 깃발을 내어주었다. 문득 개운치 않은 느낌이 들었지만 양양은 그러거나 말거나 이내 잊어버리고 말았다.

화가 쌍으로 오는 것이면 복도 쌍으로 오는 법, 깃발이 돌아오고, 양양 용병단이 새말에도 일곱 개밖에 없는 갑조 용병단이 되자 전에 없던 손님까지 찾아왔다. 바로 사촌 당숙 양영회였다.

"역시 핏줄은 속일 수 없구나. 소문 들었다. 이번 십년전쟁에서 너희 용병단이 혁혁한 공을 세웠더구나."

"공은 무슨……."

양양은 민망했다. 새말 사람이라면 모두 아는 '그녀의 장군'과 '그녀의 기사단'의 그 유명한 일화들을 그녀만 모르고 있었다. 마치 바람난 여편네를 둔 서방이 마누라 밤 마실 소식을 온 동네 사람들이 다 알아도 자신만 모르는 것과도 같은 이치였다.

"이제 어엿한 용병단이다. 이렇게 다 쓰러져 가는 움막에서는 체통이 서지를 않는다. 우리 집으로 가자."

집을 통째로 내어주겠으니 용병단으로 사용해도 좋다는 사촌 당숙 양영회의 권유였다. 양양은 잠시 주저했으나 양영회는 아예 통사정을 하다가 나중에는 막무가내로 양양을 자기 집으로 끌고 갔다. 양양이 어리둥절해하는 사이 일이 저절로 그렇게 되어버렸다.

양양이 알기로 양영회는 집안 사람들은 누구나 인정하는 호인이었다. 그러나 불행히도 재인은 아니었다. 우물쭈물하는 사이 양양은 그만 뒷전이 되었고 양영회가 앞선에서 용병단 일을 처리하는 지경에 이르렀다.

사실 용병단 일이라는 것이 그랬다. 호인이 아니면 아닐수록 좋고, 재인이면 재인일수록 좋았다. 양양의 아버지 양수의 선례만 봐도 그랬다. 맺고 끊음이 없이 항상 물러 터져서 일을 어렵게 만드는 데 선수가 바로 천하의 호인 양수였다. 지민만 해도 그런 아버지의 사람 좋음이 남긴 혹덩이가 아니던가(양양에게 그때까지도 지민은 양양이 먹여 살려야 하는 존재로 인식되고 있었다). 그러나 위아래가 깍듯하고 천성이 신중한 양양은 감히 자신보다 나이가 두 배나 많은 사촌 당숙을 매정하게 만류할 수 없었다.

처음에는 모든 것이 순조로웠다. 양영회는 평소에 베풀어 놓은 인심을 바탕으로 제법 넓은 인맥을 자랑하며 여기저기서 용병 일을 받아왔다. 평화 시의 새말은 그야말로 편법의 온상이었다. 재주는 '용병'이 부리고 '논'은 상납용병단이 버는 구조 속에서 갑조 용병단 양양단은 정말로 거칠 것 없이 잘나갔다.

양양이 일이 어찌 돌아가는지도 모르는 사이에 날이면 날마다 낯익은 친척들이 불어나고 나중에는 얼굴조차 본 일이 없는 별의별 사돈에 팔촌까지 화장실의 파리들처럼 모여들었다. 하긴 지금 생각해 보면 양영회도 친척, 엉겨 붙는 이들도 친척, 사람 좋은 양영회가 딱 잘라 거절하기도, 자신만이 양가장의 권리를 주장하기도 곤란했을 듯도 싶었다.

할아버지 양연이 죽고, 아버지 양수가 죽었던 그때 그 사람들이 생각났다. 양양이 생판 처음 보는 사람까지도 친척이랍시고 '이참에 나도 내 몫은 챙겨야겠소' 하는 표정으로 온 양가장을 들쑤시고 다녔었다. 그들이 지나간 흔적이 바로 오늘날의 허울뿐인 양가장이었다. 그때만 해도 아무것도 모르던 규중처녀 양양이었다. 하지만 이번에는 달랐다. 이래 봬도 양양 용병단의 어엿한 단주였던 것이다.

새말 유일의 용병조합 청룡회에서 사람들이 양양을 찾아온 것은 몰려드는 날파리들의 꼴을 보고 이것은 아니다 싶어서 양양이 분연히 일어서려는 결심을 한 즈음이었다.

"여기가 양양 용병단이요?"

"그렇소."

"단주를 만나러 왔소."

"무슨 일로 오셨소?"

"우리는 청룡회 사람들이오."

청룡회는 용병단들의 조합인만큼, 새말의 용병들에게 가장 영향력이 큰 단체였다. 친척들이 앞을 다투어 나섰다.

"내가 단주나 다름없소이다. 무슨 일이오?"

"양양단의 대소사를 모두 관장하고 있는 사람이 바로 이 몸이외다. 나한테 말씀하시오."

"아니오. 나야말로……."

"일없소. 우리는 양양 단주를 만나야 한다고 하지 않았소. 썩 물러서시오."

청룡회 사람들은 서슬 퍼렇게 으름장을 놓고 나서야 비로소 양양을 만날 수 있게 되었다.

양양을 대면하고 청룡회의 사람들은 다짜고짜 말했다.

"지민이라는 놈을 내놓으시오."

"무슨 일이오?"

양양은 그들에게서 심상치 않은 기색을 느끼고 되물었다.

"다 알면서 웬 시치미요?"

양양으로서는 영문 모를 소리였다.

"청룡회도 저희 조부가 이제 아니 계시니 감히 양가장을 업신여기시는가요?"

양양이 강하게 나가자 청룡회의 사람들이 약간 당황한 듯 싶었다.

"그런 것이 아니라……."

"하면 어찌하여 저희 용병을 다짜고짜 설명도 없이 내놓으라 하시는 겁니까?"

"아씨께서도 삼합회를 아시지요?"

"그렇습니다만, 우리가 삼합회의 일을 맡기라도 했다는 겁니까?"

"예, 바로 그렇습니다."

"네?"

양양은 기절할 듯이 놀라고 말았다. 삼합회는 새말 국경 밖의 위성 지역의 정보업자 조직이었다. 이십여 년 전쯤 새말에 반하고 이리족에게 이익을 주는 정보 활동으로 새말의 용병계에 큰 다격을 입혔다. 현재까지도 이리족의 간첩 집단으로 의심받고 있는데 아무런 변명도 하지 않고 있었다.

당시 양양의 할아버지 양연이 크게 노하여 새말의 용병계에 대한 공적으로 그들을 규정하기에 이르렀다.

그들에게 용병 일을 맡는 용병단의 행위도 당연히 이적 행위였다. 양가장의 양연이 세운 규칙을 양가장의 후계자 양양이 어겼다면 이것은 망신도, 보통 망신이 아니었다. 더군다나 청룡회의 규칙대로라면 그 고의성 여부를 떠나서 그 일을 맡은 장본인인 지민은 용병들의 거리 사영 한복판에서 효수형을 당해야 하고 장대에 그의 머리를 꽂아서 용병들에게 강력하게 경계의 교훈 삼도록 하는 것이 원칙이었다.

양영회의 집으로 들어오고 나서는 가뜩이나 이리 치이고 저리 치이고 꾸어다 놓은 보릿자루의 신세가 되어버린 지민이었다. 이대로라면 양양을 만나 고생고생만 하다가 거리에서 효수형을 당할 판이었다. 그러나 양양의 본능은 그를 죽여서는 안 된다고 강력하게 외치고 있었다.

"이제 그 지민이란 역적 놈을 데려가도 되겠소이까?"

양양은 떨리는 가슴을 진정시키고 일단 목전의 사태부터 모면코자 했다.

"믿을 수 없군요."

"증거, 증인 모두 확보하고 있습니다."

"저희 집 사람이니 제가 먼저 그에게 전후 사정을 물어보겠습니다. 오늘은 일단 돌아가시지요."

“그리는 안 됩니다. 저희는 명을 받고 왔습니다.”

“저를 못 믿겠다는 말씀이신가요? 이 일은 저희 조부님께서 정한 규칙입니다. 그 손녀가 그 규칙을 어길 리가 있겠습니까?”

양양이 그녀답지 않게 싸늘한 냉소까지 흘리며 당차게 말했다.

아직 양가장의 위명은 죽지 않았다. 청룡회 사람들도 양양의 서슬 퍼런 태도에 더는 핍박하지 못하고 물러났다.

양양은 서둘러 지민을 불러서 확인해 보았다. 그러나 이 물정 모르는 사내는 삼합회가 뭔지도 모르고 있었다. 하시만 사정을 돌아보니 그가 맡은 청부는 삼합회와의 계약임이 분명했다. 양양은 힘들어 죽겠는데 왜 너까지 말썽이냐며 야속한 마음에 눈물이 그렁그렁한 채로 지민의 가슴을 몇 번이고 때렸다.

탐욕스러운 친척들은 길길이 날뛰며 그를 죽여야 한다고 고집했지만 그녀는 그럴 수 없었다. 물론 청룡회의 지시를 어겼다가는 양가장 부활의 불씨는 그대로 꺼져 버릴 판이었다. 양양은 양가장의 깃발을 위해서 자신의 영혼마저 팔았다. 그러나 양양은 어찌 된 심사인지 도저히 지민만은 팔아넘길 수 없었다.

“당장 나가! 써억 꺼지란 말이야! 이제는 그쪽 꼴도 보기

싫어!"

양양은 그동안의 설움을 보태서 악을 썼다. 그녀의 인생에 있어서 그날만큼 표독한 표정을 짓고자 애쓴 적은 이전까지는 결코 없었다.

그는 그날 양가장에서 쫓겨났고 그 후로 죽었다는 소식이 없는 것을 보면 무사히 새말을 빠져나간 것 같았다.

이후로의 상황은 진작 각오는 했지만 생각보다 참혹했다. 그녀가 애써서 일궈놓은 모든 토대가 일거에 무너졌다. 청룡회에 이리저리 불려 다니고 새말 정부는 급기야 갑조 용병단 면장을 회수해 갔다. 그나마 속이 시원한 점이 있다면 들끓던 친척들이 침몰하는 배를 빠져나가는 생쥐처럼 모두 사라졌다는 점이 유일했다. 설상가상으로 며칠 동안 지민의 문제로 정신없이 돌아다니는 사이 양양으로서는 도무지 일의 경과조차 알 수 없는 계약불이행 위약금 청구마저 두어 건 받아놓고 있는 형편이었다.

"미안하구나. 우리 집에서 나가주어야겠다."

사람 좋은 양영회는 그의 후덕한 인품답게 주변의 눈총을 참아내지 못했다. 이적 행위로 압박을 받는 양양단을 집에 모시는 것이 적지 않게 부담이 되는 듯싶었다. 양양은 이미 각오했던 일인지라 선선히 양영회의 요구에 응하여 정리 작업에 들어갔다. 그래도 벌어놓은 것이 적지 않았는지 위약금을 모두 물어주고서도 다행히 이번에는 빚을 지지 않았다. 그러

나 양양은 땡전 한 푼도 없이 다시 집 잃은 어린 처녀가 되었
다.

'아하하. 정말 쉽지 않구나.'

양양은 자조적인 미소를 자기도 모르게 풀풀 흘리며 식은
땀을 흘렸다. 움막을 짓는 것인지 부수는 것인지 모를 지경이
었다.

'혹시 잡힌 건 아닐까?'

오늘은 유난히도 그 사람 생각이 많이 났다. 혹시나 잡혔으
면 효수형으로 사영 거리가 온통 시끄러워서 양양이 설마 모
르고 지날 리야 없었지만 만에 하나 양양이 양가상의 이름을
들먹이며 소란을 피우는 것이 두려워 은밀히 처형했을 수도
있다는 너무도 자신의 위치를 과대평가하기도 했다. 그러나
이내 지나친 상상이라는 생각에 풋 하고 실소했던 양양이었
다. 그래도 그런 상상을 할 때마다 느닷없는 상실감에 몸서리
를 치고는 했었다. 같이 있을 때는 짐이라고만 생각했는데 의
외로 많이 의지가 되었던 모양이라고 생각했다.

二. 그 남자의 사정

"뭐 하고 있는 거야?"

"응?"

귀에 익은 목소리에 양양은 상념에서 깨어났다. 아직도 양 가장 시절의 예절과 풍모가 남아 있는 양양이었다. 반사적으로 대답이 나간다면 '예'라고 했을 반문이 너무도 자연스럽게 '응'이 되어버렸다.

양양은 설마하는 마음으로 뒤를 돌아보았다. 그 사람이었다. 양양이 자동적으로 반말지거리를 해댈 수 있는 사람은 이제 단 하나 그가 유일했다.

"이거 의원데? 어째서 또 여기까지 굴러들어 온 거야? 여기서 다시 보게 될 줄은 꿈에도 몰랐는걸?”

‘이게 다 당신 때문이잖아’ 하는 힐난의 표정으로 지민을 억세게 바라보다가 지금은 그런 때가 아닌 것을 깨닫고 양양은 급히 지민을 끌고 아직 지어지지도 않은 움막으로 끌고 들어갔다.

“도대체 그쪽은 정신이 있는 거야? 예가 어디라고 다시 돌아와? 목숨이 여분으로 두어 개쯤은 있나 보지?”

짐짓 성난 어조로 질책하는 양양이었지만 어째 그 어조의 끝에는 뜬금없는 반가움이 남겨 있었다.

“그니저니 결국 니 때문인기? 이기 미안히게 됐는걸.”

지민은 양양의 질책을 무시하고 머리를 긁적이며 빈방한 표정을 지었다.

“왜 딴소리야?”

지민이 짐짓 팔짱을 끼고 심각한 표정으로 말했다.

“하지만 그때는 제아무리 닳고 닳은 노련한 용병이라도 내 꼴이 되었을 거야. 나중에 곰곰이 생각해 보니 그건 아주 치밀한 함정이었어.”

“응?”

양양은 뜬금없이 깃발을 되찾던 날 조세룡의 표정이 생각났다. 그때도 깃발을 내주면서도 마땅히 지어야 할 분함의 기색은 간데없고 느물거리던 그 미소가 마음에 걸렸었다. 십년 전쟁의 입찰 당시의 치열했던 방해공작을 염두에 둔다면 이것도 딱히 못할 일은 아니었다. 양가장 잔여 세력의 흡수라는 측면에서 양양은 치명적인 걸림돌이었다.

"그런데 왜 돌아왔어? 함정이라고 생각한다면 여기 돌아와서는 그쪽이 절대로 무사하지 못할 줄도 알 거 아니야."

지민은 다시 머리를 긁적이며 무안한 듯 말했다.

"어, 그게 말이지. 그동안 엄청 시달렸을 텐데 그게 궁금하기도 하고……."

"시달렸으면? 뭐 그쪽이 다시 용병단을 일으켜 줄 능력이라도 있다는 거야?"

양양이 한심하다는 듯이 혀를 찼다.

"허허, 그게 말이지. 나도 그냥 어찌 지내나 소문만 얻어듣고 지나가려고 했지. 하지만 이렇게 여기서 만나고 보니 또 발길이 안 떨어지네?"

"아이고. 됐네요, 됐어."

"하지만 움막도 제대로 짓지 못하잖아."

그건 그랬다. 당장 오늘 밤만 해도 별을 보고 자게 생겼다. 그나마 겨울이 갔으니 얼어 죽을 염려는 없어서 다행이라면 다행이었다.

'어라, 이젠 제법 사람 티가 나네.'

양양은 새삼스럽게 지민을 찬찬히 살펴보고는 그렇게 생각했다.

겨울 동안 어디서 무슨 일을 했는지 어깨가 떡 벌어졌고 근육도 눈에 띄게 늘어났다. 결정적으로 예전의 멍한 표정과는 조금 다른 분위기였다. 뭐랄까, 약간의 위엄까지 느껴졌다.

지민은 양양이 만류할 새도 없이 밖으로 나가서 뚝딱뚝딱 움막을 짓기 시작했다. 양양은 못 이기는 체 그냥 보고만 있었다. 지민의 안위가 걱정이 안 되는 것은 아니었지만 저 사내라도 없으면 도저히 살아나갈 자신이 없었던 것이다.

'그래, 내일 일은 내일의 신에게……'

양양으로서는 이제 더 이상 어찌해 볼 기력도, 의지도 남아 있지 않았다. 그렇게 해서 그날부터 지민은 나시 은근슬쩍 양양 용병단의 유일한 용병으로 눌러앉게 되었다.

오늘도 지민은 홍랑객잔의 처마 밑으로 출근하였다. 이젠 제법 홍랑객잔을 드나든 연륜이 있는지라—지민도 이제는 홍랑객잔에서 속칭 짠밥이 넉넉했다—객잔 안으로 들어가도 되지만 그 찻값이 아까워서 여전히 처마 밑 신세였다.

용병들의 일이 없는 평화로운 시기였다. 처마 밑이라면 날품팔이 잡역 일도 들어왔고 지민은 그것이라도 고소원 불감청이었다. 그나마도 가뭄에 콩 나는 정도였다. 용병이 잡일에 익숙할 터가 없으니 여간 일손이 딸리는 급한 상황이 아니라면 여기까지 일손을 구하러 나오는 이들도 없었다. 이제까지 단 두 번 공사장에 어렵사리 뽑혀간 것이 전무였다.

그나마 지민에게 떨어지는 일이라고는 뒷골복 상패들의

세력 다툼이 주종이었다. 소위 쪽수 싸움이 될 경우에는 뒷골목의 깡패들에게 용병이 숫자를 채우기에는 제격이었다. 더군다나 홍랑객잔의 처마 밑이라면 가격도 그렇게 부담이 되지 않았다.

용병이 어찌 깡패들의 똘마니 노릇을 하냐고 용병계에서 손가락질을 했고 아무리 처마 밑 용병이라고 해도 대부분은 꺼려하는 일거리였지만 지민은 무시하였다. 굶어 죽을 수는 없는 노릇이지를 않는가.

"여어, 장군님."

석태였다. 놀리는 말이기는 했지만 석태는 지민의 호칭을 여전히 장군으로 하고 있었다.

"여어, 불곰. 어쩐 일이야?"

물론 석태가 홍랑객잔에서 일거리를 찾으러 오지는 않았을 것이다. 이래 봬도 석태는 새말에서는 꽤나 굵직한 신용있는 보따리계의 거물이 되어버렸다. 용부는 아닐지언정 용부 일대가 그의 주 활동무대였다. 홍랑객잔과는 멀어도 한참 먼 활동 영역이었다. 그러던 어느 날 무슨 바람이 불었는지 며칠 전 홍랑객잔에 왔다가 지민과 감격의 재회를 한 것이었다.

"양양단이 을조로는 등록이 되어 있는 거지?"

"아마 그럴걸?"

지민의 삼합회 사건은 석태도 들어 알고 있었다. 석태는 양양의 어려운 사정을 돕기 위해서 이것저것 알아보고 다닌 모양이었다.

"응, 그럼 됐다. 가능하겠는걸."

"뭔데?"

"응, 가면서 이야기해 줄게. 일단 아기씨를 뵙고 의논드려야 하니까."

석태가 굳이 양양을 만나려고 할 정도면 제법 큰일일 가능성이 높았다.

북벽을 돌아오니 멀리 움막 앞에서 여인네가 감자 몇 알을 씻고 있는 것이 보였나.

"쯔압."

지민이 입맛을 쓰게 다셨다. 석태도 놀란 듯 눈을 크게 떴다. 감자를 씻고 있는 여인은 다름 아닌 양가장의 금지옥엽 양양이었다.

지민이 그답지 않게 강한 어조로 쏘아붙였다.

"이봐, 약속이 다르잖아, 이건."

양양도 그답지 않게 다소 겸연쩍은 미소를 흘리며 어색하게 맞아주었다.

"왔어? 어머, 석 대장도 오셨군요."

감자를 손수 씻는 양가장의 금지옥엽이라니. 참 세상 오래 살고 볼 일이었다.

양양은 근동의 밭으로 일을 나가고는 했다. 일이 서툴러서 기껏해야 감자 몇 알 얻어오는 것이 품삯의 전부이기는 했지만 그 몇 톨이면 양양과 지민의 하루 두 끼 끼니거리는 되었다.

"이봐! 우리가 맨날 밥 굶는 거는 아니잖아. 그리고 그래도 명색이 용병단인데 일을 맡기러 오는 사람은 누가 접대할 거야? 이건 아니지 않어?"

지민이 그렇게 정색을 하고 극구 만류를 하여 안 나가겠다고 약속은 했지만 사람의 마음이 어디 마음대로 되는가. 일이 서툴러서 일을 주는 사람도 없는 형편인데 간만에 밭일을 해주지 않겠느냐는 이웃집 여편네의 말에 그만 홀딱 나서고 말았던 양양이었다. 감자 몇 알. 용병은 힘을 쓰는 일이다. 잘 먹이지는 못할망정, 굶겨서야 어찌 말이 되는가. 그것도 딱 하나밖에 없는 용병을. 그래도 요즘에 이르러서는 답지 않게 제법 느물느물해진 양양이 지민의 곱지 않은 시선에 선선히 답해주었다.

"응. 알았다니까. 힘들었지? 어서 들어가. 석 대장도 들어오세요."

"나참! 이봐, 약속이 얼마나 중요한 건데 그걸……."

"알았어. 알았다니까."

양양이 너스레를 떨며 지민의 등을 움막 안으로 밀어 넣었다. 석태로서는 기가 찰 노릇이었다. 양가장 시절과 비교해 보자면 그야말로 비참함의 극이었지만 석태는 어쩐지 양양이 비참하게 보이지가 않고 즐거운 듯 보여서 그것이 오히려 신기할 지경이었다.

"표국 일이요?"

양양이 반색을 하며 되물었다. 이것은 큰 건수였다. 양양의 영업선에서는 도저히 손이 닿지 않는 당당한 용병단의 그럴듯한 업무였다.

"네. 선교표국은 새말에서도 제법 규모가 되는 표국이란 걸 아기씨도 알고 계시죠?"

"그럼요, 알고말고요. 한데 어떻게 석 내장이 그곳까지……?"

이것은 석태와 같은 보따리장사와 쉽게 연이 닿지 않는 성격의 일이었다. 표국 일이라면 새말의 기간 산업이라고 할 수 있었다. 어지간한 용병단으로는 정부의 허가조차 받을 수 없었다. 다행스럽게도 양양에게는 비록 삼합회의 사건으로 강등은 되었지만 그래도 을조 용병단 면장이 있었다.

"어흠."

석태가 지민과 눈을 맞추며 헛기침을 했다.

"그래도 이놈이 아가씨 덕분에 십년전쟁으로 허명을 조금 얻었습니다. 일전에 우연히 선교표국을 조금 도와준 것이 인연이 되었습니다."

석태가 지민을 쳐다본 이유는 이것이 모두 '그녀의 장군님' 덕분이라고 은근히 생각해 왔기 때문이다. 마지막 일공삼 고지에 남았던 용병들 중에 이제까지 석태를 떠난 용병은 단 한 명도 없었다. 단 한 명도. 오고 가는 것이 다반사인 새말 용병계에서 이것은 극히 이례적인 일이었다.

그들이 전쟁터에서 갈고닦은 힘은 예전에는 같은 수의 인원으로 택도 없을 것 같은 일들이 그야말로 식은 죽 먹는 것처럼 쉬운 일이 되어버린 것도 어찌 보면 당연했다. 열 배가 넘는 해적들을 상대로 전우애 하나로 한 달을 버티어낸 그들이었다.

'그녀의 기사단'이라면 그렇지 않아도 알 만한 자들은 모두 알 정도로 유명해졌다. 전쟁은 끝났지만 그들은 여전히 '그녀의 기사단'이었다. 처음에는 조소의 대상으로 그 이름이 생겨났지만 이제는 명예의 이름이었다.

덕분에 그들의 우두머리인 석태도 이제는 새말 용병계에서 콧김깨나 불 수 있게 되었다. 그런 연유로 전에는 꿈도 못 꾸었을 선교표국의 국주와 같은 거물들과도 친교를 맺게 된 터였다.

"제법이네, 불곰."

지민이 기특하다는 듯 실실 웃었다.

"장군, 장군도 만만치 않아."

석태는 새삼스럽게 지민을 바라보았다. 알다가도 모를 친구였다. 지난 가을 사고를 치고 새말을 떠났는가 했더니 어느새 다시 돌아왔다. 석태가 같은 입장이라면 아마도 가능한 한 새말에서 먼 곳으로 가서 새말 쪽은 다시 쳐다보지도 않았으리라.

어쨌거나 그 한겨울 동안 무슨 일이 있었는지 지민이 어쩐지 조금 달라 보였다. 멍한 눈빛은 이제 세상의 때(?)가 묻어 정제되었고, 어깨가 당당해지고 근육도 훨씬 탄탄해진 것이 제법 야무진 티가 났다.

"…하여 저희가 그 일을 맡았으면 합니다."

양양이 그리 말하고 허리를 굽혀 공손하게 큰절을 올렸다. 양양에게 이제는 자존심 따위는 개가 뜯어먹어도 좋을 만큼 상관없었다. 지민을 먹이고 자신도 먹어야 했다. 선교표국의 국주 양걸개가 당황했다. 예전 같으면 감히 맞상대도 하지 못할 거물 집안의 규중보물이었다. 하지만 그래도 기분이 나쁘지는 않았다. 새말 용병계의 유명 인사가 자신에게 절을 하며 절박하게 부탁을 하고 있는 것이다.

사실 양걸개로서는 딱 맞는 거래 상대였다. 북녘의 푸른이리족의 정세가 안정되고 봄이 찾아오자 새말에는 반대로 정국이 흉흉해졌다. 새로이 군비를 정비하고 전쟁에 대비해야 하는 시점이었다.

그 와중에 양걸개도 발 빠르게 움직여 새말 보급대로의 화살 보급에 대한 계약을 따내었다. 아무리 치안이 잘되어 있어

산적 따위들은 없다고 하나 그래도 군수물자였다. 새말 정부
는 군수물자에 한해서는 을조 이상의 용병단에게 경비를 맡
겨야 한다는 강제조항이 있었다.

양결개로서는 반대할 이유가 없었다. 아주 저렴한 조건으
로 양양으로부터 제의가 들어온 것이다. 그것은 양양도 마찬
가지였다. 단 한 명의 용병으로 상당 기간 동안 정기적인 수
입원이 확보되는 셈이었고 단 두 명의 인원뿐인 양양단으로
서는 충분히 먹고살 만한 수입원이었고, 이것은 실적 면에서
도 장차 양양단의 앞날에 크게 도움이 되는 일이었다.

"좋소. 계약합시다."

"감사합니다."

거래가 성사되었다. 이것은 지민이 돌아온 이후 처음으로
맺게 되는 용병단으로서의 계약다운 계약이었다.

三. 그 남자와 그 여자의 사정

　양양은 해가통의 큰길까지 나왔다. 여간해서는 그곳까지
나오지 않게 되는 그녀였다. 거리가 보통 험악한 것이 아니었
다. 양양 정도의 빼어난 미모면 당연히 문제가 되는 거리였
다. 하지만 오늘은 기다리다 못해 양양이 큰길까지 두려움을
무릅쓰고 나온 것이다.

　통상적으로 이 시간이면 지민이가 용병단으로 돌아왔어도
한참은 되었을 시간이었다. 큰길은 똑바른 길이라서 저 멀리
까지 바라보이는 언덕이었지만 손을 이마에 짚고 아무리 얼
굴을 찡그려 봐도 지민 비슷한 사람도 오는 모습은 보이지 않
았다.

용병의 일이라고는 하지만 이번 일은 전혀 위험할 것이 없는 일이었다.

지정된 공방에서 그날그날 생산된 화살을 가지고 국경 지역의 창고로 간다. 그나마도 지민은 쫄래쫄래 따라가기만 하면 되었다. 화살은 표국의 마차가 날랐다.

돌아오는 길에 표국에 들러서 아무 일도 없다는 보고만 하면 임무는 완수되는 것이었다. 아침 일찍 나가서 날마다 해지기 전에는 들어왔다. 양양은 다시 손우산을 만들고 얼굴을 한껏 찡그리며 언덕 아래를 바라다보았다. 지민의 모습은 보이지 않았다.

'혹시?

문득 불길한 예감이 머리를 스쳤다.

양양의 생각이 삼합회를 거쳐서 청룡회에 이르자 양양은 미칠 것만 같았다. 봄이라지만 바람은 차가웠다. 특히 그늘진 북벽의 언덕에서 맞는 바람은 매서웠다.

청룡회가 지민을 만났다면 그들이 사소한 일이라고 그냥 지나칠 가능성은 전무했다. 청룡회는 조합이었다. 그들의 존재 이유도 새말 용병의 기강 확립이었다. 그것은 양양의 조부 양연 때부터 강건히 길러진 철칙이었다.

그것은 갑자기 찾아왔다. 양양을 압도할 듯한 상실감이 양양에게 파도처럼 밀려왔다.

'그 사람이 나에게 그렇게 큰 존재였나?

은밀하게 양양의 깊은 곳에 숨어든 지민이라는 존재가 어느새 커다란 성처럼 양양의 마음속에 똬리를 틀고 있는 것이었다. 양양은 그저 딱 죽고만 싶었다. 그가 없다면, 그가 없다면 그녀도 더 이상은 버틸 힘이 없었다.

양양은 그만 넋이 다 빠져나가서 미친 여자처럼 언덕을 달려 내려갔다.

"어디더라?"

화살을 만드는 공방의 위치가 생각나지를 않았다. 그러고 보니 양양은 한 번도 가본 적이 없었다.

"정신 나간 년. 그러고도 네가 용병단의 단주더냐? 그 어리숙한 사람만 보내놓고 돈만 받으면 전부인 게냐?"

그녀는 자책하고, 또 자책하였다. 그만 머리가 텅 비어버린 것이 당최 어떻게 해야 할지 갈피가 잡히지를 않았다. 한참을 서성거리다가 마침내 표국을 생각해 냈다. 선교표국이라면 공방의 위치를 알 터이고, 그게 아니라도 무슨 일이 있으면 가장 먼저 보고가 들어갔을 듯도 싶었다.

양양은 달렸다. 머리가 풀어져 날리고 옷매무새가 흐트러졌지만 남의 눈을 의식할 정신이 아니었다. 미친년처럼 달리고 또 달렸다. 정신을 차려보니 어느새 선교표국의 정문 앞이었다.

정신없이 문을 밀고 들어서려는 순간 누군가가 막아섰다.

"뉘쇼?"

양양이 멍하니 바라보니 표국이라면 어디나 있게 마련인 문지기였다. 양양은 그제야 깨닫고 잠시 허리를 굽히고 한껏 숨을 채우고는 헐떡이며 말했다.

"양양… 양양 용병단에서 왔습니다."

"그런데요?"

"관평 계곡으로 간 마차가, 그 마차가 아직 돌아오지 않았나요? 저희 쪽 사람이 아직……."

"어, 그러고 보니 이 친구가 아직 안 들어왔네?"

"국주님은 계신가요?"

"기다려… 아니, 들어가 보쇼."

태평한 문지기도 양양의 절박한 표정으로 보아 심상치 않음을 느끼고 서둘러 문을 열어주었다.

"고맙습니다."

안채로 달리려는데 때마침 저만치서 선교표국의 국주 양걸개가 걸어나오는 것이 보였다.

"양 국주님!"

양양이 양걸개를 불렀다. 아주 절박한 어조로.

"아니, 양 단주님 아니시오? 어인 일로……?"

"관평 계곡으로 간 저희 사람이 아직 복귀를 하지 않고 있습니다. 무슨 연유인지요?"

"응, 그렇소? 어찌 된 거지?"

양걸개도 사정을 아직 모르는 듯하였다.

"따라오시오."

양양은 야속하고도 야속하였다. 자신의 초조한 마음은 아랑곳도 않고 태평하게 산보라도 나온 듯—사실 그들도 서둘고는 있었으나 양양의 눈에는 그렇게만 보였다—유유자적 공방으로 안내하는 양걸개가 야속했고, 계약 조건을 성실히 이행하지 않고 달랑 힘없는 지민만 혼자 관평 계곡까지 보내는 양걸개가 또 야속했다.

양걸개가 지민 혼자만 관평 계곡에 보냈다는 것을 듣고 나서는 피가 머리를 거꾸로 솟구치는 울분을 느끼고 따지려 했으나 죽을힘을 다해서 참았다. 일이 그르쳐서 아쉬울 것은 양양 용병단뿐이었다. 양양은 가슴속 깊숙이 피눈물을 흘리며 참고 또 참았다.

'살아만 있어주오.'

골목을 돌아서니 낡은 해태상이 하나 보였다. 마침내 해태공방에 당도한 것이다.

양양은 흘러내리려는 눈물을 '양양아, 아직은 울 때가 아니다' 라고 마음속으로 외치며 억지로 참았다. 양가장 특유의 껄달진 호기가 다시 슬금슬금 되살아났다.

"응? 아직도 불이 켜져 있네?"

양걸개가 고개를 갸우뚱거렸다. 이미 캄캄한 밤이었다. 양양이 알기에도 이런 업체들은 대부분 저물 무렵이면 파장이었다.

"어, 열려 있네."

양걸개가 그렇게 말하며 문을 밀고 작업장으로 들어갔다. 양양도 체면 불구하고 따라 들어갔다. 아니, 나중에는 아예 양걸개를 앞질러 버렸다.

작업장에 들어선 양양은 그만 다리가 풀려서 털썩 주저앉고만 싶었다. 하지만 억지로 버티고 서서 눈앞의 사내를 바라보았다.

멀쩡하게 살아 있었다. 아니, 멀쩡하지는 않았다. 각종 먼지와 찌꺼기들이 얼굴과 옷에 온통 범벅이었다.

"어찌 된 거야?"

양양의 말꼬리가 끝내 파르르 떨렸다.

"어, 그쪽이야말로 여긴 웬일이야?"

"왜 이 시간에 여기에 박혀 있는 거냐고?"

양양이 서서히 폭발 직전에 이르렀다.

"으응, 그게……."

"도대체 용병이 왜 여기서 이런 일을 하냐고!"

마침내 양양이 악에 받친 소리를 질렀다. 민망하게 머리를 긁적이는 지민을 보자 더 이상 참을 수 없게 되었다. 눈물이 주르륵 흘러내렸다.

지민은 허름한 직공들과 같이 화살에 아교를 바르고 무언가 덧대는 작업을 하고 있었다. 땀과 끈적끈적한 아교로 온몸이 더럽혀져 있었다. 전통 깊은 양가장의 적통 양양 용병단의 유일한 용병, 새말의 대다수 시민들이 가장 선망하는 직종이라는 자랑스러운 용병 지민이 화살 공방에서 아교를 바르고 있었던 것이다.

"하지만 보급대에서는 여기를 덧대야만 받아준다고."

공방의 주인인 듯한 사내가 미안해 죽겠다는 얼굴로 끼어들었다.

"예, 저희 실수입니다. 저 친구는 분명히 말을 전해주었는데 저희 일꾼 놈이 그만 그걸 허투루 여기고 나한테 이야기를 안 해주고 말았지 뭡니까, 글쎄. 죄송합니다."

사내가 거듭 머리를 조아렸다. 그러니까 이런 이야기가 되었다. 보급대에서 하자에 이의를 제기해 왔다. 그런데 공방에서 지민의 말을 무시하고 보수하지 않았다. 수주처인 정부에서 계약을 파기할 수 있는 조건이 되었다. 지민은 그것을 염려한 것 같았다. 공방의 계약이 파기되면 표국의 계약도 당연하게도 자동적으로 파기, 그렇게 되면 양양단은 어렵게 올라온 자리에서 다시 도루묵이 될 판이었다.

'이 사람은 도대체 아버지한테 목숨을 열 개라도 빚을 졌나? 도대체 어떤 약속을 했을까?

양양은 새삼스럽게 지민을 다시 보았다. 언젠가는 심장에 구멍이 뻥 뚫려서 왔다. 월급도 못 주고 굶기고 있는 양양을 위해 날품팔이도 마다하지 않았다. 그녀는 날파리처럼 꼬여

들었던 그녀의 친척들을 생각했다. 지민과는 피 한 방울 안 섞인 사이였다. 이제까지 이 사내가 양양 용병단을 위해서 했던 일을 생각했다. 거기에 이르자 그만 천애 고아 양양의 눈물샘이 터져 버리고 말았다.

'도대체 왜 이렇게 나한테 잘해주는 거야?

양양은 마음속으로 그렇게 지민에게 질문을 했다. 마음속의 질문을 들을 길이 없는 지민은 멍하니 '이 여자가 오늘 왜 이러나' 하고 어리둥절한 표정이었다. 양양은 그런 지민을 보며 흘러내리는 눈물을 닦을 생각도 않고 있었다.

第十三章 지민과 구패의 차이

구패는 깡패치고는 드물게 별호를 가지고 있었었다.

독룡안. 뭐어 대단할 것은 없다. 하지만 애꾸눈이 애꾸눈이라 불리지 않고 독룡안이라는 어엿한 별호로

불린다는 것은 그래도 이 동네에서는 제법 알아준다는 의미였다.

구패는 깡패치고는 드물게 별호를 가지고 있었다.

독룡안.

뭐어 대단할 것은 없다. 하지만 애꾸눈이 애꾸눈이라 불리지 않고 독룡안이라는 어엿한 별호로 불린다는 것은 그래도 이 동네에서는 제법 알아준다는 의미였다.

독룡안 구패는 별호답게 매서운 눈빛으로 앞쪽을 바라보았다.

'저놈 제법인걸.'

구패가 바라보는 사내는 별반 눈에 띄는 행동을 하시는 않고 있었다. 그러나 깡패 생활로 잔뼈가 굵은 구패에게는 골목

패싸움에 대한 나름대로의 일가견이 있었다. 상대의 싸움 실력을 가늠하는 데도 나름대로 독특한 철학이 있었다. 그런 그의 철학이 구패의 시선을 한 사내에게 붙잡아두고 있는 것이었다.

사내는 용기있게 앞서지도 않았다. 그렇다고 비겁하게 뒤로 물러나냐 하면 그것은 또한 아니었다. 모름지기 깡패란 것이 맞짱에 강해야 했다. 막상 패싸움이 벌어지면 동료고 뭐고 없었다. 자기 앞가름하기도 바빴다. 그런데 사내는 그렇지 않았다. 그 증거로 그의 주변에 있는 동료들은 아직도 쓰러지지 않고 있었다.

오늘은 북벽 일대의 패권을 놓고 해가통 패거리와 북촌 패거리가 사생결단을 내는 날이었다. 북촌파는 거칠기로 소문이 난 놈들이었다. 애초에 구패는 오늘이 자신의 뒷골목 생활에 있어서 가장 긴 밤이 될 것으로 각오를 했다.

짝귀나 오리궁둥이 같은 놈들은 진작 쓰러질 것으로 예상을 했다. 그래서 '어라' 하는 마음에 놈들을 바라보니 그것에는 그만한 이유가 있었다. 사내는 절묘한 호흡으로 주변의 동료들을 눈에 띄지 않게 원조하고 있었다.

물론 북촌파도 눈이 없는 것은 아니라서 그 사내 때문에 진형이 무너지지 않음을 눈치 채고 사내를 먼저 쓰러뜨리고자 먹괴를 내세워 보았지만―먹괴도 이 계통에서는 상당한 주먹으로 통하는 놈이었다―어찌 된 노릇인지 그럭저럭 버티어내고

있었고 먹괴의 주변에 그 사내만 있는 것도 아니라서 오히려
사내에게 한눈을 팔던 먹괴만 곤란한 지경에 처해 있었다.

몸이 빠르게 보이지도, 주먹이 강해 보이지도 않았다. 한마
디로 눈에 띄는 솜씨는 아니었다. 그러나 구패의 냉정한 시각
에서 공로만 놓고 따지자면 그가 제일이었다. 저런 상황에서
라면 새말 제일의 주먹 한도경도 저렇게 여유롭지는 못할 것
같았다.

"처음 보는 놈인데?"

구패가 턱짓으로 사내를 가리키며 그의 오랜 심복 탁순표
에게 물었다.

"저놈이요?"

"응."

"흠. 제법 하는데요? 저도 첨 보는 놈입니다만……."

탁준표가 고개를 끄덕이며 그렇게 말하고는 짚이는 것이
있는지 앞쪽의 수하에게 물었다.

"어이, 개코. 저기 저놈, 누가 키우는 놈이야?"

"예? 어느 놈이요?"

"아 저기 먹괴하고 맞짱 뜨는 놈 말이야."

"어! 저놈은 홍랑객잔 처마에서 불러온 용병인데……."

구패가 듣고는 어이없다는 듯 빙그레 웃었다.

"용병? 그것도 홍랑객잔? 그나마도 안에도 못 들어가서 처
마 밑? 허허, 믿을 수가 없구먼. 어이, 개코."

“예, 두목.”

“저놈 데려온 놈 내일 아침까지 살아 있거든 술값이나 두둑이 엥겨줘라.”

구패는 뭔가 위화감을 느꼈다. 녀석들이 지나치게 사내가 막아선 곳에 전력을 집중하고 있었다. 북촌파의 굵직한 놈들이 벌써 서너 명은 족히 보였다. 애초에 구패는 패싸움의 정석대로 중앙에 주전력을 투입하고 그쪽은 신경도 쓰지 않았다. 원래대로라면 벌써 뚫려야 했다. 그런데 처마 밑에서 주워온 용병이 부족한 전력을 몽땅 떠안고 있었다. 쪽수는 비슷했지만 전력차는 뚜렷했다. 계산대로라면 삼류용병이 제법 큰 주먹 서너 명의 역할을 하는 셈이었다. 용병은 용병, 깡패는 깡패였다. 뒷골목의 싸움이라면 용병 셋으로도 깡패 하나는 언감생심이었다.

구패가 바라보는 곳의 바로 위 지붕에서 시커먼 그림자가 두어 개 떨어졌다.

‘그럼, 그렇지.’

그제야 구패가 눈치를 챘다.

“슬슬 나가보자.”

구패가 고개를 좌우로 돌리며 우드득 꺾고는 기습자들을 향해서 뛰어들었다. 이때를 대비해서 뒤로 빼돌렸던 심복 두엇 명이 뒤를 따랐다.

“여우 같은 놈!”

구패는 북촌파의 두목 요철상의 간사함에 그렇게 욕을 퍼부어주었다. 들리는 소문에 의하면 요철상의 잔대가리는 귀에 딱지가 앉도록 들을 정도로 정평이 나 있었다.

깡패에게 무슨 전략 전술이 있을쏜가.

구패는 오늘의 대전을 준비하며 그 부분을 고민하였다. 그러나 아무래도 그런 부분은 익숙지 않았다. 그래서 되는대로 자신과 핵심 심복들을 뒤로 돌린 채, 전황이 불리하게 돌아가도 참고만 있었던 것이다.

'응? 그래도 용병이란 말인가?'

이대로라면 홍낭색산 처마 밑에서 일당을 주고 데려온 용병은 이미 간교한 요철상의 암계를 진작부터 눈치 챘나는 말이 되었다. 만약 그가 조기에 돌파를 당했다면 새말의 유서 깊은 깡패 집단 독룡파가 오늘부로 사라질 뻔한 것이다. 구패는 식은땀을 흘렸다.

구패와 세 명의 심복은 주먹 실력으로는 독룡파의 서열 최상위였으며 아마도 새말에서도 열 손가락 안에 꼽히는 인물들이었다. 그리고 북촌파의 기습 인원은 열 명도 채 되지 않았다. 비록 네 명이지만 상대가 되지를 않았다. 북촌파의 기습 복병을 빗자루질하듯이 쓸어버렸다.

북촌파들도 구패를 알고 있는 듯했다.

"쯔읍. 이게 문제라니깐."

구패는 자신의 금빛 안대를 고쳐 끼며 투덜거렸다. 새말 쌍패라고 모두 두 눈은 아니었다. 그렇지만 애꾸눈이라고 해도 구패처럼 멋진 안대를 끼고 있는 깡패는 없었다. 몇 놈이 굳이 구패를 호시탐탐 노리고 달려들었다.

번쩍.

별빛에도 빛을 발하는 것을 보니 잘 벼린 칼이었다. 놈의 솜씨가 제법 매웠다. 그러나 구패가 투전판에서 거저 해가통파의 두목자리를 따낸 것은 아니었다.

"끙."

절묘한 기습이었으나 구패는 불편한 자세에서도 임기응변으로 놈의 칼을 겨드랑이에 끼고 그대로 작신 무릎으로 놈의 턱을 날려 버렸다.

이크!

그때를 기다려 등 뒤에서도 흉기가 날아왔다. 그러나 구패는 노련하게 허리를 틀어서 흉기를 어깨 위로 흘리고 넘어온 팔을 잡아서 그대로 앞으로 업어치기, 더 이상의 저항은 없었다.

구패는 별거 아니라는 듯이 양쪽 어깨를 번갈아 으쓱하고는 상황을 살펴보았다.

'간사한 놈, 어지간히도 열받은 모양이군.'

비장의 한 수가 수포로 돌아간 요철상이 그것이 모두 처마 밑 용병 탓이라고 생각했는지 분노에 차서 그 용병을 응징하는 데 온통 정신이 팔려 있었다. 하지만 그도 쉽지는 않아서

열이 뻗치다 못해 화산 폭발 직전의 상황에 도달해 있었다. 요철상의 정신은 온통 용병에게 집중해 있었다. 마침내 참고 기다렸던 기회가 온 것이다.

구패는 자신을 막아서는 한 놈을 몸풀기 삼아 작살내고는 슬금슬금 요철상의 등 뒤로 접근해 갔다.

화가 머리끝까지 치민 요철상은 눈에 뵈는 것이 없는 듯했다. 바로 지근까지 접근했을 때까지도 눈치를 채지 못하고 있었다.

구패는 때는 이때다 싶어서 요철상의 능판에다 회심의 일타를.날렸다. 그런데…

바야흐로 오랜 숙명의 맞수 요철상과의 승부가 끝났다고 생각했다. 그 순간이 이렇게 빨리 찾아왔음을 믿을 수 없어서 끌어 올려졌던 구패의 미칠 듯한 희열은 한순간 얼음장처럼 싸늘하게 식고 말았다.

정녕 믿을 수가 없었다. 깨물어주어도 시원치 않을 정도로 귀여웠던 그 홍랑객잔의 처마 밑 용병이 일순간에 때려죽여도 시원치 않을 놈으로 돌변하였다. 그놈이 믿을 수 없게도 자신에게 일당을 처먹었음에도 불구하고 필생의 적수를 절명시킬 그의 일격을 막아낸 것이다.

"이, 이놈이……."

요철상이 화들짝 놀라서 뒤로 물러서며 어리둥절해하더니 마침내 사태를 파악하였다. 그의 놀란 토끼눈은 절대로 그와 처마 밑 용병의 사전담합이 없었음을 증명하고 있었다.

구패가 황당함과 동시에 분노에 떠는 동안, 정신을 수습한 요철상이 반격을 해왔다.

'어이쿠!'

구패는 어이가 없었다. 꼼짝없이 당했구나 생각했다. 정말 일생일대의 극과 극을 오가는 상황이 일순간에 벌어졌다. 구패는 그만 두 눈을 감고 그대로 운명에 순응하였다.

"이, 이놈이……."

두 눈을 감고 들어보니 이번에는 요철상의 음성이었다. 음색은 달랐으되 그 내용과 감정은 방금 전의 구패와 대동소이하였다. 구패의 다시 떠진 두 눈도 이전의 요철상과 마찬가지로 다시 휘둥그레졌다. 이번에는 그 빌어먹을 용병이 요철상의 공격을 또다시 저지시킨 것이다.

"넌 도대체 뭐 하는 놈이냐?"

"이 미친놈!"

구패와 요철상이 동시에 뒤로 물러서며 황당한 표정으로 동시에 외쳤다.

"이건 너무 심하잖아. 생명은 소중한 거라구."

용병이 사람 좋게 웃으며 뻔뻔스럽게도 그렇게 말했다.

"이 분수도 모르는 놈!"

"별 시덥지 않은 소리를……."

분노에 찬 구패와 요철상이 용병을 연합 공격하였다. 뜻밖의 상황 전개에 양편으로 갈라서 드잡이질 중이던 깡패들이 모두가 넋이 나간 표정으로 싸움은 중지한 채 이 기묘한 이대 일의 대결을 지켜보았다. 모두가 믿을 수 없다는 경악의 표정으로 완전 통일되었다.

한동안 정신없이 주먹질을 해대던 구패는 역시 동일한 목적으로 비슷한 행동을 하고 있던 요철상과 눈이 마주쳤다. 순간 필생의 원수와 눈이 마주친 구패는 '도대체 이게 웬 미친 짓인가' 하는 생각에 저절로 맥이 풀리며 주먹질을 멈추었다. 요철상도 고개를 설레설레 저으며 뒤로 물러섰다.

"진정들 하라구."

문제의 용병도 그렇게 말하며 손사래를 쳤다. 그의 여유로운 자세로 보아하니 이미 그는 새말 주먹계의 두 거물과 십여 합을 겨룬 자 같지도 않았다. 구패는 어쩐지 억울한 심정이 되어 물었다.

"이놈아, 너는 분명코 우리에게 일당을 받은 용병이란 말이다. 이 용병의 기본도 안 돼 있는 막돼먹은 놈!"

"용병?"

요철상도 놀란 눈으로 용병을 바라보았다. 그리고는 구패를 보며 알조라는 듯 꾸시렁거렸다.

"치사한 놈."

"이것들 봐. 아무리 그래도 깡패들 싸움인데 목숨을 노리는 건 너무하잖아."

"뭐가 너무해! 이 돼지만도 못한 것들이 치사하게 암살한 우리 애들이 벌써 셋이야, 셋! 저놈들 삼십 명을 때려죽여도 부족해!"

요철상이 악을 썼다.

"뭐어, 이 자식이 웬 미친 소리야! 네놈들이 먼저 우리 덕팔이를 죽여서 귀때기를 여봐란 듯이 보내놓고는?"

구패가 무슨 뜬금없는 소리냐는 표정으로 고함을 쳤다. 구패로서는 미치고 팔딱 뛸 노릇이었다. 하늘에 맹세코 먼저 요철상의 애들을 담근 적은 없었다. 새말 뒷골목에서 구패의 상징이라면 거짓말을 하지 않는다는 것이었다. 암살을 해놓고 발뺌한다면 그것은 이미 구패가 아니었다.

"거봐, 뭔가 오해가 있구면. 당신네들 양패구상이라고 알어? 보아하니 이렇게 사생결단으로 싸우다가는 양패구상이야. 그게 아니라도 이렇게 떼죽음이 나면 관에서 가만히 있을까? 자자, 이러지들 말고 말로 하자구."

"네놈은 누구야?"

요철상이 어이가 없다는 듯 물었다. 그러자 용병이 태연스럽게 대답했다.

"나? 해가통 양양 용병단의 지민이라고 해."

물론 구패도 이 싸움이 그다지 내키는 것은 아니었다. 그러나 눈에는 눈, 칼에는 칼 이것이 뒷골목의 법칙이었다. 당하고도 보복을 안 하는 뒷골목의 조직은 이미 볼장 다 본 조직이었다.

얼마 전 요철상이 구패 수하 덕팔이의 귀를 잘라서 구패에게 떡하니 보내왔다. 이것은 명백한 전쟁 선포였다. 양 조직 중 하나가 박살나기 이전에는 끝이 날 수 없는 전쟁, 피하고 싶었지만 그러기에는 너무 멀리 왔다.

무슨 사정이 있는지는 모르지만 요철상도 빠꿈이라면 빠꿈이였다. 여간해서는 이런 무리한 전쟁 선포를 할 위인이 아니었다. 무슨 오해가 있음이 틀림없었다. 구패는 물론 요철상도 그렇게 생각했음이 틀림없었다. 그래서 그들은 어이없게도 생면부지의 용병 지민의 숭재 제의를 받아들였다.

"이 자식아, 생사람 잡지 마!"

구패는 생각해 보니 은근히 화가 치밀어서 대뜸 따지기부터 했다.

"이 애꾸눈 자식이… 인마, 증거가 뻔히 있는데 어따 대구 오리발이야? 가증스러운 놈!"

요철상도 지지 않고 맞받아쳤다.

"증거? 무슨 증거? 이런 깝데기를 벗겨서 무량산 눈 속에 파묻어서 얼어 죽일 놈!"

성질 급한 구패가 눈을 부라렸다. 그러나 동네 깡패치고는 냉정한 요철상은 조리있는 설명을 하고자 노력했다.

"우리 애들 시체가 모두 새파랗잖아. 이게 증거가 아니구

뭐야? 이런 철면피에 후안무치에 지 애미하고 붙어먹을 후레자식에 천하의 쌍놈아.”

“뭐어, 이런 어이가 구천지옥으로 원정을 간 놈. 그게 무슨 증거야?”

“누굴 얼치기로 아나… 나도 다 귀가 있어서 들었다. 니네 애덜도 하나같이 시퍼렇둥둥하게 죽어 자빠졌잖아. 설마 그것도 인정 못하겠다는 건 아니겠지?”

“그, 그건……..”

구패는 잠시 할 말을 잊었다. 그러나 일단 불리한 사태를 만회하고자 급하게 변명부터 늘어놓았다.

“시체가 파랗다는 게 무슨 증거야?”

“너네 애들 시체가 파란 게 멍 자국이냐?”

요철상이 옳다구나 하고 눈을 빛내며 따지고 들었다.

“그건 아니지.”

“그럼 두드려 맞은 상처라도 있더냐?”

“없지.”

“그럼 독상이냐?”

“것도 아니지.”

죽은 애들의 혀를 조사해 봤지만 독에 감염된 흔적은 없었다. 맞아 죽은 멍 자국도 없었다. 구패도 도대체 어떻게 자신의 애들이 죽었는지 사인 규명조차 못하고 있었다. 무려 여섯 명이 죽어나가는 동안에 말이다.

"우리 동네에 여직까지 이런 방법으로 애들을 골로 보낸 놈은 없었다. 그건 너도 인정하지?"

구패는 요철상이 질문하는 의도를 감 잡지 못하고 고개를 끄덕이며 사실을 인정했다.

"근데 니네 애들이 줄줄이 엮여가다가 우리 애덜 셋이 똑같은 방법으로 죽었어. 니들이 전문가를 고용한 게 맞잖아. 이 새까, 내 말이 틀렸어?"

"그, 그건……."

구패로서는 미치고 팔딱 뛸 노릇이었다. 하지만 딱히 변명할 밀이 없었다. 요철상의 논리내로라면 나른 소식과는 별다른 마찰이 없었던 해가통파의 애들이 줄줄이 죽어나갔다. 통상적으로 이런 경우는 조직의 배반자를 처단하는 경우와 흡사했다. 그런데 까마귀 날자 배 떨어진다고 이번에는 요철상의 아이들이 같은 방식으로 죽어갔다.

요철상으로서는 자신의 숙적 구패를 의심할 수밖에 없었다. 하긴 구패도 똑같았다. 처음에 애들이 죽어나갔을 때, 우선 요철상부터 의심하고 보았다. 지금의 요철상의 의심이 이해가 안 가는 것도 아니었다.

하지만 구패는 억울했다. 구패도 왜 자신의 아이들이 그렇게 죽어나갔는지 아직 모르고 있었다. 구패가 답답해서 가슴이 터져 나가기 직전, 가만히 듣고만 있던 지민이 의외로 구패의 편을 들고 나섰다.

“아마도 범인은 이쪽 두목이 아닐 거야.”

“무슨 귀신 씨나락 까먹는 소리?”

득의만만하던 요철상이 뜻밖의 원군에 으르렁거렸다.

“시체가 새파랗다지?”

“응, 근데?”

“분명히 멍 자국은 아니고?”

“건 확실해.”

구패가 단정지었고, 요철상도 고개를 끄덕이며 그 말에 동조하였다.

“딱히 반항한 흔적도 없고, 상처도 없고, 독에 감염된 흔적도 없고?”

“아, 근데?”

구패가 답답하다는 듯이 눈을 부라렸다.

“이건 새말 사람들의 수법이 아니야.”

지민이 고개를 저으며 확신에 찬 어조로 말했다.

“뭐어?”

“두목들.”

“응?”

“말해봐.”

“그 죽은 사람들 눈을 봤어?”

“당연하지.”

구패가 사람 뭘로 보냐는 표정으로 힘차게 고개를 끄덕였다. 요철상의 표정도 별반 다를 게 없었다.

"눈동자가 안 보일 정도로 눈이 새까맣게 죽지 않았어?"

"어! 니가 그걸 어떻게 알아?"

지민의 긴 질문에 자못 지루해져서 의자의 뒷걸이에 등을 묻던 두 두목이 상체를 벌떡 일으키며 물었다.

"응, 전쟁터에서 봤지. 그건 이리족 그림자 놈들의 전형적인 살인수법이지."

"뭐어?"

"시체를 좀 봤으면 좋겠는데……."

"하지만 이미 다 파묻었는걸. 어이, 애꾸눈. 너는 좀 세으르니까 아직 매장 안 한 거 있어?"

요철상이 곤란하다는 듯하지만 약간은 조롱조로 구패의 속을 긁었다.

"쪽제비, 니가 부지런해 봤자지 어디 사람만큼이야 하겠냐?"

둘은 틈만 나면 으르렁거렸다. 하긴 뒷골목에서 시체가 나왔다고 관에 보고할 리는 없었다. 그저 남들이 볼세라 일단 묻어놓고 보는 것이 습관이 되어버렸다.

지민은 둘이 으르렁거리는 것을 무시하고 심각한 표정으로 물었다.

"마지막으로 죽은 게 언제야?"

"난 벌써 열흘이 넘었지."

“우리 덕팔이 놈은 삼 일 전에 매장됐지.”

“이봐, 덕팔이는 우리 춘배가 담갔잖아. 그건 해당 사항이 없다구.”

“뭐어? 춘배가… 그 자식… 아이구, 뒷골이야.”

새삼스레 다시 열이 뻗치는 구패였다. 덕팔이는 구패를 따라다닌 지 벌써 십 년이 넘었고 싸움 실력은 그저 그랬지만 눈치가 빠르고 일 처리가 꼼꼼해서 가까이 두고 지낸 구패의 심복이었다. 구패가 다시 뚜껑이 열려서 요철상에게 악담을 퍼부으려는데 지민이 구패의 태도에 아랑곳하지 않고 말했다.

“열흘이면 곤란하겠는걸. 어이, 그쪽은 언제야?”

구패네의 마지막 희생자 봉오는 사 일 전에 죽었다. 그 이후로 아직은 시퍼러둥둥한 희생자는 나오지 않았다. 어제의 북촌파와의 희생자를 예외로 한다면.

“사 일 전.”

“음, 그건 다행히도 아주 늦지는 않았군. 안내하쇼.”

지민이 구패에게 느닷없이 말했다.

“어딜?”

지민에게 물었지만 대답은 이런 한심한 놈 하는 노골적인 조소가 서린 요철상이었다.

“어디긴, 봉오 무덤이지. 멍청아.”

“웅? 꼭 파내야 하는 거야?”

구패가 그래도 수하의 무덤이라고 꺼려져서 물었지만 돌아오는 답변은 단호했다.
"응. 나흘 전이면 많이 늦었어. 서둘러야 해."

二. 봄비

"어, 비가 오네."

"응, 오랜만의 봄비로구나."

구패가 신기하다는 듯 말했고 요철상이 말을 받았다. 어쩐지 앙숙치고는 다정해 보였다.

무량산맥의 일대는 건조 기후였다. 조금 떨어져 있기는 했지만 새말도 무량산의 영향권 내에 있었다. 사계절이 있기는 했지만 뚜렷하지는 않았다. 그중 가장 건조하기로는 봄, 이 춥고 음울한 지역은 봄비가 드물었다. 봄비는 사람의 마음을 따뜻하게 해준다. 특히나 이 북녘의 땅에서라면. 이제는 그 지겨운 눈과의 작별 인사와도 같은 것이라 나름의 반가움이 깃들어 있었다.

'그때도 봄비가 내렸었지.'

지민은 저절로 그때를 생각하게 되었다.

특별히 잊지 말자고 다짐한 것은 아니었다. 그때의 가뭄이 유독 심했기에 한참을 기다려 온 비인지라 기억하고 있었다. 막강 비둘기조 최후의 날은 분명히 봄비가 내리던 날이었던 것이다.

별로 기억하고 싶지는 않았지만 오늘만큼은 그날의 기억들을 되살려야 했다. 지민도 내키지 않는 기억을 되살리려 애쓰고 있었다.

"젠장!"

"빌어먹을."

험상궂은 깡패 졸개 서넛 명이 욕지거리를 퍼부으며 무덤을 파내고 있었다. 이름없는 영혼들이 변변한 장례식조차 없이 묻혀 버리는 공동묘지는 그 사정에 어울리게 황량했다.

스산한 환경에 빗물에 젖어 질척거리는 진흙덩이들이 삽질을 방해했다. 게다가 얼마 전까지 자신과 생명을 나누던 동료의 무덤, 욕지거리가 나올 만도 했다.

"어이, 삽 좀 치워. 나온 거 같아."

잠시 후, 꺼칠한 사내의 꺼칠한 목소리가 지나간 후, 깡패들은 씨팔씨팔거리며 손으로 흙덩이들을 이리저리 파헤치기 시작했다.

진흙이 걷혀지자 매끈한 평면이 모습을 드러냈다. 형편없는 운명에 맞게 형편없는 관이었다. 잠시 후, 관이 온전한 모습을 드러냈다.

"뭐 해? 얼른 열지 않고."

이제는 주검으로 맞이하는 생전의 수하의 모습이 떠올랐는지 구패가 언짢은 어조로 수하들을 재촉했다.

이윽고 막 변색이 시작된 한 구의 주검이 모습을 드러냈다. 약간 하관이 빠른 말상과 전체적으로 길쭉길쭉한 체형이 지민에게 그날의 오도삼을 떠올리게 했다.

오도삼.

비둘기조 조장인 양수의 오른팔과도 같은 사내였다. 아마도 양가장 출신의 용병이라고 들었다. 충성심이 강하고 정이 많은 사내였다. 어쩐지 비둘기조와 같은 특수 부대와는 어울리지 않는 기질이었지만 동료애만은 누구보다 강해서 지민과도 다른 동료들보다는 가까이 지낸 사이였다.

그날 오도삼이 가장 먼저 죽었다.

'어, 그러고 보니 선배가 되는 셈인가.'

지금 지민이 양가장의 후신 양양단 소속이었으니 따지자면 선배가 되는 셈이었다. 문득 대견스러워하는 오도삼의 얼굴이 떠올랐다.

지민은 그답지 않은 날카로운 눈빛이 되어 시체를 꼼꼼히 살펴보기 시작했다.

먼저 눈을 까보니 역시나 시커멓게 죽은 눈, 눈동자가 없는 듯 귀기스럽기까지 했다. 코와 입 등의 몸으로 통하는 구멍을 끈질기게 요모조모 살펴보고는 숨을 한 번 몰아쉬었다. 썩어 들어가기 시작한 주검의 냄새는 마치 지옥의 향기라도 되는 양 사람의 마음을 불쾌하게 하였다.

지민은 조금도 거리낌없이 시체의 수의를 벗겨 나가기 시작했다.

"이 자식!"

한 사내가 지민의 어깨를 잡으려 하며 강력하게 세지했지만 구패의 엄격한 한마디가 사내의 의지를 꺾었다.

"놔둬."

그 사내는 아마도 살아생전 눈앞의 주검과 가까이 지낸 사이이리라.

전라의 주검은 더더욱 괴기스러웠다. 마치 그가 이전에 사람이었는지 의심스러울 정도로 파란색 피부로 온통 덮여 있었는데 그나마 드문드문 희미하게 검은색으로 변색되는 과정이었다.

있었다.

지민은 그날의 그놈임을 확신했다. 시체의 오른쪽 겨드랑이 밑의, 이제는 사라져서 보이지도 않는 미세한 자국. 이제는 그저 자국일 뿐이었지만 지민은 확신했다.

파무, 오도삼, 종리두, 설괴, 배두명…….

모두가 동일했다. 마지막으로 죽어간 양수만 빼고.

앞의 다섯 번의 확인이 놈임을 확신시켜 주고 있었다. 비둘기조 오 인을 모두 죽였던 그놈, 마침내 조장 양수마저 처치하고 공식적으로는 비둘기조를 세상에서 소멸시켰던 놈, 독살이라면 일반적으로 심줄이 아니었다. 핏줄을 통해서 독을 주입하는 것이 효과가 있었다. 겨드랑이 밑 어딘가의 심줄을 아주 가느다란 것으로 자극해서 심장 발작 혹은 호흡 곤란을 야기시켜 사람을 아주 은밀하고 조용하게 죽이는 것, 방법상으로는 천하에 유일하게 그놈만이 사용하는 전매 특허는 아니었지만 지민의 감각은 그놈이라고 강력하게 주장하고 있었다. 지민은 억지로 두근거리는 심장을 했다.

찾았다!

맨 먼저 척후로 나간 오도삼을 죽이고, 다음으로 향도를 섰던 파무를 죽였으며, 그로부터 두 시간도 지나지 않아서 뒤로 쪽 우회하여 돌아가서는 후미의 종리두를 암살하고, 설괴를 자극해서 무리에서 이탈시키고 죽인 후, 성급한 배두명을 그 약점을 이용해서 죽이고, 조장 양수는 같은 방법의 암살에서 실패했지만 지민이 도착하기 전, 본격적인 칼싸움으로 단 일격에 척살한 놈, 그리고 끝내 지민의 감각에 걸리지 않은 놈, 바로 그놈이라고 지민의 감각은 무섭게 지민의 전신을 요동치게 하고 있었다.

“어때?”

눈치 빠른 요철상이 지민의 낌새가 심상치 않음을 느끼고 조심스럽게 물었다.

“맞어.”

지민이 시체에서 일어나며 고개를 끄덕였다.

“뭐가?”

“이놈은 푸른이리족이야.”

“네가 어떻게 알어?”

“전에, 십년전쟁 때 이런 종류의 인간늘을 본 석이 있어.”

“네가?”

구패는 어림없다는 듯 코웃음을 치려다 방금 전 새발 늿끌목의 당대의 거물 요철상과 구패의 합공을 여유롭게 상대하던 그의 실력을 상기하고는 얼른 말을 바꿨다.

“이리족 놈들이 세다는 말을 들었지만 이렇게까지…….”

새말의 난다 긴다는 깡패 아홉 명이 불과 보름 사이에 줄초상을 당했다.

“이놈은 보통 이리족 병사가 아니야.”

“아니면?”

“그림자…….”

“응?”

“설마 이리족 군대의 그림자에 대한 소문을 못 들어봤다는 건 아니겠지?”

지민이 태연하게 말했다. 그림자라면 새말 사람치고 모르는 이가 거의 없었다. 그들의 무용담은 이제 새말의 공포 그 자체가 되어버렸으니까.

"그림자라… 들어는 봤지. 괴물들이라더군."

요철상이 자못 심각한 얼굴로 고개를 끄덕였다.

"이놈은 보통 그림자가 아니야. 그중에서도 아주 센 놈이지. 몸서리쳐지도록……."

구패가 이를 악물고 대답했다.

"그래도 복수는 해야지. 우리 애들 여섯 명을 불귀의 객으로 만든 놈인데… 그걸 못한다면 날 독안룡이 아니라 독안견이라고 불러도 좋아."

"암만! 우리도 세 놈, 나도 마찬가지야. 못한다면 새말의 똥강아지가 날 쪽제비라고 불러도 상관 않겠어."

"안 돼. 누군지도 모르잖아. 내가 장담하지. 니들 한 달도 못 가서 그놈 얼굴 한 번도 못 보고 몽땅 다 죽을 거야."

"아무리……."

"종자가 달라. 너희랑은 완전히 다른 놈이야."

"니가 어떻게 알어?"

"난 상대해 봤으니까."

지민은 더 이상 관심이 없는지 일어나서 시체에서 옮겨온 죽음의 냄새를 털어냈다.

"왜?"

구패가 어리둥절해서 물었다.

“응, 이제 가봐야지. 우리 단주님 또 걱정하시겠다.”

구패와 요철상의 눈빛이 마주쳤다. 그리고 서둘러서 동시에 외쳤다.

“이봐!”

“응? 왜?”

“그냥 가면 어떡해?”

“그럼?”

“니가 이놈들을 경험해 봤다며?”

“응, 하지만 니들하고는 상관없잖아. 그럼 인연 있으면 또 보자구. 좀 애들처럼 싸우지들 말구.”

지민이 태평하게 손을 흔들어 작별 인사를 대신하고 돌아섰다. 그러나 발걸음을 떼다가 멈칫해서는 몇 마디 보탰다.

“나중에 볼일이 있거든 해가통 용병단이나 홍랑객잔으로 연락줘.”

“아참, 그렇지. 네가 용병이지?”

“응, 해가통의 양양 용병단.”

지민은 와중에도 자신의 용병단 홍보를 잊지 않았다. 지금으로서는 선교표국 다음으로 주요 고객이 이 깡패들이었다.

“그럼 이번 일로 의뢰해도 되는 거네?”

“그럼, 당연하지. 하지만 이건 조금 비쌀 거야.”
“왜?”
“내가 죽을 수도 있으니까…….”

三. 폐광에서

‘정말 별일이야.’

양양은 은근히 신경이 쓰였다. 오늘로 사흘째였다. 하긴 만날 물가에 어린애 내보내듯 마음 졸이던 것보다는 나았다. 그래도 단칸짜리 방에서 거적때기 하나로 잠자리를 구별하는 처지에 남정네와 하루 종일 같은 지붕 아래 있는 것은 처녀로서는 여간 신경 쓰이는 것이 아니었다.

삼 일 전 의뢰를 마치고 돌아와서는 ‘나 며칠 동안 일 안 나가’ 하고 건방지게도 일방적인 선언을 한 지민이었다. 딱히 무슨 명령을 받고 홍랑객잔으로 출근한 것은 아니지만 그래도 단주에 대한 일방적인 선언은 양양으로서도 그리 달갑지 않은 것은 사실이었다.

'그래도 이게 편해.'

지민이 틀어박혀 있는 요 며칠은 그래도 마음이 편했다. 선교표국의 양걸개 국주는 그때 일로 완전히 양양 용병단을 전폭적으로 지지해 주었다.

표국과 공방, 그리고 용병단 이렇게 삼자가 얽힌 일이었다. 이렇게 책임이 불분명한 일은 저저끔 뒷전으로 밀려나며 일이 매끄럽게 돌아가지 않는 것이 다반사였다. 그런데 지민이 나녀를 가리지 않고 모두의 일을 제 일처럼 돌본 것에 감명을 받은 모양이었다.

표국의 일이 제법 늘어나자 양양은 석태에게 부탁했고, 석태는 화살 운송일에 예전에 대장장이였던 호동갑과 목수 겸 숯돌쟁이였던 당고를 붙여주었다. 그 둘은 솜씨나 말재주가 좋아서 보급대도 공방도 모두 만족해하는 눈치였다. 그 밖에 비정기적인 표국의 의뢰도 석태가 알아서 척척 해결해 주며 의뢰비만 양양에게 전달해 주었다.

이제는 하루 세 끼 끼니 걱정은 없어졌고, 제법 돈이 모이기 시작했다. 양양은 벌써부터 그럴듯한 집 장만 생각에 가슴이 부푸는 지경이었다. 지민이 들어앉아 있으니 양양이 세상만사 근심이 사라지고 기분이 좋아졌다.

"예가 양양 용병단이유?"

집 안의 지민에 거치적거리지 않도록 문 앞에 접수구를 놓고 앉아 있는 양양에게 누가 말을 걸어왔다. 험상궂게 생긴 것이 용병단에 일을 맡길 사람 같지는 않아서 양양은 잔뜩 긴장하며 대답했다.

"그렇습니다만, 어인 일이오신지?"

"용병단에 손님이 오면 의뢰하러 온 것이지 다른 뭐가 있겠수?"

생긴 것만 험악스러운 것이 아니라 말투도 거칠기 이를 데가 없었다. 꺽달진 본성이 일어나려 했으나 일단 손님이라니 참아보기로 했다.

사내가 주위를 두리번거리더니 혀를 찼다.

"참나, 무슨 용병단이 이래? 이건 거지도 안 살 만한 다 쓰러져 가는 움막집이잖아."

"이것 보세요."

사내가 양양의 날카로워진 말투를 무시하며 다시 물었다.

"여기 지민이라는 용병 같지도 않은 용병 놈 있소? 있으면 그놈 좀 불러주쇼?"

사내에게서 지민의 이름이 나오자 양양의 얼굴은 대번에 싸늘해졌다. 사내도 놀랐는지 얼른 말을 정정하였다.

"아, 나도 같은 해가통에 사는 이웃사촌인 거죠. 아가씨. 구패라고 하오, 왜 일전에도 여기 용병단에 일을 주지 않았소? 일테면 단골이요, 단골. 허허허."

구패라고 자신을 밝힌 사내가 겸연쩍게 웃었다.

양양이 남몰래 안도의 한숨을 쉬었다. 일명 '독안룡파' 라고 거리에서 소문도 듣기는 들었고 일전에 거기 일을 했다며 지민이가 수금한 목돈—양양에게는 엄연한 목돈이었다—을 건네주었던 적도 분명히 있었다. 물론 깡패 일이나 받아오면 어쩌겠느냐고 퉁박을 주기는 했지만 그 수입도 쏠쏠하여 심하게 말리지는 못했다. 뭐어, 이 정도면 신원은 확실한 편이었고, 제법 일대에서는 세력이 있는 조직이니만큼 두목이 친히 나설 정도면 작은 건수 같지는 않았다.

"잠시 기다리시지요."

양양은 공손히 인사를 하고 안으로 들어갔다.

"이봐, 손님이 왔어."

쪽방의 한복판을 갈라놓은 거적을 들치고 보니 지민이 정말로 안 어울리게 꽤나 정갈한 자세로 정좌하고 있었는데 표정도 자못 진지한 것이 평소와는 달랐다.

"웅? 누가?"

"구패라던데. 그쪽은 도대체 밖에서 뭐 하고 돌아다니길래 깡패 두목이 다 찾아와?"

일단 지민만 보면 마치 막내동생이라도 되는 양 잔소리를 해대고 훈계를 서슴지 않는 양양이었다. 그것은 요즘 들어서 더욱 심해졌다. 하지만 지민은 여전히 머리만 긁적이며 씨익 웃을 뿐 오늘이 또 똑같은 어제였다. 지민이 그럴 줄 알았다는 표정으로 태연스럽게 대답했다.

"응, 구패. 들어오라고… 아! 아니지. 내가 나갈게."

지민이 벌떡 일어서서 거적을 들치고 나섰다. 사흘 만의 문 밖출입이었다.

한낮이었다. 지민은 눈부신 햇살에 눈을 찡그리며 문을 나섰다. 문을 나서기도 전에 구패의 느낌이 왔다. 확실한 느낌이었다. 이 정도면 임무 수행을 위한 정신적 준비는 그럭저럭 된 것 같았다. 지난 삼 일간 예전 비둘기 그림자로서의 감각을 되찾기 위해서 고요 속에 잠겨 있었던 지민이었다. 온갖 역경과 강적을 이겨낸 전설의 용병 비둘기 그림자였지만 그만큼 놈은 호락호락하지 않았다. 그놈은 십년전쟁 동안 비둘기 그림자가 유일무이하게 실패한 미해결 임무의 장본인이기도 했다.

"어, 구패 두목. 어쩐 일이야?"

"짜식, 내숭은……."

구패가 주변을 두리번거리며 말했다.

"근데 여기 사냐? 사는 꼴이 이게 뭐냐? 내가 번듯한 집 한 채 구해주랴?"

"됐어. 의뢰하러 온 거 아니면 그만 돌아가고."

지민이 딱 잘랐지만 구패는 여전히 너스레였다. 왠지 지민이 마음에 든다는 눈치였다.

"근데 누구냐? 제법 삼삼하던데?"

구패가 은근한 눈빛으로 안쪽을 가리키며 물었다. 지민의 눈이 순간 번득였다.

"어어, 이 녀석 무섭잖아. 그냥 농담이야. 일이나 이야기하자구."

구패는 뜨끔했다. 지민의 눈빛이 장난이 아니었다. 이제까지의 지민에게서는 전혀 볼 수 없는 눈빛이었다.

'이거 보통 센 놈이 아닌걸.'

구패는 직감했다. 일전에 손속을 맞춰보았지만 확실히 그때는 잘못 판단했다. 그의 날카로운 눈빛을 보니 그때의 느낌보다 엄청 더 강한 놈이었다.

"어떻게 됐는데?"

지민이 참다못해 자신의 관심사를 먼저 물었다.

"어, 그게 다섯 놈이나 더 당했어."

"겨우 사흘 동안?"

"허허, 겨우라니. 요철상이네 꼬마들까지 합치면 무려 열한 놈이라구."

"놈을 봤구나."

지민의 가슴이 뛰기 시작했다.

"응, 우리 꼬마 하나가 겨우 확인했지. 물론 보고 나서 얼마 살지도 못했지만. 그래도 보고는 받았지. 네 녀석 말마따나 이리족인 건 확실한 거 같더라. 키가 이따만 하고, 팔다리가 유난히 긴 것이, 게다가 눈빛이 회색이라더군."

지민이 잠시 생각하다가 팔짱을 끼고 심각하게 말했다.

"우리 용병단에 정식으로 의뢰하는 거야?"

구패가 별수있냐는 듯 양어깨를 한번 크게 들썩이고는 고개를 끄덕였다.

"가자."

"어디로?"

"철상이 놈이 기다리고 있어. 뭔가 짚이는 데가 있나 보더라."

"이봐, 이봐. 일단 접수가 먼저라구. 그래야 내가 움직일 수 있을 거 아니야."

"꼴에 용병단이라구. 할 건 다 하네."

구패가 같잖다는 듯이 비웃었지만 그래도 선선히 양양에게 정식으로 사건 접수를 했다. 구패에게 안 좋은 감정을 가졌던 양양의 표정이 금방 달라지며 지민을 쳐다보았다. 지민은 받아두어도 괜찮다는 표시로 고개를 끄덕여 주었다. 지민은 왠지 돈 따위와는 상관없이 영원히 고고할 것 같기만 했던 양양의 놀라서 동그래진 두 눈과 발그레 상기된 볼이 안쓰럽게 느껴졌다.

계약된 금액은 해적소탕전의 정부 의뢰 이후, 양양 용병단의 최고 금액이었다. 모두 열한 명이 희생된 것에 대한 피 맺힌 복수전이기는 했지만 그래도 깡패치고는 제법 통이 큰 구패와 요철상이었다.

“안 돼!”

“누구 맘대로? 우린 의뢰인이야.”

뜻밖에 구패와 요철상은 길길이 날뛰며 항의를 했다.

“그래서? 의뢰받은 것만 해결하면 되는 거잖아.”

“멍청한 놈, 네가 의뢰받은 건 우리들의 복수야. 그러니까 우리가 복수를 하지 못하면 의뢰는 실패야. 이건 약속이야.”

“…….”

약속이라는 단어 앞에서 언제나 한없이 작아지기만 하는 지민이었다. 그래서 어쩔 수 없이 요철상과 구패가 같이 동행하게 되었다. 그래도 요철상과 구패라면 오래 버틸 것 같았는데 불행히도 귀찮은 덤이 하나 더 따라붙었다.

“여깁니다, 형님.”

그 귀찮은 덤이 음산한 동굴의 입구를 가리키며 공손하게 말했다.

지민도 이곳 북벽 지역에 산 지 꽤 오래되었다고 자부하건만 아직 모르고 있던 장소였다. 이름은 포두삼, 그렇게 날래 보이지도 강해 보이지도 않는 사내였다. 지민은 사내의 어딘지 모르게 사람 좋은 기색을 발견하고는 남몰래 한숨을 내쉬었다.

요철상은 새파랗게 피부가 변색되어 죽어간 이들의 공통점을 찾았다. 시체들의 방향은 모두 이 폐광을 가리키고 있었다. 결정적으로 이리족의 회색빛 눈의 사내를 목격한 유일한 자의 증언이 바로 이 폐광 안에서 이리족 사람을 보았다고 했다.

"이런 곳에 폐광이 있을 줄이야……."

지민으로서는 정말 뜻밖이었다. 새말도 엄연한 도시였다. 전체는 아니지만 그래도 중앙부는 성으로 둘러싸여 있었다. 그런데 그 성안에 폐광이 있었던 것이다.

복잡한 미로의 폐광은 분위기도 음산하여 인적이 드물었다. 요철상과 구패 같은 뒷골목의 사나이들이 뭔가 일을 벌이기에 어울리는 장소였다. 그와 동시에 이리족의 그림자가 임시 본부로 사용하기에도 최적의 장소였다.

"파고의 장사꾼들이 여기에 도시를 건설한 것이 아마도 이 탄광 때문이었을걸. 그때는 남쪽의 포이족과 전쟁 중이라 석탄이 품귀였다는군."

요철상이 설명해 주었다. 지민도 이제 이 정도면 새말 사람이 다 되었다. 요철상의 설명을 쉽게 알아들었다.

당시 석탄의 주 공급처는 남쪽의 아보대륙이었다. 아보대륙 북부 연안의 주인 포이족과의 전쟁이라면 파고인들의 주요 거주지인 소파반도에는 석탄이 부족한 것이 당연지사였다. 급하게 탄광을 찾았고 그곳을 중심으로 개척이 이루어졌음은 당연했다.

오래된 폐광은 파고인들의 집요함으로 파먹을 대로 다 파먹었다. 그러니 광맥의 석탄은 고갈되었고 이리저리 끝이 없이 복잡한 미로투성이가 되었다. 깊은 곳에 들어가면 살아 나올 수가 없다는 요철상의 고집에 결국 광산에 대한 지식이 없는 지민이 양보를 하였고 그래서 딸려온 자가 왕년의 광부로서 폐광의 지리에 가장 정통하다는 하급깡패 포두삼이었다. 지민은 일행이 예상보다 늘어나자 걱정과 염려가 늘어났다. 그러나 이미 엎질러진 물이었다.

'좋아. 어차피 승부라면…….'

묘한 호승심이 지민을 자극했다. 사 년 전 십년전쟁에서 놈에게 소중한 동료 여섯을 잃었다. 이번에는 한 명도 잃을 수 없었다. 이것은 지민 자신과의 약속이었다.

사 년 전의 약속.

약속은 반드시 지켜져야 한다.

포두삼은 애초부터 두목들이 초빙했다는 그 전문가가 마음에 들지 않았다. 일견하기에도 그리 강해 보이지는 않았다. 일단 떡대가 그다지 크지 않았다. 그렇다고 날렵하게 생기지도 않았다. 결정적으로 미심쩍은 것은 눈빛이었다.

어디서 이제 막 졸다 깬 눈을 한 놈을 데려왔단 말인가.

포두삼의 경험으로는 저렇게 생겨먹은 작자치고 강한 놈을 한 번도 보지 못했던 것이다.

포두삼은 전형적인 외유내강형의 음침한 사내였다. 싸움

도 잘하지 못했고 깡도 그다지 세지도 못했다. 그래도 새말의 뒷골목에서 잔뼈가 굵어가며 단단히 자기 몫을 해내는 사내가 되었다.

포두삼이 세상에 믿을 놈은 자신뿐이란 걸 깨달은 것은 아직 돈이 뭔지도 모르는 다섯 살 때였다. 길바닥에 떨어진 만두 하나를 집어먹다가 만두 가게 주인에게 죽도록 얻어맞았다. 억울해서 아버지에게 호소해 보았지만 또다시 죽도록 얻어맞았다. 울고 있는 포두삼의 상처를 어루만지며 어머니도 말했다. 도둑질은 나쁜 거라고, 다시는 그러지 말라고.

포두삼은 결코 훔쳐 먹지 않았다. 분명히 땅에 떨어진 것을 주워 먹었다. 그날 억장이 무너지도록 억울하여 밤새 울면서 생각했다. 세상에 믿을 놈은 없다고.

그 후로 포두삼은 아무도 믿지 않았다. 특히 눈앞의 지민처럼 전문가입네 하고 거들먹거리는 놈들은 절대로 믿지 않았다. 그러나 막상 자신이 이곳에서 최고라고 자부하는 폐광 안으로 들어서자 그의 생각이 금방 수정되었다. 많이는 아니고 아주 조금.

폐광에 들어서자 바닥에는 동굴 속 저 멀리 어둠 속으로 사라지는 궤도가 있었고, 매캐한 냄새와 후끈한 열기가 아직 남아 있었다. 천장에는 예전에는 등불이라고 불리었을 먼지 덩어리가 걸려서 바람에 흔들리며 삐거덕거리는 기분 나쁜 소리를 만들고 있었다.

쿵, 쿵.

어둠 속에서 마치 무저갱의 괴물이 신음이라도 하듯 간헐적으로 정체 모를 소리가 울려왔다.

"저게 무슨 소리지?"

요철상이 기분이 나쁘다는 표정으로 포두삼에게 물었다.

"예, 갱도를 지탱하던 목재가 풀려 나와 바람따라 흔들리다가 벽을 치고는 한답니다."

포두삼이 지민을 힐끗 쳐다보고는 자신있게 대답했다. 이 폐광에 관해서라면 누구보다도 잘 알고 있다고 자부하는 포두삼이었다. 제아무리 전문가라 해도 이 폐광 안에서라면 포두삼은 자신있었다.

"이거 그럼 위험한 거 아냐? 갱도가 무너지는 거 아냐?"

구패도 폐광에 온 것은 처음인 듯 겁먹은 목소리로 말했다.

포두삼이 은근한 미소를 지으며 구패를 위로해 주었다.

"그렇지는 않을 겁니다. 버팀목이 무너진 곳은 드물답니다. 저건 갱도에서 갱도로 메아리가 연달아 치기 때문에 본래보다 많은 것처럼 들리지만 실상은 그렇게 위험한 곳은 거의 없습니다."

사람이 달라 보였다. 지민의 눈은 그 깊이를 알 수 없을 정도로 고요하게 가라앉았고 자세도 달랐다. 어디가 어떻게 달

라졌는지 꼭 꼬집어 말할 수는 없었지만 느낌이 그랬다. 마치
여태껏 잠들어 있던 사지와 피부, 근육이 이제 막 잠에서 깨
어난 듯한 맹수의 느낌이었다. 밖의 동료들에게 그렇게 말하
면 '미친놈' 하며 포두삼을 놀릴 테지만 포두삼에게는 분명
히 그렇게 느껴졌다. 폐광 밖의 지민과 폐광 안의 지민은 분
명히 같으면서도 다른 사람이었다.

"저쪽은 거의 사용되지 않는군요. 어째서 그렇습니까?"

지민이 날카로운 눈빛으로, 그러나 깡패 세계에서는 예외
적이라고 할 정도로 정중하게 포두삼에게 물었다.

포두삼은 '어라, 제법이네' 하는 표정으로 지민을 돌아보
았지만 이내 간사한 표정으로 얼굴을 바꾸고 대답했다.

"예, 저쪽은 광맥이 끊어져서 일찌감치 작업이 중단된 곳
이지요."

지민이 고개를 끄덕였고 어리둥절한 표정의 구패가 다시
물었다.

"엥, 광맥이 끊어진 것하고 사용하지 않는 것하고 무슨 상
관이야?"

"예, 그건 저희들의 관점에서는 아무래도 외인이 쉽게 접
근할 수 있는 곳인지라 관부에서 행여 정찰이라도 나온다면
그곳까지 순찰을……."

구패도 그제야 알아들었다는 듯 고개를 끄덕였다.

불법적인 거래에 주로 사용되는 장소였다. 갱도가 짧다면

길을 잃을 염려는 없었다. 그것보다는 위험하고 은밀한 곳이 필요했다. 그것이 포두삼 같은 이런 미로를 잘 아는 경험자가 폐광의 안내자로 조직에서 밥을 먹고사는 이유다. 그나마 최근의 일련의 연속 암살로 많은 전문가가 떼죽음당해 버렸으니 이제는 포두삼이 거의 마지막으로 남은 이곳 지리를 아는 전문가였다. 포두삼의 자존심은 아직도 '전문가'는 지민이 아니라 자신이라고 자부하고 있었다.

폐광 입구의 넓은 광장에서 갱도는 모두 네 갈래로 갈라져서 어둠 속으로 뻗어 있었다. 지민이 그중 한곳을 가리키며 말했다.

"저곳으로 갑시다."

"왜?"

"가장 긴 것 같으니까……."

구패의 의심스러운 시선이 포두삼에게 돌려졌다. 확인을 바라는 표정이었다.

"예, 맞습니다. 그런데 어떻게 아셨습니까?"

"발자국이……."

"발자국이 뭐?"

구패가 눈을 찡그리며 주의 깊게 살펴봤지만 발자국은 하나도 보이지 않았다.

"뭐 다른 쪽이나 별 차이 없는 거 같은데?"

신통하게도 제 딴에는 무언가를 조금 안다는 듯 요철상이 아는 체를 했다.

"응, 나오는 발자국의 흔적들을 보면 표면이 고르지 않아. 그건 많이 지쳤다는 뜻이지."

구패의 눈이 휘둥그레졌다. 들어가고 나가는 발자국의 구별은커녕, 아예 발자국도 보이지 않았다. 그런데 지민은 그 발자국이 찍힌 자국이 고른지 아닌지를 보고 있었다. 믿고 싶지 않았지만 이미 그곳을 갔다 온 포두삼이 확인시켜 주지 않았는가.

"저곳부터."

지민은 가장 길다는 갱도를 가리켰다. 놈이라면 우선 저곳을 택했을 것이고 일단 들어갔다면 다시 나와 다른 갱도로는 가지 않았을 것이다. 극도로 체력을 아껴야 했다. 놈에게 이곳은 적진 후방에 해당했다. 가장 깊숙하고, 은밀한 곳을 포기하고 조금 더 좋은 장소를 물색하기 위해서 다시 돌아 나와서 다른 갱도를 탐색하는 것은 불필요한 체력을 소비하는 낭비였다. 적진에서의 불필요한 체력 낭비는 그림자들에게는 우선적인 고려 대상이었다.

'어떻게 이럴 수 있지?

포두삼은 점점 의기소침해졌다. 포두삼이 보기에도 분명히 초행길이었다. 아니, 탄차나 천반이라는 용어도 모르는 것을 보면 탄광 자체를 처음 대하는 듯했다. 그런데 마치 제집을 드나들 듯이 주저함이 없었다. 더러는 교차갱도 있었고 오

갈래 갱도까지 있었다. 하지만 그는 단 한 번도 막장이 있는 곳으로는 가지 않았다.

아니, 단 한 번 막장이 있는 곳으로 갔지만 그곳이 막장이라는 것을 이미 알고 있는 듯했다.

"여기를 일차 거점으로. 이름은 갑묘 거점. 명심해. 여기가 갑묘라는 것을 잊어버리면 곤란해진다구."

"왜 하필이면 갑묘이야?"

가장 무식한 구패가 무식한 질문도 빨랐다.

"십이간지는 알고 있지?"

"누굴 바보로 아는 거야?"

제 발이 저린 듯 구패가 화를 냈고 지민은 피식 웃으며 설명을 했다.

"잘 들어. 여기서부터 점점 안으로 들어갈수록 갑을병정으로 가는 거야. 그러니까 갑이 가장 입구에서 가까운 거점이 되는 거야. 여기까지는 알겠지?"

지민이 구패에게 확인을 했고 구패가 고개를 끄덕였다.

"그리고 거점의 중요도는 자축인묘 네 단계로 나뉘는 거야. 묘가 가장 중요한 거점, 즉 식량이나 식수, 약품을 저장해 두는 거점이 되는 셈이지."

"누가 훔쳐 가면?"

"바보야, 그러니까 정비를 잘해야지. 너 군대도 안 갔다 왔어?"

그래도 깡패 중에는 머리를 잘 쓴다고 알려진 요철상이 핀잔을 주었다.

"그래, 나 군대 안 갔다 왔다. 애꾸눈 빙신이라구 군대에서도 안 받아주더라. 이 쌔꺄, 니가 나 애꾸눈 되는 데 뭐 보태 준 거 있냐."

"빙신. 내가 니 눈깔 파먹었냐, 왜 나한테 지랄이야."

둘이 싸우거나 말거나 거점 정비에 여념없는 지민이었다. 탄광에서 주도권 다툼으로 인한 패싸움을 제법 겪었던 만큼 그 중요성을 뼈저리게 통감하는 포두삼도 묵묵히 거점 정리 작업을 거들었다.

신기하게도 그는 가보지 않고도 그곳이 막장이라는 것을 아는 것 같았다.

때를 기다려 적당한 기회가 오자 포두삼은 은근하게 지민에게 물었다.

"어떻게 아셨습니까?"

"뭘요?"

"그곳이 막장이라는 거요."

"막장이 뭔데요?"

세상에. 막장이 무엇인지 모르는 자가 막장이 있는 곳을 가보지도 않고 아는 것이었다.

"아, 원래는 탄을 캐는 곳을 말하지요. 그러니까 쉽게 말해서 갱도의 끝을 말합니다."

"그걸 막장이라고 하는군요. 뭐랄까 그냥……."

지민이 딱히 생각해 본 적이 없다는 듯 머리를 긁적이며 곤란해하였다. 포두삼이 생각하기에 지민은 왠지 첫인상과는 달리 순진한 구석이 있는 친구였다. 포두삼이 궁금하여 대답을 재촉하였다.

"또 발자국입니까?"

"예, 그것도 있고 뭐랄까 괭이 자국, 나무기둥, 사람의 손길이 닿은 것들에는 그것을 만든 사람들의 이야기가 담겨 있지요. 뭐랄까, 몸으로 쓰는 글자 같은 것이라고 할까요."

포두삼으로서는 이해가 잘 가지 않는 이야기였지만 그래도 무시할 수는 없었다. 그만큼 지민의 판단은 정확했다. 폐광 안에서만큼은 새말 최고라는 포두삼의 자부심이 흔들렸다. 그리고 정체 모를 오기가 생겼다. 포두삼의 오기는 그로부터 얼마 지나지 않아서 표출구를 찾았다. 경험과 감각의 대결이었다.

"안 됩니다."

벌써 사갱을 몇 개나 통과하였다. 꽤나 지하로 내려온 상태였다. 사갱은 경사진 갱도를 말한다. 비탈진 길은 운반이 용이치 않았다. 그런 어려움 때문에 공사의 부실은 당연지사, 붕괴의 위험이 높았다. 그런데 지민은 수직으로 내려가는 직갱으로 내려가는 것을 고집하고 있었다. 광산을 폐쇄한 지 오래된 지하층이었다. 어지간한 이들도 직갱으로 내려가는 것은 피했다. 포두삼마저도 이곳은 확보되지 않은 갱도였다.

"이유는?"

아무래도 포두삼보다는 지민을 믿는 구패가 험상궂게 물었다. 포두삼은 요철상의 수하였다.

"첫째 횃불을 사용할 수 없습니다."

현 위치에서도 네 명이서 횃불을 환하게 밝히고도 겨우 서너 걸음밖에는 시야를 확보하지 못했다. 구패가 찔끔했다.

"어째서?"

"이미 오래전에 삭업을 중시한 폐광입니다. 통풍징치가 제대로 되어 있을 리 만무합니다. 횃불을 사용한다면 아마 숨소차 제대로 쉬지 못할 정도로 공기가 부족합니다. 질식사의 위험이 있습니다. 다음으로 저 소리 들리십니까?"

무저갱처럼 깊은 곳에서 뭔가 푸드득거리는 소리와 찌이찍 하는 귀에 거슬리는 날카로운 소리가 들려왔다.

"흠, 뭐지?"

"박쥐입니다. 상당히 많을 겁니다. 게다가 무슨 해충과 독충이 있을지 저도 모릅니다. 세 번째로 퇴로를 확보할 수 없습니다."

그것은 포두삼이 설명을 해주지 않아도 알 수 있었다. 수직으로 내려가는 갱도에는 몇 개의 도르래에 줄이 얽혀 있었고 그 줄의 양끝에는 거대한 두레박이 달려 있었다. 그 하나는

지하로 내려가서 보이지도 않았고, 나머지 하나는 일행이 서 있는 이곳 입구에 있었다.

구조로 보건대 위의 두레박에 물건을 담아 밑의 두레박을 당겨 올리는 것으로 교대로 석탄과 인부를 이동하는 듯싶었다. 도르래들과 연결된 지렛대로 양쪽 두레박의 무게를 조절하는 운송이 용이하도록 만든 듯싶었다.

만약 모두가 밑으로 내려갔을 때 위에서 누군가가 장난을 친다면 다시 올라올 방법이 없었다. 누군가는 만일을 대비해서 이곳을 지켜야 했다.

"나는 가야 해."

요철상, 구패, 포두삼이 모두 두려움에 떨며 반대했지만 지민은 단호하게 말했다. 그곳에 있었다. 그것이 놈의 발자국이라는 것을 지민은 직감적으로 느꼈다. 비교적 최근의 것이었고 몇 번의 왕래가 있었다. 놈은 두레박을 사용하지 않고 갱도를 오르내리고 있었다. 그렇다면 갱도는 깊지 않았다.

지민이 발자국에서 그의 존재를 확신할 즈음, 고골도 지민의 존재를 느끼고 있었다.

'뭐지?

아주 위험한 느낌이었다. 고골은 폐광 깊숙한 곳에 마련한 자신의 은신처에서 약간 후회를 했다. 너무 방심했다고 반성을 했다.

발자국.

고골은 후회했다. 조금만 수고를 더 했다면 발자국으로 행적을 남기지는 않았을 것이다. 그러나 그것은 여간 귀찮은 일이 아니었다. 비록 고골처럼 마치 거미라도 되는 양 벽을 타고 다니는 천부의 재주가 있다고 해도 말이다. 애초 발자국으로 자신의 행적을 추적할 수 있는 전문가가 여기 새말의 폐광까지 올 것이라고는 생각도 하지 않았다. 그런데 오고 있었다. 뭔가 수상한 느낌이 점점 다가오고 있었다.

고골이 푸른이리족의 대영웅 황인 장군의 명에 따라 이곳 새말에 잠입한 지 벌써 한 달 하고 보름이 나 되어가고 있었다.

'역시 그놈들이 문제였나?

거슬리는 놈들은 당연히 사라져야 했지만 너무 많이 죽이기는 했다고 생각했다. 풍부한 환경 속에서 안락하게 살고 있는 남부인들만 보면 괜스레 배알이 틀리고 짜증이 나는 고골이었다.

폐광에 안전지대를 확보하는 것이 목적이기는 했어도 조금 과했다고 후회했다. 재미가 들려서 하나하나 사탕 뽑아 먹듯이 죽이다 보니 어느새 열 명이 넘어버렸다. 피의 향연은 마약보다도 더욱 달콤한 것이었다. 하지만 이 정도 숫자면 조용히 넘어가기는 어렵다는 것을 진작에 깨닫고 멈췄어야만 했다.

‘걸렸다.’

고골은 회심의 미소를 지었다. 고골이 미리 설치해 놓은 기관에서 신호가 왔다. 이제 목표물의 위치가 확보되었다. 이리족 최고의 그림자 고골에게 위치를 확보당하고 살아 돌아간 자는 여태껏 한 놈도 없었다. 아니, 이제까지 단 한 놈을 제외하고는 더 이상은 없었다.

고골은 승리를 확신하고 즉각 행동에 들어갔다. 오랜만에 피 맛을 볼 생각하니 온몸이 떨려왔다. 미리 대비해 놓은 함정으로 즉시 출발했다.

결국 서로가 의견을 굽히지 못해서 서로가 조금씩 양보하는 선에서 타협이 이루어졌다. 극구 반대하는 포두삼과 지휘계통상 그의 두목 요철상이 위에 남았다. 반면 찜찜한 얼굴의 구패가 지민과 함께 수직갱도의 밑으로 내려가게 되었다.

“겁나지?”

“빌어먹을 놈. 내가 니 놈이냐. 넌 구경만 해라. 이 형님께서 제꺽 처리하고 올게.”

요철상이 약 올리자 구패가 욱하고 나섰다. 횃불도 없이 깜깜한 곳을 돌아다닌다는 것은 역시나 일반인에게는 꺼려지는 일이었다.

지민은 놈의 행동 경로를 파악하기 위해서 도르래를 이용

하지 않고 갱도를 타고 내려갔고 아무래도 어둠이란 것이 겁
이 났는지 구패는 두레박을 타고 내려갔다.

"조심해라."

"오냐. 후딱 갔다 오마."

구패가 자신있게 말하기는 했지만 아무래도 복수라는 목
적과는 상관없이 '후딱' 이라는 단어에 의미가 실렸다.

"어, 횃불을 켜도 되는 거야?"

뒤따라 내려온 구패가 반색을 했다. 인간에게 어두움은 본
능적으로 두려운 것이었다. 그러나 놈이나 지민 같은 이에게
는 어쩌면 반대로 안전하고 편안한 곳이 되었다. 의외로 갱도
가 깊지 않았고 역시나 듣던 대로 파고인들의 솜씨는 탁월한
것인지 아직도 통풍구가 제대로 작동하여서 어디선가 공기가
유입되고 있었다. 횃불이 산소를 태워먹어도 그다지 호흡이
곤란하지 않을 정도는 되었다.

"응. 하지만 조금 더 들어가면 이런 사치는 곤란한 걸지도
몰라."

"그땐 그때구."

단지 횃불 두 개로 용기가 백배한 구패였다. 어처구니없는
호기까지 부렸다.

"그놈이 아무리 신출귀몰이래도 걱정없어. 뭐어? 잠입과
은신의 귀재? 여기는 그저 광부들이 파먹은 광산일 뿐이라

구. 사람이 숨을 곳 따위는 없다구."

짧고 좁은 갱도를 돌아 나오니 본격적으로 광맥을 따라서 파고들어 간 넓고 곧은 갱도가 나왔다. 하긴 비교적 일직선으로 곧게 뻗은 갱도에서 사람의 시선을 피할 곳은 없었다. 하지만 지민의 느낌은 달랐다.

"그래도 조심하는 게 좋아. 예전에 본 적이 있었지. 그놈들은 마치 벽이라도 된 것처럼 벽에 붙어 숨는다구."

"아무리……."

구패가 콧방귀를 뀌었다. 하지만 그때 지민의 눈이 날카롭게 빛났다.

"일테면 말이지, 이렇게……."

라고 말하는 순간, 번쩍하고 지민의 손에서 빛을 발하였다. 그리고 그 빛은 눈 깜빡할 사이도 없이 벽을 때렸다.

팡—

지민은 어느새 검을 뽑아 들고 있었다. 그런데 당연히 쨍그랑 해야 마땅할 검과 벽과의 충돌음이 이상했다. 구패는 눈을 의심했다. 순간 동굴 벽이 일렁이더니 놀랍게도 두 개로 갈라졌다. 벽에서 시커먼 그림자가 무서운 속도로 튀어나왔다. 그리고 지민의 말이 마저 끝맺음을 했다.

"…말이야."

그제야 구패가 허둥지둥 검을 빼 들었지만 검은 그림자는 순식간에 어둠 속으로 사라졌다.

"쫓아가지 마!"

지민이 고함을 쳤고 구패가 어물쩍 멈춰 서서 검집에 검을 갈무리했다.

"어떻게 알았어?"

"저놈들……."

지민이 턱짓하는 천장에는 시커먼 물체들이 덕지덕지 달려 있었다. 더러는 횃불의 불빛이 다가오자 푸드덕거리며 날아가기는 했지만 깊이 잠든 것들은 아랑곳하지 않고 천장에 매달려 있었다. 그것은 박쥐 떼였다.

박쥐가 뭘 어쨌다는 것인가.

구패가 도대체 영문을 알 수 없다는 눈으로 지민을 바라보았다.

"박쥐란 놈들도 살기를 느끼거든. 놈들은 아주 민감하거든."

구패는 그제야 고개를 끄덕였다. 놈이 숨었던 곳에는 박쥐가 없었고 그래서 지민이 이상하게 생각했다는 말이 되는데 그랬는지 어땠는지는 구패로서는 알 길이 없었다.

"그나저나 정말 괴물 같은 놈이로군. 몸뚱어리도 없나, 어떻게 그렇게 벽에 납작하게 붙어 있을 수 있지?"

"낸들 아나."

지민도 몸서리가 쳐진다는 듯 고개를 설레설레 저었다.

"근데 맞춘 기지?"

구패가 지민의 검이 놈에게 적중했는지를 묻고 있었다.

"글쎄. 잘 모르겠어."

살펴보았지만 동굴 벽에는 핏자국 같은 것은 없었다.

"근데 너 대단하다. 너처럼 검을 빨리 쓰는 놈은 보다보다 첨이다. 난 네가 휘두르는 걸 보지도 못했어."

"그러니까 정신 똑바로 차려. 아마도 그놈의 검은 나보다 훨씬 빠를걸! 위치로 봐서는 아까 눈치 채지 못하고 두 걸음만 더 나아갔다가는 놈은 아마 두목의 목을 날려 버렸을 거야."

지민이 엄격한 얼굴로 구패에게 훈계를 했다.

"뭐어?"

구패가 눈을 왕방울만 하게 뜨며 자라처럼 목을 움츠렸다. 생각해 보니 위치상으로는 구패의 목이 딱 그림자가 튀어나온 위치와 안성맞춤이었다.

'이런, 위험했군.'

고골은 가슴 쪽에 날카롭게 베어진 옷자락을 들춰보며 식은땀을 흘렸다. 정확하게 심장 쪽이었다. 고골의 암습이 미리 들킨 것은 사 년 전 비둘기조를 암살하던 작전 이후로 처음이었다.

'음, 그때 그 녀석……'

고골은 잠시 생각하다가 뱀처럼 가늘던 눈을 크게 떴다.

‘맞다. 그놈이구나.’

틀림없었다. 사 년 전 고골을 낭패스러운 지경까지 몰고 갔던 비둘기조의 어린 놈.

당시 황인 장군은 멀리 적진 깊숙이 들어가서 공작을 수행 중이던 푸른이리족 최고의 그림자 고골을 일부러 불러들이면서까지 새말 용병의 비둘기조라는 특공대를 없애고자 했다. 수많은 병력의 희생을 바탕으로 마침내 비둘기조를 함정으로 유인하였다.

이때부터 고골이 투입되었다. 첫 번째 희생자는 쉬웠다. 황인 장군은 이를 살았시만 고골이 보기에는 아직 어린애 수준의 그림자들이었다. 두 번째도 어렵지 않게 죽일 수 있었다. 하지만 두 번째 놈 때는 그놈에게 꼬리를 밟히고 말았다. 세 번째에 이르러서는 놈의 행방을 놓치고 말았다. 네 번째에는 놈에게 반격을 당했다. 처음에는 둔하던 감각이 그쯤에서는 매우 날카롭게 다가왔다. 정말 예리한 칼 같은 감각을 가진 놈이었다. 그래도 다섯 번째 놈에게 촉수를 찌를 때까지는 별걱정을 하지 않았다. 오랜 인내 끝에 자신의 행방은 숨기고 놈의 행방을 잡아냈기 때문이다.

‘어떻게 다시 꼬리를 밟힌 거지?’

아직도 고골에게는 의문이었다. 세 번의 노림수가 있었지만 놈은 아슬아슬하게 벗어났다. 그래서 급기야 마지막으로 순서를 정해놨던 적의 조장으로 목표를 바꿨다.

'양수라고 했던가.'

마지막 놈은 새말 용병 중에서도 유명한 놈이었는지 이리 군에게까지 신원이 파악된 상태였다. 결국 양수에게 암습을 가했을 때가 그의 촉수 찌르기는 생애 첫 실패라는 오점을 남기게 되고 말았다. 아직도 의문이었다. 놈이 어떻게 촉수의 존재를 감지해 냈고 어떻게 그것을 막아냈는지. 결국 고골의 평소 임무 성향에 어울리지 않게 무식한 육박전이 벌어졌고 고골은 가까스로 어깨에 검상을 입은 채 양수를 죽음의 신에게 돌려보냈다. 그리고는…

고골은 그때를 상기하며 다시 등골로 싸늘한 한기가 스쳐 가는 듯 오싹한 기분을 느꼈다.

'그래, 그놈이야. 이런 등골이 오싹할 정도의 한기를 뿜어 내는 놈이 새말에 또 있을 리는 없지.'

고골은 조금 전 매복에서의 놈의 매서운 한 칼을 회상했다. 그리고 사 년 전의 그 낭패스러운 도피전의 기억이 저절로 떠올랐다. 고골은 사흘간이나 쫓기며 세 번의 급습을 당했고 네 번의 부상을 당했으며 결국 황인 장군의 본영 한복판으로 들어갈 때까지 놈의 추적을 벗어나지 못했다. 놈은 흡사 악귀와 같았다. 그때 마주쳤던 놈의 눈빛은 분명히 사람의 눈빛이라고 할 수 없었다.

사 년이 지났는데도 그때가 다시 생각이 나자 수치스럽고 자신이 한심스러워 얼굴을 붉히는 고골이었다.

고골은 감정이 없는 사람이었다. 그런데 뜬금없이 정체 모
를 질투심이 일어났다. 사 년 전 그때도 그랬다.

그날의 교훈은 오늘날 고골에게는 피가 되고 살이 되었다.
다시는 그러한 상황을 만들지 않기 위해서 오늘 이 자리에도
철저한 준비를 미리 해놓은 터였다. 고골은 그때와는 다르다
고 생각했다.

같은 것은 고골에게는 이점으로 작용하는 상황뿐이었다.
놈에게는 동료가 있었다. 그때와 마찬가지로 놈이나 고골과
는 다른 부류의 인간들이었다.

그런 놈들은 먹이에 불과했다. 놈은 또 그 먹이늘을 보호하
려 애쓸 것이 뻔했다. 그것은 적은 항상 불리한 밝은 광명에
있어야 하고 자신은 언제나 어둠 속에서 틈을 노릴 수 있음을
의미했다.

그림자들 간의 싸움이라면 십중팔구는 어둠 속의 기습자
가 승리였다. 그림자들은 은신, 잠입, 그리고 기습을 주특기
로 하는 특수 훈련을 받은 자들이었다. 적은 달고 온 혹덩이
때문에 행동에 제약을 받았다. 고골은 승리를 확신하고 미리
준비해 놓은 함정과 장치들의 안전장치를 해제시키기 위해서
돌아다니기 시작했다.

고골은 주변을 정찰하던 중 수직갱도의 위층에도 적들이

두 명 있음을 발견해 냈다. 정상적이라면 절망을 느껴야 할 상황임에도 고골은 쾌재를 불렀다. 물론 저 둘로 인해서 자신은 독 안에 든 신세가 될 수도 있었다. 그들이 그림자였다면 아마도 상황을 녹록치 않게 보았을 것이다. 그러나 그들은 그저 평범한 민간인이었다. 오히려 그놈의 성향으로 볼 때, 놈들은 그놈을 유인할 좋은 미끼로 사용할 수 있었다. 고골의 머리에 한 가지 계책이 떠올랐다.

“저기요, 두목.”

포두삼이 턱을 괴고 쪼그리고 앉아서 요철상에게 물었다. 늘어지게 팔을 베고 누운 요철상이 무슨 소린가 하고 포두삼을 바라보았다.

“지민이라는 용병 말이에요.”

“응, 그놈이 왜?”

“원래부터 면식이 있는 작자인가요?”

“아니, 내가 그런 용병 따위를 알 리가 없잖아.”

“근데 어째서 애꾸눈 놈의 기습을 대신 막아주었을까요? 분명히 그쪽에서 일당을 받고 끼어든 놈인데…….”

“그러게 말이야. 하여간 묘한 놈.”

생각할수록 범상치 않았다. 요철상의 회심의 기습 작전을 미리 알고 있지 않고서야 어찌 그 맥이 되는 자리를 그렇게 사수할 수가 있었을까도 의문이었다. 덕분에 요철상의 계획

은 틀어지고 말았다. 생각하면 생각할수록 보통 놈이 아니었
다.

　고골은 수직갱도 밑에서 포두삼과 요철상의 두런두런거리
는 소리를 듣고 있었다. 소리만 들어도 앉아 있는 방위와 대
체적인 상황을 그릴 수 있는 고골이었다. 고골은 갱도 밑에서
숨을 죽이고 때를 기다렸다.

四. 동료의 힘

햇불이 곧 꺼질 듯 껌뻑거렸다.

"왜 이렇게 어지럽지?"

구패가 머리를 움켜쥐고 투덜거렸다. 지민이 생각하기에
그 정도면 구패가 잘 버티었다고 생각했다. 구패도 강한 사내
다. 깊숙이 들어갈수록 공기가 너무 희박했다.

"아무래도 햇불을 끄는 게 좋겠어."

지민이 담담하게 말하자 구패가 사색이 되어 물었다.

"왜?"

"공기가 너무 희박해. 불이란 놈이 공기를 잡아먹는 데는
선수거든."

“윽, 하지만…….”

구패가 주저했다. 당연했다. 횃불이 없으면 코앞조차도 볼 수 없는 컴컴한 지하갱이었다.

“어지럽지?”

“응.”

“숨도 차고?”

“응.”

“조금 있으면 졸릴 거야. 네가 잠들면 그놈이 올 거고.”

이번에는 효과가 있었다. 어둠에 대한 두려움이 죽음에 대한 두려움을 이길 수는 없었다.

마침내 두 개의 횃불이 꺼지자 어둠이 찾아왔다.

“바싹 따라와야 해.”

“응. 근데 자네는 이 칠흑같이 캄캄한 데서 보이긴 보이는 거야?”

“아니.”

“근데도 잘 가네. 거참, 신기한 놈.”

가는 길에 몇 개의 함정을 겨우 피해갈 수 있었다. 하마터면 감각이 둔한 구패가 골로 갈 뻔했지만 구패도 한칼이 있는 사내였다. 호락호락하게 당하지만은 않았다.

“여기구나.”

“응?”

“찾았어. 놈의 은신처.”

잠시 후, 딸깍 소리와 함께 광영이 찾아왔다. 두려움과 궁금증을 못 이기고 구패가 다시 횃불을 켰던 것이다.

"뭐야? 깨끗한데? 아무것도 없잖아."

"놈도 우리가 온 걸 아는데 그냥 있겠어? 아마도 다른 거점으로 옮겼거나 밖으로 나가려고 하겠지."

말끔히 정리되었지만 최근의 것으로 짐작되는 사람의 흔적이 있었다.

"어떻게? 나갈려면 우리랑 마주칠 수밖에 없을 텐데……."

아뿔사!

불길한 예감이 지민의 머리를 스쳤다. 주위를 빠르게 돌아다니며 살펴보니 흔적이 있었다.

"돌아가는 다른 길이 있나 봐."

"가봐야겠어."

그렇게 말하고는 지민이 근심스러운 마음을 숨기지 않은 채 구패에게 물었다.

"혼자서 찾아올 수 있겠어?"

"제길, 깜깜한 데서 네놈만 따라왔다구. 어떻게 길을 알겠어?"

"우리가 온 길은 거의 외길이야. 오른쪽으로만 붙어서 쭉 따라오면 될 거야. 어때?"

"야 임마, 하지만……."

"늦으면 죽어."

지민이 애절하게 말했다.

"누가?"

"요 두목과 포두삼."

"확실해?"

"응."

지민이 최대한 단정적으로 말했다.

구패가 심각한 얼굴로 잠시 고민하고는 대답했다.

"빌어먹을! 가봐."

"최대한 빨리 따라와야 해."

"알았어. 빨리 가봐. 대신 그놈들이 죽으면 네놈도 죽을 줄 알아라."

어제까지도 죽네 사네 하던 숙명의 원수였다. 그런데 오늘은 자신이 왜 이렇게 의리파로 돌변하게 되었는지 구패도 알 수 없었다.

신속하게 어둠 속으로 사라지는 지민을 보자 두려움이 왈칵 다가왔다. 구패는 횃불을 단단히 쥐고 전진하기 시작했다. 지민의 기척은 어느새 느껴지지조차 않았다.

"어째 으슬으슬한데요."

포두삼이 어깨를 양손으로 감싸며 말했다.

"음, 그렇군."

폐광은 그 자체로도 추운 데다가 아직은 북녘의 쌀쌀한 이른 봄이었다.

"횃불보다는… 화톳불이라도 피울까요, 두목?"

"음, 그럴까."

추운 것도 추운 것이지만 횃불보다는 역시 화톳불이 폐광의 음산함에는 나을 것 같아서 요철상이 못 이기는 체 찬성을 표하였다. 요철상의 말이 떨어지기가 무섭게 포두삼이 재게 움직였다.

마침내 고골이 기다리던 순간이 왔다. 고골은 수직갱도의 벽을 타고 갱도를 오르기 시작했다. 비교적 매끈한 수직 절벽이나 다를 바 없는 곳을 고골은 마치 사다리라도 타는 양 손쉽게 올라갔다. 이리족의 그림자들에게는 그저 기본기였다. 다만 고골의 솜씨가 조금 더 월등했을 뿐.

고골은 두 사람이 화톳불을 피우려고 부산을 떠는 틈을 타서 슬쩍 요철상 바로 뒤의 벽에 붙었다. 그러자 그가 그대로 벽이 되었다. 쉽다면 쉽고 어렵다면 어려운 기술이었다. 위장 도구라고 해봐야 달랑 검은 천 하나였지만 그 하나만으로도 고골은 훌륭한 벽이 되었다. 더군다나 화톳불이 일렁거리는 바람에 그림자가 갱도의 벽에 음영의 변화가 심해지자 위장은 한층 더 그럴듯해졌다.

칠흑같이 어두운 갱도를 마치 백주 대낮인 양 전속력으로 달려나가던 지민은 순간 묘한 위화감을 느꼈다. 그 짧은 사이에 지민은 수도 없는 갈등을 느꼈다. 지금과 같은 위화감이라면 이것은 전방에 반드시 무언가 위험한 것이 있음을 이제까지의 경험이 말해주고 있었다.

시간이 없었다. 아니, 어쩌면 이미 늦었을 수도 있었다. 선택의 시간이 다가왔다.

"그래도 약속인데……."

생각이 거기까지 이르자 선택이고 뭐고 없었다. 지민은 숨을 크게 들이쉬고 달렸다.

퍼억.

불길한 예감은 언제나 정확했다. 둔탁한 소리와 함께 발바닥이 불이 난 듯 뜨거웠고 발등까지 화끈함이 몰려왔다.

"크윽!"

그 통증은 인간의 의지를 초월한 강철의 사내 지민의 무릎마저 꿇려 버릴 정도로 격렬한 것이었다.

무릎을 꿇은 채로 만져 보니 뾰족한 금속침 몇 개가 발등까지 뚫고 올라왔다.

'이런, 된통 걸렸군.'

얼핏 바닷가에서 잡힌 성게 모양의 금속 덩어리였다. 동그란 공 모양의 금속이 고슴도치처럼 뾰족한 침들로 둘러싸여 있었다.

'철질려로구나.'

전장에서 본 적이 있는 물건이었다. 그것은 전장에서 기마대의 기병 돌진을 막기 위해서 바닥에 뿌려지는 장애물이었다. 말발굽을 꿰뚫기 위한 것이었으니 지민의 발을 관통해서 발등까지 한참을 뚫고 올라온 것은 당연했다.

"끙차."

지민은 이를 악물고 몸을 일으켰다. 절로 신음이 새어 나왔다. 그러나 다정하게 웃고 있는 포두삼과 요철상의 얼굴이 그에게 힘을 주었다.

지민은 달렸다. 한쪽 발이 마치 빗길을 달리듯 피가 쏟아져서 발이 거북했다. 상의를 찢어서 왼쪽 발을 억세게 동여매었다. 온몸의 감각이 살아 있어야 했다. 발바닥이라고 예외는 아니었다. 응급조치를 한 지민은 쉬지 않고 달렸다.

'얼마나 더 함정이 있을까?'

어차피 정면 돌파였다. 피해를 감수할 수밖에 없었다. 그러나 초장부터 피를 너무 흘렸다. 죽는 것은 두렵지 않으나 피를 너무 흘려 체력이 소진될까 걱정스러웠다. 함정은 예상했던 것보다 치밀하고 철저했으며 보다 더 많았다. 어깨에 각목과 돌덩이를 맞았고, 옆구리를 관통당했다. 억지로 지혈은 했지만 지민의 계산으로는 여기까지가 한계였다.

포두삼은 공포에 젖은 눈으로 벽에서 튀어나온 회색 눈동자의 사내를 바라보았다. 요철상이 불빛에 어른거리는 그림자를 보고 기지를 발휘했기에 망정이지 하마터면 졸지에 포두삼은 자동적으로 일 계급 진급할 뻔했다. 하지만 두목이 없다면 자동적인 일 계급 특진이 무슨 소용이 있으랴.

"두목, 괜찮아요?"

"응, 그런 것 같다. 근데 이놈이 별안간 어디서 나타난 거야?"

"거, 거기 벽에서요."

포두삼이 넋이 나간 듯한 표정으로 말했다.

"응, 그게 말이 되냐? 우리가 아까부터 여기 있었잖아. 네 놈이 쭈욱 저 벽을 바라보고 있었고."

"그, 그러게 말이에요. 무슨 귀신에 홀린 것도 아니구."

귀신이 곡할 노릇이었다. 요철상이 슬슬 기어와서 자신의 애병인 꼬챙이를 뽑아 들었다. 볼품없는 쇠꼬챙이라고 무시할 것은 아니었다. 새말에서 그의 꼬챙이에 찔려본 자라면 누구나 고개를 설레설레 저었다. 포두삼은 이미 양손에 단도를 하나씩 쥐고 있었다.

고골은 회색 눈을 빛내며 천천히 앞으로 다가왔다. 감정 없이 깊은 눈, 역시 감정을 알 수 없는 입모양, 거기에 음산한 폐광 벽이 배경으로 더해지자 놈은 더할 수 없이 흉측해 보였다. 어쨌거나 다행스럽게도 놈은 서두르는 기색은 없었다. 만약 고골이 주저없이 덮쳤다면 요철상과 포두삼 둘 중의 하나는 채 방어 태세도 갖추기 전에 누가 절단이 나도 났을 터였다.

그때 밑에서 절박한 음성이 메아리쳤다.

"둘 다 무사한 거야?"

"어, 너냐? 아직 목은 붙어 있는 것 같다."

공포에 취한 요철상의 목소리가 들려왔다.

지민은 비로소 속으로 한숨을 쉬었다.

"거기 있지, 그 이리족 놈?"

"응, 귀신같은 놈이다."

지민은 이미 피투성이였다. 그러나 달리는 것을 멈추지 않았다. 멈추면 그대로 쓰러질 것만 같았다.

그대로 추진력을 받아서 수직갱도에 달라붙었다.

'될까?'

멀쩡한 상태에서도 의심스러웠는데 지금은 고통과 피로로 몸이 정상이 아니었다. 아까 보아둔 그대로 단숨에 뛰어올라가야 했다.

후두둑.

석탄 가루와 흙덩이가 떨어졌다. 힘이 약간 모자라 손이 미끄러졌다. 그러나 지민은 지체없이 손톱으로 딱딱한 갱도를 찍었다. 손톱이 부러져 나갔지만 수직 벽을 잡아낼 수 있었다. 첫 번째가 어려웠지 두 번째는 수월했다. 지민은 손톱이 파고든 짧은 시간을 이용해 왼발로 미리 계산해 둔 그루터기를 단단하게 디뎠다. 찌잉 하고 발등의 상처가 울어댔다. 말도 못할 통증이 뒤를 따랐다. 그러나 지민은 아픈 발을 가일

층 통증 속으로 밀어 넣으며 힘껏 밟고 위로 도약했다. 어깨의 상처가 울어대고 옆구리가 하소연해도 마찬가지였다.

"뭐, 뭐야?"

"헉!"

포두삼과 요철상이 회목인이 나타났을 때보다 더한 공포에 젖은 목소리로 외쳤다. 피투성이에 만신창이가 된 사내가 수직갱도 위로 불쑥 튀어나온 것이다.

지민은 단숨에 장정 열 명의 키를 더한 것보다 더 높은 갱도를 타고 넘었다.

"너, 너구나. 꼴이 그게 뭐냐?"

요철상이 경악해서 물었다.

"웅, 그렇게……."

지민이 신음처럼 대답을 했지만 그 답은 끝까지 이어지지 않았다. 지민이 별안간 포두삼 쪽으로 몸을 날렸고 요철상은 마치 지민의 목소리가 그의 신형을 쫓고 있는 듯 점점 멀어지는 착각에 빠졌다.

스팟.

지민과 요철상의 눈이 마주쳤다. 그리고 지민의 대답이 마치 메아리처럼 포두삼 쪽에서 들려왔다.

"…됐어."

상황은 기대보다 좋지 않았다. 지민의 검이 회색 눈의 사내의 왼손에 제압되었고 회색 눈의 오른손이 지민의 갈비뼈 속으로 반쯤 파고든 채였다.

포두삼은 자기밖에 모르는 사내였다. 극한의 상황에서는 자신 이외에는 아무도 믿지 않았다. 이번에도 그랬다. 하지만 회색 눈의 사내는 너무 빨랐다.

이젠 틀렸구나 하고 눈을 질끈 감으려는 순간, 지민이 날아들었다. 그리고는 파고드는 검을 이리족 사내가 마치 기다리기라도 한 듯 슬쩍 검면을 밀어서 지민의 위협을 무위로 돌리자 그는 믿을 수 없게도 자신의 몸까지 밀어 넣어서 자신의 몸으로 포두삼의 방패가 되어주었다. 포두삼은 망연자실해서 지민의 고통에 겨운 눈과 그의 가슴팍으로 절반이나 파고든 이리족 암살자의 손을 번갈아 바라보았다. 그리고는 넋이 나간 듯 중얼거렸다.

"왜 그랬어? 내가 너한테 뭔데?"

지민이 씨익 웃으며 대답했다.

"응, 동료잖아."

고골은 다시 알 수 없는 질투심에 휩싸였다. 마치 잘 맞아 돌아가는 톱니바퀴처럼 고골의 계산은 정확했다. 놈의 놀라운 감각은 이번에도 포두삼을 겨냥한 촉수를 막아냈다. 하지만 이미 예견했었다. 놈이 자신을 던져서라도 막아내리라는 것을.

고골의 촉수는 피납내라는 모돌산에서만 나는 특이한 식물의 촉수였다. 산발한 여인의 머리카락처럼 가늘고 긴 촉수들은 지나가는 벌레들을 낚아채서 먹이로 취했다. 그것은 일시적으로 근육을 마비시키는 특성을 가지고 있었다. 특히 심줄을 적중시키면 효과는 놀라웠다.

겨드랑이 밑의 허파와 연결된 심줄을 찔렀을 때가 가장 효과가 좋았는데 그것은 허파의 마비를 가져왔다. 허파의 일시적인 정지로 인한 공기의 통제는 사람의 피부가 새파래지도록 만들기에 완벽했다.

모돌산 출신으로는 유일하게 그림자가 된 고골에게 그것은 머지않아 이리족의 그림자들 사이에서 고골의 상징처럼 유명해졌디.

지민이 포두삼을 보며 밝게 씨익 웃는 모습을 고골은 질투심에 가득 찬 눈으로 지켜보았다. 고골이 보기에 지민은 틀림없이 자기와 같은 종류의 사내였다. 아니, 더욱 지독한 놈이었다.

고골은 딱 여섯 살 때 옥수수 한 자루 값으로 군에 팔려왔다. 그리고 그곳에서 살았다. 그들은 고골이 스무 살 청년이 될 때까지 외쳤다.

감정을 버려라. 감정은 너를 죽게 만든다.

고골은 점차 감정을 잃어갔다. 같이 먹고 같이 자는 동료들을 죽여야만 살아남는 곳에서 성장하였다. 감정은 거추장스러운 것이었다. 적어도 그림자에게는.

그런데 지민은 달랐다. 농료를 사랑하고, 농료를 위해서 자신의 목숨을 헌신짝처럼 내던졌다. 그럼에도 불구하고 자신의 모든 것을 버린 고골보다도 더 그림자다웠다. 이리족 최고의 그림자 고골보다도 더……

고골의 질투심이 극한에 다다랐다.

우두둑.

고골은 지민의 갈비뼈 속에 박힌 손을 비틀었다.

지민은 말로 형용할 수 없는 고통을 느꼈다. 불현듯 양양이 생각났다.

'이거 상처가 너무 많군. 양양이 보면 또 잔소리하겠는걸.'

크나큰 고통에 모든 것을 포기하려던 지민에게 불현듯 홀로 남겨진 양양이 떠올랐다. 양양의 울고 있는 모습이 저절로 그려졌다. 지민은 그럴 수는 없지 하는 생각에 마지막 남은 힘을 쥐어짜 내서 검을 휘둘렀다. 힘을 잃은 그에게 다시 힘을 주는 존재, 그것이 동료였다.

스팟.

지민은 검이 적중했음을 직감했다.

펄럭.

검은 옷자락이 크게 두 조각이 나서 허공에 날리고 시커먼 그림자가 뒤로 펄쩍 사라졌다. 바닥에 힘없이 떨어진 옷 조각에는 선명하게 핏자국이 맺혀 있었다.

지민이 힘없는 눈빛으로 포두삼에게 턱짓으로 벽의 한곳

을 가리켰다.

포두삼이 '응?' 하는 눈빛으로 의문을 표했고 눈치 빠른 요철상이 알아듣고 쇠꼬챙이를 날렸다.

팡!

캄캄한 동굴 벽에 파란 불꽃이 튀고 다시 검은 그림자가 재빠르게 수직갱도로 뛰어들었다.

지민은 졸음이 왔다. 금방이라도 잠 속에 빠져들 것 같았다.

"아차, 구패 두목!"

구패의 얼굴이 한겨울의 얼음물처럼 지민의 정신을 맑게 했다.

"지렛대!"

지민이 외치며 두레박으로 뛰어들었다. 포두삼이 재빨리 지렛대를 잡아당겼다. 두레박은 쏜살같이 수직갱도로 빠져들어갔다.

지민을 태운 두레박이 내려가자 밑에서 빈 두레박이 끌려올라왔다. 그러나 그것은 지민의 생각일 뿐,

스팟.

비어 있다고 생각했던 두레박에서 시커먼 물체가 튀어나오며 한줄기 빛무리를 지민에게 선사했다.

"조심해!"

위에서 요철상이 두레박 안에 무엇인가 있음을 발견하고

외쳤을 때는 이미 지민이 고골의 암습을 아슬아슬하게 피해
내고 반격을 가한 다음이었다.

"멈춰."

지민이 외치고 다시 요철상이 두레박을 당겼다. 이번에는
두 개의 두레박이 같은 높이에서 멈췄다.

어두워서 보이지는 않았지만 귀청을 때리는 금속음과 번
뜩이는 파란 불꽃들이 수직갱도에서의 혈전을 짐작케 했다.

굳은 얼굴로 아래쪽을 내려다보던 요철상이 반색을 하며
외쳤다.

"이겼구나!"

포두삼이 짐작도 못해서 밑을 유심히 바라보니 무언가 거
무스름한 것이 바람을 타고 상승해 왔다.

펄럭.

두 조각으로 예리하게 베인 옷 조각이었다. 그제야 상황이
파악된 포두삼이 혀를 내둘렀다.

"와아, 진짜 양파 같은 놈, 벗겨도 벗겨도 미꾸라지처럼 잘
도 도망가네."

양쪽의 두레박이 삐그덕 삐그덕 진자운동을 하는 양을 보
니 두 명 모두 밑으로 내려간 모양이었다.

"내려갈까?"

요철상이 갈등하며 포두삼과 눈을 마주쳤다. 헤에 벌어진
입으로 요철상을 물끄러미 바라보던 포두삼이 입술을 굳게

다물고 고개를 끄덕였다.

그들은 지렛대를 돌려 두레박을 끌어 올리고 비장한 마음으로 몸을 실었다. 그리고 다시 눈을 마주치며 고개를 끄덕였다. 이제 누군가 수직갱도 위에서 퇴로를 차단한다면 끝장이었다. 그러나 이제는 상관없었다. 요철상도, 포두삼도 가슴속에서 뜨거운 것이 치밀어 오르고 있었다.

"어느 쪽으로 갔지?"

순간 어둠 속에서 불꽃이 확하고 피어났다. 포두삼이 재빨리 횃불을 켠 것이다.

"글쎄요."

"가만히 있어봐."

요철상이 눈을 날카롭게 빛내며 손바닥을 귓등에 대고 귀를 기울였다.

"무슨 소리 들리지 않아?"

"저쪽이에요."

멀리서 아련하게 소리가 들려왔다. 폐광에서 살다시피 한 포두삼의 경험으로는 그것은 병장기가 충돌하는 소리였다.

"싸우고 있나 본데요."

"가자."

요철상이 명령했고 둘은 달리기 시작했다.

고골은 눈앞의 사내를 이해할 수가 없었다. 분명히 자신과 같은 부류의 사내였다. 자신과 같은 훈련 과정 혹은 유사한 환경에서 살아왔음이 분명했다. 그런데 놈은 지금도 자신의 방어를 포기한 채, 어깨로 무너져 내린 천반을 받치고 있었다. 물론 천반을 버리고 자신을 상대한다면 밑에 흙더미에 깔려서 허우적대는 놈은 죽을 것이다.

그게 어쨌단 말인가?

놈은 그때도 그랬다. 자신의 안위를 도외시하고 동료들을 보호하고자 애썼다. 그리고 동료가 하나씩 죽어갈 때마다 한 단계씩 강해졌다. 처음에는 애송이같이 미숙하던 놈이 마지막으로 고골이 양수를 죽였을 때쯤은 고골을 낭패지경으로까지 몰고 갈 정도의 괴물이 되어 있었다.

"이봐, 민이. 난 괜찮아."

"……."

"이봐, 이러면 둘 다 죽어!"

흙더미에 깔린 구패가 절규했다.

'무엇이 저놈을 저토록 강하게 하는가?'

이제 영원히 그 비밀을 풀 실마리는 사라질 것이다. 그래도 고골은 아쉽지 않았다. 그는 감정이 없는 그림자니까.

고골은 천천히 촉수를 집어 들었다. 그때 등 뒤에서 벼락같은 함성이 들려왔다.

"우와아!"

두 사내가 병장기를 마구 휘두르며 달려오고 있었다. 피투성이 지민의 두 눈이 번득였다.

스팟.

고골이 잠시 한눈을 팔았는가 싶은 그 찰나의 시간, 지민의 최후의 한 수가 터져 나왔다.

펄럭.

또다시 옷 조각이다. 그러나 이번에는 피와 함께였다. 제대로 적중했다. 지민은 완전히 힘을 소진한 채 털썩 주저앉았다.

힘이 좋은 요철상이 천반을 받치고 포두삼이 구패를 구출해 냈다.

바닥에 흩뿌려진 핏자국을 보고 요철상이 지민을 보며 말했다.

"이번에 제대론데. 쫓아갈까?"

지민이 고개를 저었다.

"하긴 우리가 쫓아간들……."

포두삼이 쓰러진 지민을 부축하고 상세를 살폈다. 지민이 기침을 할 때마다 선혈이 한 움큼씩 쏟아져 나왔다.

"이봐, 괜찮아?"

"응."

"미안해."

"뭐가?"

“우리가 따라오겠다고 고집 부려서. 하마터면 우리들 때문에 이 세상 하직할 뻔했잖아.”

일동은 시무룩해졌다. 그러자 지민이 밝게 웃으며 말했다.

“아니야. 놈은 정말 대단한 솜씨야. 아마 십중팔구는 내가 졌을 거야.”

“응?”

“댁들이 없었다면.”

“무슨 소리야?”

“이건 약속이거든. 약속은 죽어도 지켜야 하는 거야.”

지민은 거기까지 말하고는 스르르 눈을 감았다. 일동은 무슨 약속인지 궁금했지만 더 이상 물어볼 수 없었다. 지민이 그대로 기절해 버렸던 것이다.

지난해 삼월, 푸른이리족은 지난 수천 년을 쉬지 않고 이어오던 그들의 걸음을 마침내 멈추었다. 이것은 광활한 진룡 벌판을 오래도록 걸어 왔던 푸른이리족, 그들뿐만이 아니라 그 주변 세계에 엄청난 파장을 일으킬 변혁이었다. 아니, 그것은 변혁을 넘어선 충격이었다.

一. 혈루화

　지난해 삼월, 푸른이리족은 지난 수천 년을 쉬지 않고 이어 오던 그들의 걸음을 마침내 멈추었다. 이것은 광활한 진룡벌 판을 오래도록 걸어왔던 푸른이리족, 그들뿐만이 아니라 그 주변 세계에 엄청난 파장을 일으킬 변혁이었다. 아니, 그것은 변혁을 넘어선 충격이었다.

　지난해 삼월, 푸른이리족의 구국의 영웅 황인 대장군이 붉은늑대족을 획기적인 기동우회작전으로 포위 섬멸시킨 후, 푸른이리족의 수뇌부는 새로운 전진을 했다. 그동안 사분오 열을 거듭하던 여러 부족이 강력한 붉은늑대족을 맞이해서 민족의 운명을 걸고 함께 사투를 벌였다. 이리한 단합은 뜻있는 각 부족의 지도부라면 누구나 원하고도 원하던 바였다.

힘겨운 우여곡절 끝에 마침내 타협이 이루어졌고, 일단 급한 대로 각 부족의 수장들을 구성원으로 하는 막강한 의결기관 원로회가 탄생하였다.

원로원의 첫 번째 결정은 함께 뭉쳐진 군부의 권력을 민족단결의 결정적인 구심점이 되었던 황인에게 넘겨주었다. 그리고 두 번째 결정은 원로회가 상주할 도시의 건설이었다.

유목민 이리족이 마침내 농경 부족화하는 시발점이었고, 국가의 형태로 발전하는 첫걸음이었으며 나아가서 이러한 이리족의 정치적 경제적 결단은 곧바로 새말과 하양반도의 발등에 떨어진 큰불을 의미했다.

남으로 칠천 리에는 무량산맥이 버티고 있고 동으로 구천 리 떨어져서 도명강이 흐르는 진룡벌판의 중심부, 북으로는 칠룡산맥이 병풍이 되어 세찬 북풍을 막아주고 그 사이로 수량이 풍부한 동막강이 흐르는 원시 상태의 벌판 진룡평야에서 가장 비옥하고 따뜻한 곳 중령분지, 그곳이 바로 푸른이리족 최초의 원로원인 하늘터가 세워지는 곳이다.

아직은 길을 닦고, 우물을 파고, 주택지의 터전을 개발하는 모습만 여기저기 보일 뿐, 여전히 이리족의 전통적인 천막들이 모여서 전형적인 유목민의 정착지 모습을 하고 있었다. 그

중 한 화려한 천막에서 사내가 분재를 돌보고 있었다.

관상용 분재의 돌보기라면 남부에서 야만족이라고 비아냥거리는 이리족의 사내가 할 짓은 물론 아니다. 그러나 사내의 풍모는 자못 제왕으로서의 위엄과 고상한 기품을 가지고 있어서 그 분재를 돌보는 모양 또한 그 풍모에 맞게 자연스러웠다. 그가 바로 이리족 최고의 영웅 황인 장군이었다.

"꽃은 아직이로군요."

황인은 분재에서 자라는 작은 식물의 잎을 조심스럽게 헝겊으로 닦다 소리가 들려오자 고개를 돌렸다.

"오, 보골타! 어서 들어오게."

보골타가 공손히 허리 굽혀 절을 하고 천막 안으로 성큼성큼 들어와 황인의 발치에 부복하였다.

"대장군을 뵈옵습니다."

"이것이 삼 년에 한 번씩 꽃을 핀다지?"

"예, 그리 들었습니다."

지난해 부족장회의에서 힘겨운 진통 끝에 원로회의 탄생에 합의한 족장들이 제일 먼저 한 일은 황인을 불러 대장군의 칭호를 내리고 군부와 함께 그에게 맡긴 분재였다. 그날 밤 흡족한 황인이 보골타를 불러 술을 권하며 말했다.

"이게 부족장, 아니, 원로원의 노친네들이 내게 내린 귀한 식물이라네. 키우기가 쉽지 않다는구먼. 그래도 죽지만 않는다면 삼 년 후에는 글쎄 이놈이 꽃을 피울 거라는군. 혈루화라고 하던가. 이름대로 아주 피처럼 새빨간 꽃."

보골타가 계산해 보니 아직 꽃이 피려면 이 년은 남았다. 그는 그날 밤 황인의 표정이 새삼스럽게 떠올랐다. 피처럼 새빨갛게 충혈된 눈으로 그가 말했다.

"우리는 하지성에서 혈루화를 보게 될 걸세."

보골타는 이미 그날 밤 혈루화를 보았다. 새빨갛게 충혈된 황인의 눈에서. 일휘국의 수도 하지성에서 다음해에 필 혈루화를 보골타는 황인의 눈에서 이미 확인한 것이었다. 보골타는 황인의 약속을 믿어 의심치 않았다.

"자네도 보고 싶은가?"

"예?"

"혈루화 말일세."

"예, 보고 싶습니다."

"나름대로 정성을 들이기는 하는데 어째 시들시들한 것이……."

황인이 입술을 찌그러뜨리며 고개를 설레설레 저었다.

"상관없습니다. 제가 대장군께 보여 드리겠습니다. 하지성의 배웅이란 놈의 두 눈에서 피눈물이 꽃처럼 흐드러지게 만들고야 말겠습니다."

보골타가 눈물이 그렁그렁해서 한 마리 야수처럼 황인을 물어뜯을 듯 으르렁거리며 말했다.

그날 청룡회의 집법장로 호도민은 평생을 잊지 못할 날을 맞고 있었다. 사단은 지난 가을 이적단체 삼합회의 청부를 맡고 그것을 해결하는 가공할 이적 행위를 저지른 천고의 역적 지민을 잡아들이는 데서부터 시작되었다.

폐광에서의 사건으로 사경을 헤매던 지민이 '그쪽은 혹시 심장을 방패라고 착각하는 팔푼이 운운' 정도의 눈이 똥그래질 만한, 양양의 입에서 나왔다고는 믿을 수 없는 핀잔과 잔소리와 억압 속에서 간신히 해방되어 마을 산책하다가 하필이면 그때 마침 순찰 중이던 청룡회원 셋을 마수지고 밀있다.

또 하필이면 기억력이 좋은 자가 있어서 지민의 수배 전단
에 그려진 얼굴을 우연히 마주친 사내의 얼굴에서 떠올리고
말았다.

당장에 체포령이 떨어지고 우연찮게도 만신창이 부상에
채 아물지 않은 데다가 심장 근처에 상처가 있어 애초에 반항
이나 탈주를 포기한 지민을 손쉽게 체포하였다. 그러나 그 뜻
밖의 행운이 호도민의 크나큰 화근이 될 줄이야!

사건 소식은 이제는 제법 용병단이 자리가 잡혀서 나름대
로의 정보망을 확보한 양양의 귀에 즉각 보고되었고, 허둥대
는 양양을 우연히 만난 구패가 이상하게 여겨 캐묻고 사건의
전말을 알게 되었다.

그 즉시 요철상에게 연통을 날리고 자신의 수하들에게 총
집합령을 내렸다. 오래지 않아서 역시 자신들의 수하를 몽땅,
정말로 몽땅 끌고서 요철상이 나타났다. 북벽 일대의 무시무
시한 두 조직의 연합군은 사기가 충천하여 거칠 것이 없었다.
즉각 청룡회의 본부로 득달같이 달려갔다.

“내놔!”

“안 내놓으면 내일 아침에 이곳에 공동묘지를 세우게 될
거야!”

웬 사람 같지도 않은 인상파들이 각양각색의 흉기를 들고
험상궂게 짖어대자 호도민은 당황할 수밖에 없었다. 일단 저
잣거리에서의 지민의 효수형은 보류되었다. 떼거리로 몰려

온 짐승 같은 놈들이 무슨 짓을 벌일지 모르기 때문이었다.

사납기로 소문난 북벽 지역의 깡패들이 그것도 두 개의 조직이 밤새 청룡회를 포위하였다. 사건이 조용히 종결되기는 애저녁에 틀려먹었다.

다음날 전전긍긍하던 호도민에게 낭보가 날아들었다. 질풍단이, 그것도 단주 조세룡이 황송하옵게도 친히 청룡회에 납시신 것이었다.

청룡회를 방문한 새말 용병계의 거물이 말했다.

“호 장로님.”

“예, 단주님.”

“그런 역적을 지난가을부터 끈질기게 추적하여 잡아낸 근면함에 감복하였소.”

“감사합니다.”

“집법장로시면 법을 집행하는 분이 아니겠소. 새말의 법은 그 역적 놈을 효수형에 처하라고 명하고 있소. 소신있게 밀고 나가시오.”

“하지만…….”

“걱정 마시오. 우리 질풍단을 총동원해서라도 청룡회의 정의를 지켜 드리겠소.”

라는 약속과 함께 상부에 보고하여 상을 받도록 추천해 주겠다는 다짐도 잊지 않았다.

호도민은 의기양양해져서 판부에 즉시 허가를 청했다. 그저 요식적인 절차였다. 그런데 홍관 노철심이 느닷없이 청룡회에 들이닥쳤다. 그 이틀 동안 호도민은 소문으로만 접했던 새말의 거물들인 뒷골목, 용병계, 정계 할 것 없이 각계각층으로 네 명이나 직접 대면하게 되는 영광스러운 기록을 세우게 되었다. 그러나 거기서 끝이 아니었다.

다음날에는 오성방의 방주 화서명과 천지회의 회주 소병희까지 가세하여 노철심에게 항의하였다. 화서명과 소병희가 누구인가. 실질적으로 새말 군부와 재계의 최고실력자들 아니던가. 결국 판관이 역적을 비호할 수는 없는 법, 노철심이 밀리는 듯했다. 그러나 지민의 사형 집행을 준비 중이던 호도민은 다시 한 번 일을 중단해야 했다.

이번에는 녹부의 부장 홍대명이 그것은 군사적인 극비의 첩보라서 밝힐 수는 없지만 지민의 행동이 역적 행위가 아니라는 통보를 전해왔다. 호도민은 감히 녹부의 압력을 무시할 수 없었다. 그러나 화서명과 소병희는 포기하지 않았다. 그까짓 삼류용병 하나 잡는데 왜 그렇게 혈안이냐고 의문을 품는다면 그것은 이미 새말 사람이 아니었다.

일이 이쯤 되고 보면 이제 와서 이것은 화서명과 소병희의 권위에 관한 문제가 되었다. 실패는 곧 화서명 소병희 연합의 새말 지배권 상실을 의미했다. 급기야 원로회까지 소집되는 사태에 이르렀다.

호도민은 갑자기 자신이 새말 정계의 중심으로 부상하는

듯한 착각에 빠지는 사태에 이르렀다.

호도민은 사 일째가 되는 날 아침, 사흘 밤낮을 잠도 못 잔 충혈된 눈으로 눈앞의 꺼벙한 삼류, 아니, 삼류에도 못 미치는 쓰레기 용병을 바라보았다.
"나가도 되는 건가요?"
"그렇네."
새말의 전 용병들이 벌벌 떤다는 청룡회의 집법장로 호도민이 눈앞의 어리둥절해하는 꺼벙한 쓰레기 용병에게 감히 하대를 못하고 급기야 평대를 하기에 이르렀다.
"그럼 수고하쇼."
지민이 휘적휘적 멀어져 갔다.
"잠깐!"
"왜 그러세요?"
"자네는 일휘국왕과 어떻게 아는 사이인가?"
"일휘국왕?"
"응, 일휘국왕 배웅."
"딱히 친분은 없는데요."
호도민이 넋이 나가서 입을 벌리고 있는 동안, 지민이 뚜벅뚜벅 청룡회의 정문을 통해서 호도민의 눈앞에서 사라졌다.
어제는 급반전의 연속이었다. 새말의 두 실력자 화서명과 소병희의 공직을 피해갈 원로회의 의원은 아마도 단 한 명도 없을 것이다. 새말 건립 이래 최초의 만장일치로 홍판의 재심 요청도, 녹부의 군사기밀을 통한 변호도 기각되었다. 그러나 원로원의 만장일치도 일을 결정짓지는 못했다.

하양반도 최강의 군사대국 일휘국의 왕 배웅이 군사적인 이유를 들어 강력 항의를 해온 것이다. 아무리 원로회의의 만장일치라도 삼류용병의 문제를 국제적으로 비화시킬 수는 없는 것이 약소국 새말의 설움이었다. 원로원은 자신들의 만장일치 결의를 하루도 채 지나지 않아서 눈물을 머금고 스스로 번복하기에 이르렀다.

호도민은 지민이 이미 사라졌음에도 넋이 나간 듯 그대로 서서 혼자 중얼거렸다.

"이럴 수는 없어. 일개 쓰레기 용병 따위가… 암, 이건 그런 쓰레기 용병이 아니라 제아무리 전설의 용병 비둘기 그림자라도 어림없는 일이야."

이리하여 새말 최대의 정치 사건은 조용히 마무리되었다.

三. 그녀만의 장군

　새말은 잘 구획된 신흥 도시였다. 길이 이십 리, 폭 십오 리의 직사각형으로 성벽을 둘러쌓은 이 성곽 도시는 각 방향에 각각 네 개의 성문이 있고, 종과 횡으로 문과 문을 연결하는 대로가 있었다. 그중 서문에서 중앙에 이르는 길을 주작대로라 부르는데 그곳에 용병들을 담당하는 관청 용부가 위치해 있었고, 그런 관계로 각종 용병단의 본부들이 밀집해 있었다. 비록 구석이기는 하나 그곳에 청사자가 그려진 깃발을 세워 둔 열 칸짜리 집이 있었으니 그 집이 바로 석 달 전에 비로소 청사자 깃발이 내걸린 양양 용병단이었다.

　"하오시면 그리하시지요."

베일 듯이 날이 잘 선 노란색의 상하의를 걸친 여인이 그렇게 말했다. 커다랗고 새카만 눈동자는 그녀의 현명함을 숨기지 못했고 흐린 날에도 날씬하게 빛나는 코가 그녀의 기품을 대변해 주었다. 거기에 노란 옷으로 상하의를 맞추었으니 이 봄날에 아담한 집무실은 개나리꽃이 없음에도 그 향기가 물씬하는 듯했다.

"예, 그럼 기한은 사흘로 하겠습니다."

대답하는 이는 살집이 없는 코와 처진 눈꼬리에 꼼꼼하고 고집있는 초로의 사내 바로 윤문배였다. 양가장의 청사자 깃발이 떨어지던 날 이십 년의 양가장 일꾼으로, 또 이십 년의 양가장 총관으로 총 사십 년의 양가장 생활을 마감하며 통곡했던 윤문배, 오라는 곳은 많았으나 굳이 빈한한 채로 기다리다가 마침내 다시 청사자 깃발이 서 있는 이곳에서 총관으로 새출발하였다.

"그럼 오늘 일은 마무리된 건가요?"

정이 담긴, 그러나 엄격한 말투로 양양이 물었다.

"아니요. 우리 양양단에서 용병을 하겠다고 지원한 뜨내기 둘이 아까부터 기다리고 있습니다만……."

양양은 남몰래 한숨을 쉬었다. 반쯤 열어놓은 장짓문 사이로 어느새 저녁 해가 뉘엿뉘엿 지고 있었다. 오늘도 정신이 없이 지나간 하루였다.

지난봄 지민이 느닷없이 찾아온 이후로 일은 순조로웠다.

선교표국은 아예 단골이 되었고, 해태공방도 어쩐 일인지 열혈 맹방을 자처하며 여기저기 다른 공방들까지 소개시켜 주었다. 게다가 북벽 일대의 뒷골목 일을 전담하고 보니 석태의 소위 '그녀의 기사단'은 말 그대로 양양의 일만으로도 벅찬 명실상부한 '양양의 기사단'이 되고 말았다. 그래도 일손이 모자라서 소문을 듣고 찾아오는 뜨내기 용병들을 받아들이고 있었다. 오늘도 그런 뜨내기들이다.

새로운 용병들은 반드시 그녀가 직접 보고 입단을 결정했다. 살아생전 할아버지 양연의 '일은 사람이 하는 것이다. 용병 일에 있어서는 첫째가 사람이고 둘째가 신의이니라'라는 유지를 받들어 새로이 사람을 들이는 데는 아무리 바빠도 소홀함이 없었다.

"들이도록 하세요."

"예."

윤문배가 대답을 하고 용병 면접자들을 데리러 나갔다. 정신없이 바쁜 하루에 짧은 망중한이었다. 첫째가 사람이라 하였다. 그녀는 몸 매무새를 단정히 가다듬고 태도를 바로 하였다.

물론 둘째 신의도 열심히… 아니, 양양이 열심일 필요는 없었다. 곤란한 일은 무조건 지민에게 맡겼다. 어찌 돌아가는지는 영문을 알 수 없었지만 아무리 꼬인 일도, 아무리 곤란한 일도 그에게 맡기기만 하면 일사천리였다.

처음에는 석태와 윤문배의 강권에 어쩔 수 없이 일을 맡기기는 했지만 물가에 내놓는 어린아이를 둔 어미처럼 가슴을 졸이고 발을 동동 굴렀다. 그러나 어찌 된 일인지 결과는 깔끔했다. 단 한 번도 예외가 없었다. 양양으로서는 신통하고도 신통한 일이었다.

단 일 년 사이였다. 불과 일 년 사이에 양양의 용병단은 다시 부활하였다. 아니, 하늘 높은 줄 모르고 나날이 부상하였다.

양양단의 신용은 질풍단의 조세룡도, 오성방의 화서명도 어쩌지를 못했다. 마침내 양양은 주작대로의 양지바른 곳에 적당한 저택을 구입하였고, 새말의 어느 용병단에도 없는 '장군'이라는 지위를 새로 규정하여 지민을 그 자리에 임명하였다. 그러나 새말 사람들은 용병에게는 가당치도 않는 거창한 지 장군의 등극을 아무도 비웃지 못했다. 이미 십년전쟁 때부터 지민은 새말 사람들에게 '그녀의 장군'이었기 때문이다.

"단주님께 문안드리옵니다."

느닷없는 목소리가 그녀를 상념에서 깨어나게 했다.

"어서들 오세요."

단정한 그녀의 얼굴과 자태에는 어느새 감히 범접 못할 위엄과 품위가 깃들어 있었다.

"예, 저는 형두명이라 하옵고, 호파수 해적소탕전에서 초전의 언덕 전투에 참전한 바가 있습니다."

십중팔구는 이러하였다. 양양은 가끔씩 지금 자신이 있는 곳이 양양의 용병단인지 지민의 용병단인지 헷갈릴 지경이었다. 하지만 그녀는 면접자들이 물러갈 때까지 유서 깊은 양가장의 후계자로서 흠 잡을 데 없는 고고함과 우아함을 잃지 않았다. 그러나…

"이봐, 장군님. 어째서 저런 녀석들을 받아들인 거야?"

단주 집무실을 돌아 나와 후원으로 연결된 복도를 지날 즈음이면 전혀 다른 사람이 되는 양양이었다. 쿵쾅거리며 복도를 달려가 억세게 쏘아붙이는 것이 이전까지의 얌전한 요조숙녀는 간데없고 영락없는 말괄량이였다.

"어어, 단주님 왔어."

지민이 한적한 후원의 방을 문짝이 부서져라 활짝 열어젖히고 볼이 한껏 부은 양양에게 언제나처럼 사람 좋은 미소로 맞아주었다.

"멍청하고 철딱서니도 없는 장군님. 그렇게 아무나 막 받아들여도 되는 거야?"

"하지만 듣고 보니 사정이 딱하던걸."

지민이 머리를 긁적거렸다.

매사가 이런 식이었다. 지민은 언제나 면접자의 능력보다는 그들의 딱한 사정에 먼저 귀를 기울였다. 그래도 양양은 항상 용병들의 최종 결정은 지민에게 맡기는 것을 고집했다.

왜냐하면 그가 장군이니까.

양양은 지민이 '그녀의 장군'이라는 믿지 못할 소문을 듣고 남몰래 여기저기 알아보았다. 그리고 소문의 진상이 밝혀지자 밤새 울었다. 묵묵히 자신을 지켜주고 있는 한 멍청한 사내와의 추억을 곱씹으며 오열을 했다.

그녀는 '그녀의 장군'이라는 호칭이 정말로 마음에 들었다. 그래서 주작대로에 버젓한 용병단을 가지게 되는 즉시 지민을 그 장군에 봉하였다.

그가 양양 용병단의 장군이 되던 날은 아주 맑았다. 넓은 마당에 윤문배를 비롯한 식솔들을 모아놓고 그녀는 목이 메인 채 그러나 낭랑한 목소리로 발표하였다.

"지민, 그대를 양양 용병단의 '그녀의' 장군으로 임명합니다."

물론 '그녀의'라는 말은 들은 사람은 아무도 없었다. 하지만 그녀는 너무도 분명히 그렇게 말했다. 마음속으로.

四. 특별한 용병계약

　　새말 유일의 정보기관 녹부에 일급 비상사태가 발생하였
다.

　　하늘터.

　　마침내 이리족의 원로원이 준공되었다. 돌아오는 첩자마
다 이리족의 병사들이 무량산 쪽으로 향하고 있음을 알려왔
다. 마침내 전쟁이다. 그래도 새말의 녹부가 특급이 아닌 일
급 비상사태인 것은 이리족 병력들의 집결지가 새말 방면이
아닌 일휘국의 국경이었기 때문이다.

　　그날 밤 녹부의 부장 홍대명은 원로원으로부터 어이없는
전갈을 받고 민방의 방장 강흥을 불러들였다.

　　원로원의 전갈은 홍대명이 보기에는 너무도 터무니없는 것이었다. 부장 홍대명은 마음이 심란했다. 새말 정계에 또 한 번의 격동이 몰아칠 것을 대비해야 했다.

　　강홍은 홍대명의 전갈을 듣고 나자 결코 터무니없는 주장은 아니라는 듯 '황산'을 아느냐고 물어왔다.

　　"황산?"

　　언제나처럼 녹부 민방의 방장 강홍은 관련 서류들을 들고 홍대명의 결정을 돕고 있었다.

　　"예, 홍성진 북동쪽의 무량산맥 남쪽 기슭의 작은 마을이라고 합니다."

　　"근데 그게 비둘기 그림자하고 무슨 상관이야?"

　　"그것이……."

　　강홍이 실눈을 뜨고 천장을 바라보았다. 그리고 마침내 기억이 났다는 듯이 대답했다.

　　"부장님, 기억하십니까? 왜 예전에 십년전쟁 때 진태충의 암살공작……."

　　"응, 기억이 안 날 수가 없지. 왜?"

　　홍대명은 그때를 회상하니 다시 진저리가 난다는 듯이 이마를 찡그리며 되물었다. 엉뚱한 용병 하나 때문에 예상 밖으로 애를 먹은 공작이었다.

　　"그때 그 친구가 자신의 십년전쟁 연봉과 보상금 전체를 걸고 요상한 거래를 제의했지요."

"호오, 그 정도 특급용병이면 연봉만 해도 꽤 될 텐데."

"예, 또한 그 친구도 그림자였는데 전쟁이 끝났을 무렵, 우리 진영에 살아남은 그림자들의 숫자가 아마도 총 여섯 명이었을 겁니다."

홍대명이 머리를 끄덕였다. 생존 가능성이 희박한 주특기였다. 아마도 확률로 치자면 오십분지 일?

"이 친구가 그 여섯 명 중의 하나지요."

"뭐어? 그 무한의 영지?"

홍대명도 기억했다. 당시 십년전쟁에 참가했던 연합국의 수가 열한 나라, 하양반도에서 국가명을 가지고 있는 세력이 당시 모두 합쳐서 열하나였다. 그 열한 나라가 하나도 빠짐없이 모두 승인을 했다. 진태충을 암살하고, 종전까지 국가에 봉사한다면 반경 오십 리가량의 적지도 크지도 않은 영토를 일개 개인에게 넘긴다는 전무후무한 용병계약이었다.

홍대명은 머리가 지끈거렸다. 아마도 당시는 아무도 비둘기 그림자가 전쟁에서 살아남으리라고 생각하지 않았던 것으로 생각되었다. 그러고 보니 전쟁 막판에는 그에게 '죽어라 죽어라' 하는 위험한 임무들만 떨어졌던 것도 같고.

"그러니까 전설의 용병 비둘기 그림자는 확실히 살아 있는 것이군."

그동안은 죽었네 살았네 말도 많았고 녹부조차도 그 진위를 밝혀내지 못했던 터였다. 강홍이 씨익 웃으며 한마디 보태는 것을 잊지 않았다.

"네, 그리고 그것이 바로 비밀번호 팔육삼이 비둘기 그림자라는 확실한 증거이기도 하구요."

'능구렁이 같은 놈.'

홍대명은 오늘따라 유난히 강홍이 밉살스러웠다.

"시행하게. 제 땅 제가 지키러 가는 걸 누가 뭐라고 하겠는가?"

"네. 이거 당분간 시끄럽겠는데요. 오성방, 전대문을 비롯해서 전 용병단들이 들고일어날 테고……."

"그러게 말일세. 이건 아무래도 특급이겠지? 자네가 나가는 김에 비상경계령 좀 조정하도록 전해주게."

"네. 그런데 뭐어 신빙성이 확인되지 않은 정보이긴 합니다만……."

"뭐길래 그러나? 뜸 들이지 말고……."

주저하던 강홍이 멋쩍은 듯 웃으며 한마디 보탰다.

"비둘기 그림자의 고향이 그 마을이라는 뜬금없는 소문입니다만… 뭐어 믿거나 말거나입니다."

"싱거운 사람……."

그래서 어쨌단 말인가. 홍대명은 빨리 나가라고 강홍에게 손을 휘휘 내저었다.

민방의 방장 강홍은 눈앞에 닥친 태풍이라도 걱정하는 듯

한숨을 쉬면서 부장실을 나섰다.

한 사내가 어두운 밤 주작대로를 넘어 양양의 용병단 후원으로 숨어들었다. 그의 신중하고 날랜 동작은 어느 누구의 주의도 끌지 않고 조용히 지민의 방에 잠입하였다.

"자네 일휘국 국왕하고 아는 사이야?"

"누가 그래?"

"녹부 민방의 강홍이가 그러던데."

"또 녹부 일이야?"

"아니, 녹부는 그냥 연결만 맡은 모양이야."

"근데 일휘국 전하께서 왜?"

"응, 빚 갚으라구."

"뭐어?"

"응. 일휘국 배웅 국왕께서 친히 전서를 보낸 모양이야. 빚 갚으라구."

"칫, 알았어."

"근데 자네가 강대국의 왕씩이나 되는 분한테 도대체 무슨 빚을 진 거야?"

"몰라도 돼. 하지만 정식 의뢰를 달라고 해."

"응?"

"의뢰자는 아무나 상관없지만 의뢰를 받는 곳은 꼭 양양의 용병단이라야만 돼. 헤줄 수 있지?"

"거야 뭐 어렵나. 알았어."

다음날 새말 용병계가 발칵 뒤집히는 훈령이 용부에 전달
되었다. 양양으로서는 아닌 밤중에 홍두깨였지만 지민은 그
럭저럭 예상하고 있던 터였다.

강홍의 예상대로 다음날 용부에는 거대한 태풍이 몰려왔
다.

가장 먼저 폭풍에 휩쓸린 것은 지난 십사 년간 쭉 정문을
지켜온 박대삼이었다.

"이른 아침부터 어쩐 일이……."

"비켜!"

사내가 무례하게 박대삼의 어깨를 밀치며 대문을 밀고 들
어섰다.

"쯔읍."

박대삼은 쓴맛을 다셨다.

"내가 일찍부터 알아봤지."

정문 문지기 십사 년이면 나름대로 사람 보는 눈은 정립한
상태였다. 그리고 천직 의식도 조금쯤은 있다. 그래도 막지는
못했다. 박대삼을 무례하게 밀치고 정문을 통과한 자가 바로
새말에서도 쩌렁쩌렁한 용병단 질풍단의 단주 조세룡이기 때
문이었다.

항상 예의 바르고 아랫사람도 허투루 대하지 않는다고 칭

송이 자자하던 조세룡. 그러나 박대삼은 평소부터 어쩐지 그게 가식이라고 느껴졌던 바였다. 아니나 다를까, 식전 댓바람부터 시어미한테 이유도 모르고 욕먹은 며느리의 표정으로 달려와서는 이 지랄이었다.

"무슨 일이지?"

박대삼은 정말로 궁금했다. 저 속 다르고 겉 다른 조세룡이 자신의 속을 숨기지도 못할 정도의 일이라면 정말 큰일일 것이라고 박대삼은 추측했다.

그날 아침 용부에서 본격적으로 태풍을 맞은 사는 바로 용부의 우두머리 부장 장태삼이었다.

장태삼은 양쪽 볼따구에 감자 두 개를 달고 아랫배에 밀가루 포대자루를 달고 있는 모양새의 전형적인 뚱보로서 이제 막 아침상을 받고 있었다. 당연한 일이지만 그에게 하루 중 가장 방해받고 싶지 않은 순간을 물어본다면 그것은 말할 것도 없이 기나긴 공복의 밤을 지나서 드디어 김이 모락모락나는 아침 첫 숟갈을 드는 순간이었다. 지금이 막 그 순간이었다.

와장창!

장지문이 '벌컥'도 아니고 그야말로 문짝이 부서질 듯 와장창 열린 순간, 장태삼은 마침 입속으로 입장하려던 수북한 한 움큼의 밥이 담긴 숟가락을 허공에 들고 놀란 눈으로 장지문 쪽을 바라보았다.

그곳에 조세룡이 성난 눈빛으로 씨근덕거리며 장태삼을 노려보고 있었다.

장태삼은 밥숟갈을 입 안에 털어 넣지도 내려놓지도 못한 채 자라목이 되어 목을 움츠렸다. 그만큼 조세룡의 눈빛이 범상치 않았다. 만약 조세룡의 눈빛이 화살이었다면 장태삼은 자신이 순식간에 화살을 뒤집어쓰고 고슴도치가 되었을 것이라는 착각을 했다.

"장 부장!"

"조 단주께서 이 시간에 웬일이시오."

장태삼은 재빨리 마음을 진정시키고 위엄을 되찾고자 했다.

그래도 자신은 새말 용병들의 목줄을 쥐락펴락하고 있는 명색이 용부의 부장이고, 상대는 고양이 앞에 쥐같이 자신의 먹이사슬하에 놓여 있는 용병단의 단주였다. 그에게 자신의 즐거운 시간을 강탈당하는 것은 자연의 도리가 아니라고 강력히 주장하고 싶은 장태삼이었다. 그러나 오늘은 뭐가 조금 달랐다.

"당신 이러면 정말 재미없어."

평소의 그 예의 바르고 상냥하던 조세룡이 마치 북벽의 깡패처럼 막 나가고 있었다.

"이보시오, 조 단주. 일단 진정하고 자초지종을……."

아무리 생각해 봐도 장태삼은 질풍단에게 손해날 일을 하지 않았다.

"그동안 나한테 받아 처먹은 게 얼만데 일을 이따위로……."

조세룡이 정말로 흥분한 듯 숨이 차서 말도 제대로 맺지 못했다. 물론 뇌물이라면 질풍단이 최고다. 오성방보다도 그 통 크다는 전대문보다도 실속있었던 것은 사실이다. 그래도 선수끼리 할 말이 있고 못할 말이 있는 법이다. 이쯤 해서는 장태삼도 핏대가 올랐다.

"아, 도대체 왜 그러는데?"

"양양의 용병단?"

조세룡이 같잖다는 듯이 코웃음을 쳤다.

"게다가 갑조도 아니고 을조? 그게 말이 되는 거야! 도대체가 일을 어떻게 처리……."

"아, 그거……."

장태삼은 그제야 '아 그거' 하는 표정으로 사태 파악이 끝났다는 듯이 피식 웃고는 마침내 이제까지 들고 있던 그의 아침 밥상의 첫술을 여유있게 입 안에 털어 넣었다.

"이게 도대체 뭐 하는 수작이야?"

막 나가자는 것이었다. 조세룡이 아예 반말지거리로 종주먹을 들이댔다.

"나한테 따지지 말고 원로원에 가서 따져."

자존심이 있지. 장태삼도 막 나가기로 했다.

"뭐어?"

"아, 뭐 해? 원로원에나 가서 따져. 아! 아니지, 일휘국으로 가봐야겠네."

"무슨 소리요?"

그제야 어리둥절해진 조세룡이 평정을 되찾은 듯 존대를 해왔다. 예의범절이라면 누구 못지않음을 자처하는 장태삼도 곧바로 존대로 말을 받았다.

"이건 정부의 정책과는 무관한 일이라오. 일휘국에서 정식으로 양양 용병단을 지목해서 일을 의뢰한 것이라우. 의뢰자와 수뢰자. 이건 우리 용부가 가타부타 따질 일이 아닌 거외다."

기분이 어지간히 상한 장태삼이 조세룡은 쳐다도 보지 않고 손짓으로 축객령을 내렸다. 그의 오른손은 많이 늦어진 것을 만회라도 하겠다는 듯이 연신 입과 밥그릇을 왕복하고 있었다.

새말의 전 용병단은 물론이고, 원로원, 집정부를 비롯해서 새말의 민간인까지 벌집을 쑤셔놓은 듯 떠들썩했다. 그 와중에 새말 용병에 관한 것이라면 이야기가 많기로는 으뜸이라는 사영 막사거리가 조용할 리는 없었다.

"질풍단의 그 여우가 아예 드러누웠다며?"

"무슨 소리야? 거기 일하는 애덜 이야기로는 오후 내내 싱글벙글이라던데."

"엥! 그게 무슨 소리야? 질풍단의 조 단주가 양양 용병단이 잘되는 꼴에 싱글벙글할 리가……."

"그게 알고 보면 꼭 좋은 일도 아니라지 아마……."

"응? 당최 이해가 안 가는걸. 이건 한 국가가 일개 용병단에게 국가적인 전쟁을 의뢰한 거라구. 게다가 을조 용병단에. 이건 양양 용병단에게는 더할 나위 없는 광영이라구. 이런 일은 제아무리 강하다는 오성방이나 전대문 같은 갑조 용병단도 의뢰받은 적이 없는 역사적인 거래라구."

두 젊은 용병들의 이야기를 듣던 어느 늙은 용병이 답답하다는 듯이 끼어들었다.

"응, 오성방에 아는 친구 하나가 아까 사영에 일 보러 나왔길래 물어봤지."

"네?"

"뭐래요?"

이야기를 나누던 젊은 용병들의 시선이 즉시 노용병에게 쏠렸다.

"그게 말이야, 외교적인 문제랑 상관없다는 거지."

"좀 알기 쉽게 설명해 봐요. 당최 무슨 소린지 원……."

"쯧쯧, 조금씩은 생각 좀 하며 살게나. 그러니 우리 사영 용병들이 뭐에 맞아 죽는 건지도 모르고 죄다 나가죽는 거야."

“아따 신소리 그만 하시고 알아듣게시리 말씀 좀 해주세요.”

노용병이 빙그레 웃더니 헛기침으로 뜸을 들이고 이야기를 시작했다.

“그러니까 말이야. 일휘국의 정식 통보가… 물론 새말의 외부(새말의 외교부)를 통해서 원로원의 승인을 받고 용부의 절차를 거쳐서 양양 용병단에 들어갔지?”

“네, 그렇죠.”

“그러니까 이것은 절차일 뿐, 외부가 이리족에게 선전포고를 하고, 일휘국과 연합하기로 의결했다는 이야기는 아니란 말씀이야. 즉, 이건 새말의 국가적인 행위가 아니라 일개 용병단의 거래 행위로 규정했다는 거야.”

“그래서요?”

“이런 답답한 친구들, 뭐가 그래서야? 이건 양양 용병단이 의뢰를 받아들인다면 일개 용병단이 단독으로 이리족과 전쟁을 해야 된다는 말이지 뭐긴 뭐야?”

“흠…….”

“젊은 용병들은 아직도 못 알아듣겠다는 기색이었다. 노용병이 결론을 내렸다.

“즉, 정부에서는 아무런 지원도 할 필요가 없고, 다른 용병단도 전에처럼 국가의 안위라는 차원의 강제성이 없다는 거지. 어때? 자네들이 볼 땐 다른 용병단에서 병력 하나라도 양양 용병단을 도와줄 거 같애?"

젊은 용병들은 그제야 사건의 전말을 이해했다.

"에이, 그럼 계란으로 바위 치기네. 이리족 놈들이 부족이란 부족은 죄다 단합해서 이번에는 병력도 엄청날 거야. 양양단이 아무리 용병단의 이름을 만방에 알리는 천재일우의 기회라 해도 제 목숨보다 용병단 이름이 중요하지는 않을 테니까 이건 없었던 일이나 마찬가지네요."

그랬다. 죽을지 뻔히 알면서도 싸움에 나설 용병은 없었다.

양양 용병단의 단주 양양도 처음에는 일언지하에 거절할 생각이었다. 그런데 예상외로 항상 양양의 의견에 일절 반대가 없던 지민이 예상 밖의 고집을 부리고 있었다.

"가야 해."

"안 돼. 도대체 뜬금없이 웬 고집이야? 말이 되는 소리를 해야지."

처음에 양양은 지민을 상대도 해주지 않았다.

일휘국 국왕 배웅은 건국 이래 최대의 위기를 맞이하고 있었다. 일찌감치 주변국과의 유대를 다지며 준비해 왔다. 하지만 이번만큼은 쉽지 않았다. 이리족의 정세가 최고조로 안정되어 있었다. 간혹 무량산맥을 넘어서 약탈 전쟁을 감행해 오기는 했지만 그것은 흉년으로 인한 식량 부족 문제로 선택의 여지가 없는 전쟁이었다.

부족 간의 이해관계가 달라서 사정이 급박한 몇 부족만 어쩔 수 없이 무량산을 넘어왔고 그나마 코끝의 적들이 더욱 두려운지라 대개의 병력은 수비군에 배분해야 했다. 게다가 국내 형편도 여의치 않아서 군기가 엉망인 병사들에다가 보급 상황도 좋지 않아서 국지적인 단기전이 되는 것이 대부분이었다.

그러나 이번에는 상황이 달랐다. 오랜 강적 붉은늑대군과의 치열한 전투로 병력 전체가 경험도 풍부했고, 오랜만의 대동단결인지라 병력이 이전과는 규모가 달랐다. 하양반도의 동맹국들도 어지간히 겁을 먹었는지 원하는 것을 주고 화평을 맺자는 주장까지 나오고 있는 형편이었다.

이리족의 방패라는 기치를 앞세워 하양반도의 패권을 장악한 배웅으로서는 화평은 애초부터 선택지에 없었다. 그것은 국가의 입지가 균형을 상실하고 나아가서 신흥국가의 존립 자체가 위험해졌다.

일전불사를 결심한 배웅은 철저하게 적의 약점을 공략하는 전략을 세웠다. 이리군이 무량산을 넘는 데 칠 일, 홍성진이 위치한 도멸강—배웅은 여기에 방어선을 형성할 복안이었다—까지 다시 오 일, 총 열이틀 간의 행군이 선행되도록 하고 싶었다. 당연하게 무량산맥에는 식량보급기지도 중간 휴식지도 없었고, 오랜 전란의 여파로 무량산에서 홍성진까지도 무인지대였다. 단 한 곳을 빼고는.

'십 년 전이던가?'

어렴풋한 기억으로는 당시 고급 작전참모였던 배웅은 전략회의에서 황산 초토화라는 작전이 거론되었던 적이 있었다. 당시도 지금과 같이 홍성을 거점으로 도멸강에 방어 전선을 구축하는 전략이었다. 그런데 공교롭게도 십 년 후 같은 곳에서 같은 작전을 시행하려니 뜻밖의 문제가 발생했다.

무한의 영지.

무려 열한 개 국가가 동의한 영지였다. 그 영지는 하양반도의 어느 국가에도 속할 수 없는 영지였다. 그야말로 어떤 정치적 이권이 개입될 수 없는 '무한' 의 정치적 자유를 가진 영지였다. 그것은 국가를 초월하는 힘이었다.

열한 개국은 그 영지에 한하여 권리는 없으되, 의무는 있었다. 만약 배웅이 그 마을을 쓸어버린다면 조약상으로는 서명에 참여한 열 개 국의 영토를 침략한 것과 똑같은 국제적 범죄행위였다. 배웅에게는 커다란 정치적인 부담이 아닐 수 없었다. 여타 주변국에게 당당하게 침략할 구실을 주는 셈이었다. 이것만은 가능하다면 피하고 싶었다.

그래서 배웅은 약간의 잔꾀를 내어 정치적 술수를 조금 부렸다. 배웅은 목책 위에서 당당하게 자신을 내려다보던 무한의 영주라는 사내의 눈빛에 얼토당토않은 믿음을 가지고 있었다. 사백 명의 정예병 앞에 오십여 명의—노약자와 아낙네를

포함해서—민간인으로 조금도 자신의 패배를 염두에 두고 있
지 않던 그 사내의 확신에 찬 눈빛.

자기 영토는 자신이 지켜라.

배웅이 양양의 용병단에 던진 의뢰는 이 한 문장으로 요약
되는 통보와도 같은 것이었다.

의뢰를 거절한다면 배웅이 나서서 그 작은 마을을 세상에
서 흔적도 남지 않게 쓸어버릴 생각이었다. 조금은 위험한 도
박이지만 배웅은 믿었다. 그 사내의 그 눈빛이라면 자신의 백
성들을 위해서 제아무리 죽을 것이 뻔한 자신의 무덤 자리라
도 뛰어들리라는 것을.

五. 약속보다 더한 것

"내가 말이지……."

양양은 흠칫 놀랐다. 이제까지와는 다른 눈빛이었다. 무언가 확신에 찬 눈빛, 양양은 처음으로 지민이 생각보다 상당한 미남이라는 것을 깨달았다.

"뭔데?"

"내가 그쪽을 목숨을 걸고 지켰다는 거 알아? 난 그쪽이 원하는 것을 위해서라면 내 목숨도 아깝지 않아."

이제 와서는 양양도 믿었다. 지민이 자신의 죽음도 불사하고 자신의 옆을 지켜주었음을.

"인정해. 왜 그랬어?"

"그게 약속이었거든."

"겨우?"

"……."

"겨우 그것 때문이야?"

양양은 어쩐 일인지 맥이 풀리고 가슴이 허전해졌다.

"아니, 단지 그것만은 아니야."

달빛에 지민의 눈빛이 반짝였다. 지민의 눈빛이 묘하게 그윽해졌다. 한참을 마주 보다가 양양은 그만 얼굴이 빨개져서 그가 알까 두려워 고개를 숙여 버렸다. 영문도 모르게 머리가 어지럽고 마음이 설탕처럼 달콤해졌다. 겁도 났지만 그래도 듣고 싶은 한마디.

"뭔데?"

지민이 머리를 긁적이며 대답을 못했다. 아마 그의 얼굴도 붉게 상기되었으리라.

"뭐냐고 묻잖아."

양양은 자신의 목소리가 코맹맹이 소리가 되어버린 것도 의식하지 못하고 지민의 대답을 재촉했다. 하지만 지민의 대답은 양양의 기대와는 다른 것이었다.

"보내줘."

"응?"

"일휘국."

"안 돼."

"그곳도 그쪽과 같아."

"응? 약속?"

"응, 약속. 그치만 단지 약속만은 아니야."

"그럼 나한테 대답 못한 거랑 같은 거야."

지민이 다시 머리를 긁적였다.

"가면 죽을 게 뻔한 데도?"

"응, 그래도 가야만 해."

양양이 허리를 쭉 뻗은 채 곱게 뒷짐을 지고 냄새라도 맡는 듯 밤하늘의 별빛을 추어보며 대답했다.

"안 돼."

"이봐!"

"대답해 주면 보내주지."

양양이 혀를 메롱 하고 내밀었다.

"으."

지민이 다시 머리를 긁적였고, 양양이 은밀히 웃었다.

언제나 죽을 자리로 사내들을 배웅하던 양가장의 여식이었다. 언제나 양양은 할아버지 양연과 아버지 양수를 믿었다. 그들이 반드시 살아서 돌아오리라는 것을.

이제 그녀가 믿어야 할 사내는 지민이었다.

다음날 용부에 소장이 접수되었다. 양양의 직인이 선명하게 찍힌 일휘국의 의뢰를 받아들인다는 내용의 소장이었다.

第十五章 · 우리들의 장군님

평철은 잠시 옛일을 회상하는 듯 감개에 젖었다가 다시 말을 이었다.

"…솔연의 태세라는 것에 대해서 이야기해 보자. 이건 아주 중요한 거야. 근데 솔연이 뭔지 아시는 분은 계시는가?"

이제 삼십 중반에 접어든 평철은 전혀 전직 용병답지 않은 복장이었다. 가지런한 학자풍의 모자와 정갈한 옷, 점잖게 콧수염까지 기른 터였다.

一. 솔연의 태세

평철은 잠시 옛일을 회상하는 듯 감개에 젖었다가 다시 말을 이었다.

"…솔연의 태세라는 것에 대해서 이야기해 보자. 이건 아주 중요한 거야. 근데 솔연이 뭔지 아시는 분은 계시는가?"

이제 삼십 중반에 접어든 평철은 전혀 전직 용병답지 않은 복장이었다. 가지런한 학자풍의 모자와 정갈한 옷, 점잖게 콧수염까지 기른 터였다.

우연치 않게 말로써 밥벌이를 하게 된 처지였다. 반년 전에 석태의 도움으로 마련한 평철서원은 강당으로 사용하는 큰 전각 하나와 숙식을 하는 작은 전각 세 개가 부속으로 딸려 있는 제법 규모있는 학당이었다.

넓은 강당에는 작은 앉은뱅이 탁자들이 종횡으로 열을 지어 놓여 있었고 각 탁자마다 젊은이들이 다수 책상다리를 한 채 앉아 있었다. 그 맨 뒤에 출입문의 양옆으로 엄숙한 얼굴의 사내가 둘이 서 있었는데 그들이 바로 평철의 애제자 겸 조교로 일하는 천붕과 낙도였다.

붓보다 주먹에 관심이 많은 낙도는 어느새 꾸벅꾸벅 졸고 있었고, 천붕은 바야흐로 흥미가 느껴진다는 표정으로 팔짱을 끼고 학생들을 둘러보았다.

'아마 오늘도 아무도 대답을 못하겠지.'

천붕은 그렇게 짐작했다. 지금 배우는 학생들이 알 정도로 솔연이 유명했다면 이리군의 황인이 이토록 불패의 명성을 쌓지는 못할 것이 뻔했다. 천붕의 예상대로 학생들은 서로 두리번거릴 뿐, 모두가 평철의 다음 말을 기다리는 듯했다.

평철은 잠시 시간을 두었다가 헛기침을 하고는 준비했던 강연에 들어갔다.

"솔연은 동방의 어느 신비국의 유명한 병법서에 구지편이라는 부분에 나오는 전설상의 동물이다. 이를테면 일종의 뱀이다."

골치 아픈 전술 강론에서 느닷없이 뱀 이야기가 나오자 학생들은 다시 수업에 집중하였다. 학생들이라고는 해도 모두가 천인대장 이상 급의 고급용병이거나 전술가 지망생들이었고, 개중에는 멀리서 소문 듣고 유학 온 하양반도 국가의 유명한 장군 집안의 자제들이었다. 이미 전술이라면 다들 도통을 한 학생이라기보다는 전문가에 가까운 자들이었다. 그러나 평철은 군이 반말투를 고집하고 있었다. 어디까지나 학생은 학생, 선생님은 선생님이라는 평철의 고집이었다. 그래도 밥을 먹을 정도의 명성을 쌓았다는 감춰진 자부심의 발로이기도 했다.

"머리 부분의 맨 끝에 독을 가진 이가 있고 꼬리에 독침이 있어 적이 머리를 치면 꼬리로 덤비고, 꼬리를 치면 머리로 덤비고, 허리를 치면 머리와 꼬리로 동시에 합공을 한다고 전해지는 뱀이란 말이다. 이것을 군의 진형에 비유하면 어떻게 되는고 하니… 음, 두 가지로 해석이 가능하지."

평철은 중요한 부분으로 들어가기에 앞서 잠시 제자들에게 생각할 시간을 주고는 말을 이었다.

"하나는 전시의 경우 어떠한 적이라도 머리와 꼬리가 마음을 합해 서로를 도와서 반드시 제압한다는 의미이고……."

평철이 여기까지 말했을 때, 출입구 근처에 한 사내가 모습을 드러냈다. 평철의 측면인지라 학생들의 반응에 열중하는 평철은 눈치 채지 못했고, 가장 흥미가 있는 부분이라 집중하고 있던 천붕도 미처 못 봤으며, 낙도는 당연히 졸기에 바빴다.

"또 하나는 평시에 어떠한 임무가 부여되면 시키지 않더라도 저절로 제 할 일을 찾아 완수한다고 하는 의미이다. 이는 이상적인 부대의 모습을 보여주는 상징적인 동작이라 하겠다."

출입구의 사내의 눈에 이채가 빛났다. 사내는 방문의 목적도 잊어버리고 흥미롭게 강의를 들었다.

"이는 이리족의 명장 황인의 전형적인 전술과도 일맥상통한다. 이게 바로 십년전쟁 당시 명곡벌판의 군사 전개도이다."

평철은 돌아서서 준비된 흑판에 백묵으로 그림을 그리기 시작했다. 정사각형을 그리고 머리, 가느다란 직사각형을 그리고 허리, 다시 정사각형을 그리고 꼬리라고 적었다.

"이것이 황인군의 진형이다. 당시 병력 이천칠백. 양익의 머리와 꼬리 부분은 각각 오백의 기마병, 중앙의 보병이 천오백가량……."

다시 그 앞으로 기다란 직사각형을 황인군의 군세에 맞게 그렸다.

"이게 당시 남부연합군의 군사 배치이다. 병력은 육천, 팔열 횡대의 진형이고, 당시 기병은 없었지."

평철이 황인군의 기다란 허리 부분을 가리키며 말했다.

"황인군의 중앙 보병은 삼열 종대, 여기서 주목할 것은 단지 삼 열이라는 것, 병력을 횡으로 길게 늘여서 병력 수가 월등한 남부군과 같은 길이의 진형을 만들었다. 양익의 기마병까지 합치면 오히려 남부군보다 길다고 해도 되겠지?"

그렇게 물어놓고는 학생들이 고개를 끄덕이는 것을 기다려 다시 말을 이었다.

"남부군에 비해 당연히 장비가 떨어지는 야만족의 중앙 보병은 수적으로도 열세이니 초전에 열세에 빠지는 것은 자명한 일……."

그렇게 말하며 백묵을 집어서 흑판 위의 황인군의 중앙 직사각형을 뒤로 밀리는 반원형으로 고쳐 그리고 반면 황인군의 직사각형을 전진시켜 반원형에 붙여서 직사각형으로 변화시켰다.

"즉, 황인은 솔연과 같은 태세로 압도적인 남부연합군을 괴멸시키는데, 고의적으로 약하게 배치된 허리를 적에게 보여주어 허리를 향해 밀고 들어오게 한 뒤, 강력한… 이리군의 기마병이 얼마나 강한지는 모두 아시겠지? 머리와 꼬리 부분의 강력한 기마병으로 양익 포위를 달성하게 되면……."

이 부분에 이르러 평철은 극적인 효과를 위해서 잠시 말을 멈추고 학생들을 바라보며 씨익 웃었다.

"남부군은 괴멸하게 되어 있지. 당시 명곡벌판 전투에서 남부연합군은 이천칠백의 황인군을 맞이하여 육천의 병사가 상대해 지고 단지 육백 명밖에 살아 돌아가지 못했어. 육천 명 중에 딱 육백이야, 육백."

자못 침통한 표정으로 웅변조로 고함을 친 평철은 이제 결론을 말할 때가 되었다고 생각하고 한숨을 돌렸다.

"자아, 말은 쉬어도 행동은 어려운 법. 양익에 기마병이 위치하고 중앙에 보병이 길게 늘어서는 황인군의 전략… 요즘 이리족의 동태가 심상치 않다죠? 얼마 후면 아마도 여러분 중에도 저런 술연의 태세를 상대해야 할 분도 분명히 있겠지. 오늘 강의는 여기까지."

평철은 공손하게 인사를 했다. 그때,

"선생님."

심각한 표정의 한 학생이 손을 들고 말했다. 이리족의 군대와 맞선 일휘국에서 온 유학생이었다.

"말씀해 보세요."

"파해법도 설명해 주셔야지요."

"십년전쟁 당시, 우리 군도 상대의 진형, 전술을 모두 파악했겠지요, 그들이 몽땅 눈먼 장님이 아니라면. 만약 적절한 파해법이 있었다면 십년전쟁은 오년전쟁, 아니, 삼년전쟁이 되었을 겁니다. 제가 그 파해법을 안다면 지금 여기서 썩고 있지를 않습니다. 이상."

평철은 그렇게 말하면서 언제나처럼 예전에 알던 한 사람을 생각했다. 그 사람이라면 파해법을 진작 알고 있을지도……

무심히 강의장을 벗어나려고 시선을 출입구 쪽으로 향한 평철은 거기서 한 사내를 발견하고는 믿어지지 않는다는 표정이 되었다. 방금 전에 생각했던 솔연의 파해법을 알 만한 사내가 바로 눈앞에 있었던 것이다.

"장군님?"

사내가 빙그레 웃었다. 십년전쟁 이후, 삼 년 만에 다시 재회하게 되는 옛 전우 지민과 평철이었다.

깨끗하게 손질된 정자 위에서 두 사람이 마주 앉았다. 오랜만의 조우에 지민이 어색했던지 평철만큼이나 얌전한 색깔의 찻잔을 들어서 음미하듯 목을 축였다.

"차 맛이 좋은데?"

"예, 별양계곡 출신의 제자가 선물로 보내준 거지요."

그러고 보니 지민의 전우 중 유일하게 지민에게 존대를 하는 역시나 교양이 있는 평철이었다.

"호오, 그 먼 곳에서도 제자가……? 그러고 보니 상당히 유명하던데?"

평철은 쑥스러운 미소를 지었다. 십년전쟁의 참전 경험은 전술가인 평철에게는 너무도 소중한 경험이었다. 평철은 종전 후 다시 공부를 시작했다. 이론과 실제를 겸비한 평철이 낭중지추처럼 '그녀의 기사단'의 독특한 전술을 빌어서 조용히 세상에 이름을 알렸다. 급기야 그의 실용적인 전술과 병법은 전문가들의 사회에서 실력을 인정받아 멀리 소파반도에서까지 학생을 보내올 정도가 되었다.

"유명해진 걸로 치자면 장군님과 비교가 되겠습니까? 이번에 아주 큰 사고를 치시는 것 같던데? 이곳까지 장군님 소문이 대단치도 않습니다."

지민이 머리를 긁적이며 대답했다.

"응, 평철 선생도 소문을 들었구나."

"선생은 무슨……."

평철도 머리를 긁적였다. 어색해서 긁는 머리였지만 두 옛 전우가 사이좋게 머리를 긁는 것은 정겨웠다.

"사실은 그것 땜에 왔어. 우습게도 내가 이번에는 어이없게도 말이야, 그만 총사령관이 되고 말았어. 선생도 아시다시피……."

"그냥 선생은 빼고 평철이라고 불러주세요."

"응, 철이도 알다시피 내가 싸움박질을 좀 했어도 부대를 지휘해 본 적은 없잖아. 전술이나 전략은 애초에 내 머릿속에는 있지도 않아. 자네가 그걸 맡아주었으면 하는데……."

지민이 민망하다는 듯이 평철의 눈치를 살폈다. 평철이 이미 예상했다는 듯이 머리를 끄덕였다. 평철도 이미 소문을 듣고 각오한 터였다.

"가지요."

"가면 살아 돌아오기는 어렵다는 걸 자네가 제일 잘 알 거 같은데?"

누가 구해준 목숨이던가, 그것도 서너 번이나. 지민을 위해

서라면 하나밖에 없는 목숨이지만 그것으로는 부족하다고 생
각하는 평철이었다.

"장군님 성미에 손아랫사람이 하나라도 죽으면 그 꼴을 볼
리가 없지요. 이번엔 제가 돕지요. 최대한 살려보자구요. 그
래서 하는 말인데, 우선 장군님께서 먼저 시급하게 해주셔야
할 일이 있습니다."

소문을 듣자마자 이미 일이 이렇게 될 줄을 알고 주변을 정
리하고 전략 수립에 들어간 평철이었다. 눈을 빛내며 머리를
들이밀었다.

"뭔데?"

지민이 즉각 머리를 맞대었다. 사령관과 참모장의 이인회
의는 밤이 새도록 계속되었다.

다음날 평철은 양양의 용병단에 합류하였고, 지민은 그날
밤으로 무량산맥을 넘어서 북쪽으로 향했다.

二. 지연 작전

　용병들의 거리 사영, 사영은 사적인 군영의 줄임말이다. 사영의 옆에는 커다란 공터가 있다. 사영에 머무는 뜨내기 용병들은 평상시 새말의 상비군이라 할 수 있었다. 정부는 평화시에 그들의 군기나 기강, 훈련이 약화되는 것을 우려해서 언제라도 훈련을 할 수 있도록 배려하고 지원하는 것이 이 공터였다.

　황인 장군이 무량산맥 쪽으로 군대를 집중 배치하기 시작하자 새말도 뒤숭숭해졌다. 덕분에 사영의 공터, 즉 새말군의 공식 연병장이 서서히 기지개를 켜기 시작했다. 전쟁에 대비해서 훈련하는 용병들이 늘기 시작한 것이다.

"여, 그녀의 기사단! 뭐야, 군기가 엉망이잖아."

석태를 우두머리로 하는 그녀의 기사단도 연병장에 나와 있었다. 주변의 용병들이 그녀의 기사단을 보며 서로 킥킥대고 있었다.

그럴 만도 한 것이 그녀의 기사단은 저마다 다른 길이의 창을 들고 있었다. 장정의 두 길이 넘는 엄청난 길이의 창이 있는가 하면 창이라고 하기에도 우스운 짧은 창을 든 자들도 있었다. 얼핏 보기에는 군기 해이를 넘어서 무질서해 보이기까지 했다. 그것만이라면 문제될 것은 없었다.

하나같이 끈으로 매달아놓은 통나무 토막을 타고 그네라도 타는 듯 흔들거리는 것이 훈련이 아니라 장난을 치고 있다고 봐도 과언이 아니었다.

"뭐 하는 거냐, 너희들?"

건들거리는 걸음걸이, 색이 바랬으나 매끈한 경장갑옷의 사내가 어이가 없다는 듯 힐난조로 그녀의 기사단을 힐난했다. 한눈에 보기에도 산전수전을 다 겪은 노련한 용병이었다. 킥킥거리던 주변 용병들도 그 기세에 눌려 입을 닫았다. 그러나 힐난을 당한 그녀의 기사단에서는 의외로 반색이었다.

"어, 물도 형."

규정계가 가장 반색을 했음을 물론이다. 질풍단의 그녀의 기사단 전담 연락병 모물도였다. 가장 최전방과 본대를 단독

으로 수십 차례 오가며 죽지 않고 살아서 새말로 귀환한 최전
방의 활보에는 일가를 이룬 특급용병이었다.

"짜식이, 너 마이 컸다. 형님을 봤으면 공손히 허리를 굽혀
야지. 건방지게 손모가지를 어디다 흔들어대냐?"

말은 곱지 않았지만 모물도도 싱글벙글이다.

"근데 어쩐 일이냐?"

석태가 용건을 물었다.

"어 불곰 대장. 축하해 줘. 나 면접에 붙었어."

"뜬금없이 면접은……."

"나도 이제 그녀의 기사단이라구. 받아줄 거지?"

"뭐어?"

작금의 새말에서 용병을 모집하고 있는 곳은 양양의 용병
단이 유일했다. 석태는 모물도가 말하는 '면접' 의 뜻을 이해
했다.

"너 질풍단하고 계약 기간이 남지 않았어?"

소문대로라면 이리군의 군세는 엄청났다. 사만이라고도
하고 혹자는 십만이라는 어이없는 과장도 있었다. 강력한 이
리군의 대병, 양양이 각 용병단을 돌며 병력 지원을 부탁했지
만 모두가 고개를 설레설레 저었다. 일종의 시기심도 작용했
을 테지만 본질은 압도적인 열세로 인한 불필요한 전력 손실
을 피한다는 뜻이 먼저였다. 소속이 없는 뜨내기 용병들도 마
찬가지였다. 돈도 좋지만 일용할 용돈과 하나밖에 없는 목숨

을 바꿀 수는 없었다.

양양도 역시 살아 돌아오기는 힘든 일휘국 원정임을 인정했다. 양양 용병단의 직할 용병들마저 강제 징집이 아니라 지원을 받았다. 총인원 백육십사 명의 계약된 용병 중 지원자는 고작 삼십사 명, 그나마도 대부분 '지 장군님의 은혜를 잊지 못해서' 라는 이유로 지원한 의리파들이었다. 거기에 석태의 그녀의 기사단에서 칠십삼 명, 십년전쟁의 마지막 생존자 이십삼 명 중 지난해 숙환으로 별세한 조두태를 제외하고는 전원 참가였지만 전쟁 후에 가세한 '그녀의 기사난' 은 질반 이상이 떨어져 나갔다.

뜨내기 용병들의 개별 모집은 상시로 이십사 시간 면집징을 개방했지만 고작 열한 명, 그나마 도박 빚 등으로 어쩔 수 없이 참전하는 나름대로의 사정을 가진 자들이었다. 양양의 용병단은 당시 용병 시세로 두 배에 가까운 후한 급료를 약속하였다. 이백 명도 안 되는 병력으로 사만이 될지 오만이 될지 모르는 병력과 싸워야 하는 것이었다.

"근데 저 기력지도 안 맞는 창에 그 웃기는 그네는 대체 뭐야? 주변에서 웃고 난리잖어. 창피하지도 않어?"

모물도가 마땅치 않다는 듯이 혀를 찼다.

가장 자존심이 강해서 평소라면 이런 일은 어림도 없었을 기명보가 얼굴을 붉히며 대답했다.

"어쩔 수 없잖아. 빌어먹을 장군님의 지시니까. 상창에 익숙해지고, 기마법을 익혀놓으라는… 하지만 우리는 말이라고는 한 필도 없는걸.”

“응, 그렇구나.”

어이없게도 기명보의 궁색한 변명 한마디로 모물도는 십분 이해했다. 그녀의 장군이 시킨 일이라면 벌거벗고 똥지게를 지라고 해도 아무런 불만은 없었다. 그래서 살아남은 그들이었으니까. 모물도도 군말없이 긴 창을 들고 나무토막에서 그네를 타며 다른 용병들의 비웃음에 아랑곳하지 않았다. 이것이 ‘그녀의 기사단’ 이었다.

“근데 왜 그 좋은 보직을 놔두고 하필이면 자기 무덤 파는 거야?”

서정이 다 안다는 듯 물어보았다.

“응, 난 전쟁 체질인가 봐. 온몸이 근질근질해서… 그땐 제법 재미있었지?”

말은 그렇게 해도 죽으러 가는 길임을 산전수전 다 겪은 모물도도 왜 모르겠는가. 말을 안 해도 알 수 있었다. 양양단이라면 이를 북북 가는 조세룡의 질풍단과 계약을 해지하고 조세룡의 원독에 찬 눈을 등으로 한껏 받으며 일부러 와준 모물도였다.

그들은 십년전쟁의 그 악몽 같은 고초를 추억하며 같이 웃었다.

“의뢰를 하러 왔다구?”

오성방의 방주 화서명은 그렇게 말하며 보료에 비스듬히 몸을 뉘었다.

“예.”

양양은 짧게 대답했다. 의뢰 내용은 이미 총관에게 설명했으니 화서명도 알고 있을 터였다.

“허허, 우리가 겨우 을조 따위의 하청 일을 받아들이라는 말이렷다?”

화서명이 기가 차다는 듯 양양을 쏘아보았다. 양양은 저절로 숨이 막혔다. 오성방주 화시명의 살기는 예전에 할아버지 양연에게 톡톡히 주의를 받은 터였다. 어지간한 두목급 용병들도 그가 쏘아대는 눈빛에 오줌을 지렸고, 개중에 담이 약한 용병들은 그 자리에서 기절해 버린 적도 있다고 했다.

양양은 숨이 막힐 듯해서 은밀히 숨을 들이쉬고 당당히 맞섰다.

“뭐가 잘못되었습니까?”

“설마 몰라서 묻는 것은 아니겠지?”

새말의 용병계는 마치 약속이라도 한 듯 양양 용병단과의 거래를 끊어버렸다. 아니, 그날 이후로 교류 자체가 없어졌다. 명백한 담합이지만 어쩔 수 없었다.

양양의 용병단이 의뢰를 받아늘었다는 것이 새밀 용병계의 위계질서를 정면으로 부정하는 행위였다. 세나가 새말 용병계의 최고봉 화서명을 목전에 두고 감히 하청을 의뢰하고 있었다.

화서명의 눈빛이 더욱 매서워졌다. 소문은 사실이었다. 눈빛으로도 사람을 죽일 수 있는 사내가 있다면 바로 이 사람이었다. 양양은 현기증이 일었다.

"거참, 노친네 삐딱하기는… 안 되면 말고. 그럼 전대문에 맡기지 뭐. 오성방이 겁을 집어먹고 꼬리를 내렸다고 전대문의 그 늙은 여우에게 말해도 군말없는 거지?"

양양은 화들짝 놀라서 지민을 쳐다보았다. 평소에는 비교적 노소를 구분하고 연장자에게는 예의를 지키던 지민이었다. 지민이 새말 용병계의 최고 거물을 앞에 두고 이렇게 막나갈 줄은 꿈에도 몰랐다. 안하무인도 유분수였다.

화서명은 그제야 애써 무시하던 젊은 사내를 천천히 바라봤다. 화서명의 눈빛이 절정에 달했다.

'이놈이 그놈이구나!'

화서명은 한눈에 눈앞의 놈이 작금 새말에서 가장 화제가 되고 있는 바로 그놈임을 직감했다.

"갑시다, 단주."

화서명은 비로소 지민에게 구미가 동했다. 이런 놈은 아직 만나지 못했다. 살기는커녕, 화서명의 눈빛이 존재하지도 않는 것처럼 태연했다.

"해룡? 웃기는군. 해룡이 있다고 해서 그나마 생각해서 와

주었더니. 이봐! 왜 그렇게 해롱대는 거야? 해롱이 아니라 해롱인가?"

화서명의 옆에 앉아 있는 젊은 청년을 보며 하는 말이었다. 사내는 고운 치열을 드러내며 슬쩍 웃기만 했다. 새하얀 이가 상큼한 전형적인 미남자였다. 양양은 일순 가슴속의 깊은 우물에서 바윗덩이가 떨어지는 소리를 들었다. 그가 바로 연전에 오성방의 후계자로 지명된 호파수 해적소탕전으로 새말의 해룡이라는 별칭을 얻은 화군영이었다.

화서명의 눈에서 살광이 쏟아졌다. 양양은 흠칫하며 어깨를 오돌오돌 떨었고, 화군영마저 얼굴빛이 새파래졌다. 화서명으로서도 최선을 다한 눈빛이었다.

그러나 놈은 두꺼비처럼 두 눈을 깜빡이며 화서명의 눈빛에 물끄러미 맞섰다, 아니, 그냥 바라보았다. 조금도 흔들림이 없는 무심한 눈이었다.

"영감."

"……?"

"그리다 눈깔 빠지겠수. 가뜩이나 험한 인상, 눈마저 왜 일부러 딱부리 눈을 못 만들어 환장이래."

그도 모자라 혀까지 쯧쯧 차고 난 지민은 오돌오돌 떨고 있는 양양을 일으켜 세우며,

"갑시다. 여긴 대가 너무 약한 거 같애."

하고 비아냥거리기는 해도 서둘러 양양의 안위를 챙기는

것을 보면 화서명의 살기를 아예 못 느끼는 것은 아닌 듯싶었다.

그가 바로 질풍단과 오성방, 천지회가 힘을 합쳐도 꺾을 수 없었던 오늘날 양양의 용병단을 있게 한 양가장의 진정한 숨은 힘임을 화서명도 비로소 인정하게 되었다.

"잠깐, 그 정보는 한 치도 틀림없소?"

간신히 마음을 안정시킨 화군영이 지민 등을 불러 세웠다. 그러자 이제는 거의 사색이 되었던 양양이 발끈했다.

"저희 양가장은 신의를 어긴 적이 없지요. 이 양양이가 비록 간판을 바꿔 달았으나 새말 용병계에 거짓을 고한 적은 없습니다."

"만약 허위 정보라면?"

"그토록 원하시던 청사자 깃발을 내드리지요."

이번에는 이를 악물고 양양이 도발했다. 화서명의 급한 성질이 다시 꿈틀했고 두 눈에서 또 한 번 살광을 쏟아내는가 했으나 화서명은 어쩐지 부질없는 일 같아서 그만두었다.

오성방 창립 이래 오성방 스스로가 청하는 의뢰를 거절한 적은 없었다. 분수에 맞지 않는 의뢰는 화서명의 눈빛 하나로 스스로 철회하도록 했음이다. 그런데 놈은 스스로 철회를 하지도 않았고 전대문을 운운하며 화서명의 속을 긁었다. 거기에 더해서 양양의 깃발 운운이 결정타가 되었다.

"의뢰를 받아들이지."

“흥, 진작 그러셨어야지. 오성방씩이나 운영하는 양반이
그까짓 청부로 추위를 타서야……”

지민은 끝까지 화서명의 속을 긁어대며 양양을 부축하여
오성방을 빠져나왔다.

그로부터 열흘 후, 새말의 해룡 화군영은 자신이 자랑하는
오성방의 함대를 이끌고 호파수로 나섰다.

날씨 또한 쾌청했다. 해면도 잔잔하여 항해하기에는 좋은
날씨였다.

호파수 서쪽 바다 한가운데 정박한 지 채 이틀도 되지 않아
서 헐레벌떡 사령선의 함장이 화군영의 선실로 뛰어들어 왔
다.

“와, 왔습니다.”

“틀림없습니까?”

“예, 검정 돛에 선미가 용머리같이 생긴 것으로 봐서는 분
명한 것 같습니다. 적게 잡아도 이백 척은 넘겠는데요?”

“선함은 없습니까?”

“예, 안 보입니다. 거의 다, 아니, 몽땅 다 모양만 보았을 때
는 밀 운반선입니다. 배가 푹 가라앉은 모양새를 보니 아마도
미니같이 밀을 가득 실은 게 분명합니다. 보아하니 새말 쪽은
분명히 아닌 것이 확실하고 어디로 가는 걸까요?”

말수가 적은 함장까지 흥분해서 쓸데없는 질문까지 덧붙

였다.

포이족의 밀 수송선이라면 새말 사람에게는 익숙한 배였다. 삼사 년 전까지만 해도 아보대륙의 포이족이 새말의 주요 식량 공급처였다. 십년전쟁 이후로는 거리도 가깝고 관계가 친밀해진 하양반도로 수입선이 변경되었지만.

"공격하세요."

"예?"

"적의 지원군도 바로 적, 포이족도 이제는 하양반도와 우리 새말의 적입니다. 모두 수장시켜 버리세요."

"하지만 무장도 하지 않은 수송선인데……?"

화군영이 눈을 치켜떴다. 예의 바른 화군영에게서는 흔히 볼 수 없는 표정이었다. 함장은 더 이상 묻지 않고 서둘러서 명을 시행했다.

그로부터 사흘 후, 의뢰자인 양양의 용병단에 오성방으로부터 보고서가 도착했다. 오성방의 연락책은 대단히 굴욕적인 표정으로 보고서를 전했고, 양양단의 문지기는 자못 거만한 표정으로 양양에게 보고서가 왔음을 알려왔다. 이에 윤문배가 예의를 갖춰서 보고서를 받아 들었고 그것은 즉시 그들의 단주 양양에게 보고되었다.

포이족의 군량미 운송선 이백십삼 척 중 백팔십사 척에 대해서 의뢰대로 처리. 나머지 이십 척은 아보대륙으로 귀환.

오성방 방주 화서명 백.

　양양의 일휘국 원장대 총군사 평철의 야심찬 전략의 첫 단추가 성공리에 꿰어졌다.
　때는 오월, 어느새 여름이 성큼 다가오고 있었다.

三. 흑초방

　평철의 전략 중 첫 단계는 완벽하게 완수되었다. 지민이 진룡벌판까지 직접 가서 조사해 온 정보는 정확했다. 황인은 흉년의 궁핍으로 어쩔 수 없이 남쪽으로 밀려와 약탈로 군량미를 현지에서 조달하던 기존의 이리족과는 궤를 달리하여 군량과 병참 보급에 있어서 후방지원 체계를 마련하고자 하였다. 이것은 기존의 약탈 전쟁이 아닌 명백한 정복 전쟁의 개념이었다.

　평철은 그와 같은 황인의 야심을 간파하고 그들의 약점인 보급을 집중 공략하는 전략을 마련하였다. 그 일보가 바로 아보대륙에서 대량의 군량미를 보급하고자 하는 그의 계획을 봉쇄하는 데 있었다. 해군력에 있어서는 상대적으로 열세인 이리족이었다. 재해권은 이미 호파수의 이리족 연안 일대는 새말이, 남부 아보대륙 연안은 하양반도의 해군이 양분하고 있었다. 그러나 황인은 포기하지 않았다. 지중해인 호파수는 입구가 좁은 항아리 모양이었다. 그 입구에 해당하는 아보반도의 대돌곶에서 이리족의 소파반도 끝에 자리한 소돌곶은 불과 오십여 리도 떨어져 있지 않았다.

황인은 원로원을 압박하여 그 해협으로 군량미 운송로를 변경하였다. 그 과정에서 황인의 군대는 이리족 통일의 상징과도 같은 그들의 원로원 하늘터의 내부 회의실까지 진입하여 원로원의 의원들을 포위하였다. 신속한 선택을 원하는 황인의 어쩔 수 없는 고육지책이었지만 원로원의 권위에 씻을 수 없는 상처를 입히게 되었다. 이것은 즉각 원로원과 황인 장군의 반목으로 이어졌다.

결국 그 때문에 황인의 전략에 대한 근본적인 봉쇄는 이루어지지 않았지만 평철이 원하는 대로 두 달 이상의 시간 동안 푸른이리족 군대의 발목을 붙들어 매놓을 수 있게 되었다. 또한 소파반도는 진룡벌판의 서쪽에 위치하여 붉은늑대족의 위협과는 거리가 멀어서 동쪽의 이리족과는 이해관계를 달리하는 부족이 적지 않았다. 황인은 병참 보급로 확보를 위해서 일만의 병력을 따로 떼내어 그의 심복 조귈동을 대장으로 해서 소파반도로 파견하기에 이르렀다. 소돌곶에서 무량산맥까지는 보급대의 이동 속도로 따지자면 한 달 열흘이 걸리는 거리였다. 지민의 일휘국 원정대는 이로써 무려 석 달 이상의 시간을 얻은 셈이었다.

평철의 이단계 계획은 이리족의 후방과 보급로를 타격하는 철저한 소규모 기습작전이 주요 핵심이었다. 석태의 '그녀의 기사단'의 주특기와도 일맥상통하는 점이 있었지만 평철은 그보다 더 강한 것을 원했다. 십년전쟁 때의 그림자 부대와 같은 특별한 전문가 집단을 알아봐 달라고 지민에게 부탁했다.

지민은 평철의 진언에 따라서 새말 녹부의 강홍에게 모종의 거래를 제의하였다.

녹부의 홍대명 부장은 그것이 불만이었다. 일개 용병이 국가의 정보기관을 상대로 거래를 한다는 것은 역시나 탐탁지 않았다.

"그럼 부장님께서는 비둘기 그림자를 저대로 잃어도 좋다는 말씀이십니까?"

민방의 방장 강홍이 예외적으로 강력하게 항의하였다. 홍대명이라고 해서 비둘기 그림자와 같은 공작과 첩보에 있어서는 거의 전지전능한 능력을 가지고 있는 자를 잃고 싶은 것은 아니었다. 비둘기 그림자가 양양의 용병단의 모든 것인 것처럼 새말 녹부의 힘을 만천하에 과시하도록 해준 비밀 병기

이기도 했다.

"하면 이제껏 애써 키운 그림자 조를 그냥 한 입에 털어넣고 아까운 인재를 몽땅 잃어도 좋단 말인가?"

"위성 지역에 흑초방이라는 살수 집단이 있습니다."

강홍이 뜬금없는 이야기를 꺼냈다. 홍대명이 알기로 새말의 방패에 해당하는 북쪽의 위성 지역은 아직 강호였다. 무림인들이 득세하는 지역이었다.

'무림의 암살 조직이라……'

제법 그림이 나왔다. 강홍에게 무슨 획기적인 복안이 있음을 홍대명은 직감했다.

"질질 끌지 말고 털어놔 봐."

"예, 그 흑초방 놈들이 제법 위성 지역의 거물에게 손을 덴 모양입니다."

"거물?"

"거기 두목이 도박에 빠졌다더니 돈이 궁했는지 천룡문의 장문인을 암살한 모양입니다."

"음, 천룡문이라면?"

"예, 부장님이 생각하시는 그곳이 맞습니다. 아주 집요한 놈들이지요. 반드시 되로 주고 말로 받는 지독한 놈들이지요."

천룡문은 홍대명이 알기로도 새말 상호의 최대 빙파였다.

"아무리 비밀리에 행했다고 하지만 근래에 천룡문에서 빼도 박도 못할 증거를 확보한 모양입니다.”

강홍이 자못 엄숙하게 말했지만 말끝의 겸연쩍은 미소까지 숨기지는 못했다.

“쯔으, 내가 무림에는 간섭하지 말라고 했을 텐데……?”

정보라면 아무래도 녹부가 무림인들보다는 한 수 위였다. 강홍이 천룡문에 무언가 공작을 했음이 틀림없었다. 강홍은 홍대명의 질책을 굳이 부정하지 않았다.

“하지만 비둘기 그림자가 제시한 이번 조건은 그런 위험을 감수할 정도는 되고도 남습니다.”

딴은 그랬다. 홍대명도 일단은 강홍의 불법을 모르는 척해 주기로 했다.

“그래서 흑초방 쪽은?”

“예, 아무래도…….”

강홍이 민망한 표정으로 대답을 주저하였다.

“민방 방장이라는 친구가 잘하는 짓이군.”

강홍의 민망한 표정은 그가 불법적인 권력 남용으로 흑초방들에게 살 자리를 마련해 주었다는 뜻이다. 더 이상 캐묻는 것은 도리가 아니다. 강홍도 홍대명까지 불법적인 일에 끌어들이고 싶지는 않은 것이다.

강홍이 웃으며 대답을 회피하자 홍대명도 더 이상 묻지 못하고 다음으로 넘어갔다.

“그래, 흑초방의 친구들이라면 양양의 용병단이 원하는 것은 충족되는가?"

"예, 은신과 기습 전문가들로 서른 명쯤은 차출 가능할 것 같습니다."

"그 정도면 되는 건가?"

"더 많으면 오히려 비둘기 그림자가 귀찮아할 테지요. 흑초방이라면 솜씨는 믿을 만합니다."

홍대명은 마지못해 고개를 끄덕였다.

처음에는 한 명이라도 지원하는 자가 있을까 하고 의심히던 양양이었지만 뜻밖에 지원자들이 제법 되었다. 살길이 막막한 뜨내기 용병이나 죽음을 두려워하지 않는 모험가 기질의 노련한 용병들도 심심찮게 찾아왔다. 게다가 어느 날은 북벽의 살벌한 깡패들이 수십 명이나 우르르 몰려와서 원정을 지원하였다. 구패와 요철상의 패거리들이었다. 어디서 무엇을 할지 모르는 시한폭탄과 같은 깡패들이었다. 지민과 양양은 갖은 협박과 회유로 문제가 될 것 같은 성정의 자들을 돌려보냈지만 죽기 살기로 매달리는 요철상과 구패를 비롯한 이십여 명을 결국 원정대에 받아들이게 되었다.

"여기가 양양 용병단이요?"

북벽의 깡패들을 진땀을 흘리며 간신히 돌려보낸 양양은 그보다 훨씬 더 삭막한 일단의 사내늘이 지원서를 들고 있는 것을 보고 한숨을 쉬었다. 그러나 지민은 북풍처럼 살벌한 이들에게 태연스럽게 말을 건넸다.

"어디서 오신 분들이시오?"

"강홍."

사내가 거의 지민에게 얼굴을 맞대고 조그맣게 속삭였다. 양양은 전혀 들을 수 없었다.

"단주님."

"응?"

"이 사람들도 받아주어."

"이, 이봐."

냉막한 사내들에게 기가 질린 양양이 소리를 죽여서 지민을 불렀다. 그러나 지민은 다 알아서 할 테니 걱정 말라는 표정으로 씨익 웃고는 양양의 등을 토닥토닥 두드리곤 사내들을 안으로 안내하였다. 양양이 멍해져서 생각해 보니 지민이 일부러 그녀의 몸에 손을 댄 것은 이번이 처음이었다. 괜히 얼굴이 화끈해져서 양양은 지민이 하는 양을 멍하니 바라볼 뿐이었다.

四. 결전 전야

　평철이 새말을 떠나 홍성진으로 향한 것은 오월 중순, 양양 용병단의 지원병 접수가 마감한 지 사흘이 지난 후였다. 평철은 그 사흘을 아끼고 아껴서 최종적으로 모집된 용병들을 모두 세밀하게 재편성하고 평철이 구상한 전술에 맞게 훈련 항목을 모두 지정한 후였다. 아쉬운 감이 들지만 시간이 없었다. 아니, 이미 늦었을 수도 있었다.

　본시 평철이 애초부터 요청한 특공대, 즉 흑초방과 함께 선발대를 꾸릴 예정이었지만 흑초방의 무리들은 굳이 육로를 고집하였다. 어째 말도 붙이기 어려울 정도의 분위기로 썰끄러운 데다가 굳이 고집하니 예정과는 다르게 평철 혼자 새말의 남쪽 항에서 배를 타게 되었다.

흑초방 특공대의 육로행에 대해서는 굳이 걱정할 필요는 없을 것 같았다. 들은 대로라면 그들은 무림인이었다. 평철은 무림인이라면 단 한 번의 견식도 없지만 소문대로라면 그들은 하늘을 날고, 손에서 바람이 나가는 괴물 같은 종류의 인간들이었다. 하룻밤에 수백 리 행군하는 것은 일도 아니라는 말도 들은 적이 있고 보면 비록 육로로 위험한 길을 멀리 우회하는 것이었지만 딱히 걱정할 필요는 없을 듯싶었다.

새말과 홍성진은 거의 이웃같이 인접한 도시였다. 특별히 마련된 빠른 배편으로 직로로 항해를 하니 이틀이 되기 전에 홍성진에 도착할 수 있었다.

홍성진도 이미 전쟁의 기운이 완연하여 경계가 삼엄하였다. 그러나 홍성진의 분위기를 살펴볼 여유는 없었다. 평철은 뱃멀미가 가라앉기도 전에 곧바로 행장을 수습하여 북쪽으로 걸음을 돌렸다.

사흘을 걷고 무량산 기슭에 당도해서야 비로소 인적이 눈에 띄었다.

밭이었다. 도저히 그런 것이 있을 것 같지 않은 황량한 일대에 밭이 있었다. 이런 곳도 기어코 밭으로 개간하는 사람이 있었다. 평철은 정말 사람이 살기 위해서는 못할 일이 없을 것 같다고 감탄을 했다.

'적어도 길을 헤맬 염려는 덜었구나. 밭을 따라가면 그곳

이 나오겠지.'

밭을 따라서 산으로 오르자 머지않아 계곡이었다. 지민에게 미리 들은 바가 있는 평철은 그대로 계곡을 타고 한참을 올라갔다. 그리고 턱에까지 찬 숨을 돌리고 땀을 닦으려 고개를 든 순간, 눈앞에 새로운 광경이 펼쳐졌다. 멀리 좁은 협곡을 끼고 사람들이 부지런히 움직이는 모습이 아련하게 눈에 들어왔다.

'호오, 좋은 곳이로구나.'

새말에 비해서는 오월인데도 아직 싸늘하였다. 초복도 빈약하여 온통 바위투성이었다. 이런 곳이 어씨 사람 실기 좋은 곳이라 할 수 있겠는가만 평철의 눈에는 생활환경 따위는 애초에 안중에도 없었다. 적어도 군사적으로는 좋은 장소라는 평가였다.

좁은 협곡을 끼고 사람들이 성벽을 쌓고 있었다. 단단하게 성벽만 쌓고 방어를 한다면 능히 열 배의 병력도 막아낼 만한 그야말로 천혜의 요새였다. 그곳이 평철의 목적지인 바로 황산 마을이었다.

평철은 서둘러 공사가 한창인 곳으로 다가갔다.

"누구냐?"

뜻밖에 경계마저 삼엄했다. 제법 군기가 박힌 사내가 준엄한 어조로 심문을 해왔다. 이제 스무 살 남짓으로 보이는 젊은 청년이 창을 꼬나 쥐고 평철을 위협하듯이 겨누고 있었다.

청년의 목소리에 성벽을 쌓던 사람들의 시선도 평철에게 집
중하였다.

"나, 나는……."

"꼼짝 마!"

시선이 그다지 곱지 않았다. 덜컥 겁을 집어먹은 평철은 서
둘러 가슴속에 고이 간직해 두었던 것을 꺼내 들었다. 두루마
리였다.

"그게 무어냐?"

평철이 무언가를 꺼내자 긴장한 청년이 창을 바싹 들이대
며 물어왔다.

평철이 두루마리를 펼쳤다. 그것은 석양빛을 받으며 묵묵
히 괭이질을 하는 한 사내의 모습이 자못 장엄하게 그려진 한
폭의 그림이었다.

"수상한 놈인데? 도대체 그게 뭔데?"

청년이 창으로 찌를 듯 압박해 왔다. 평철은 당황했다. 지
민이 자신을 증명해 줄 징표라고 평철에게 준 것이었다.

청년이 창으로 막 평철을 윽박지르는 순간, 성벽 위에서 한
사내가 소리쳤다.

"어, 저거 당곤이가 그린 그림이잖아!"

순간, 청년이 창을 거두고 뒤를 돌아보았다. 사내의 외침에
다른 사내가 성벽 너머로 고개를 삐쭉 내밀고 그림을 확인했
다. 그리고는 얼굴 표정이 급격하게 변하며 외쳤다.

"맞다, 맞어. 애, 종두야. 얼른 가서 촌장님 모셔오너라."

"네."

그리고는 십대 후반으로 보이는 청년 하나가 다시 불쑥 고개를 내밀고 평철의 두루마리를 바라보았다. 그리고는 하느님이라도 만난 표정이 되어 성벽을 타고 내달렸다.

"할아버지! 할아버지! 왔어요, 왔어!"

처음 그림을 알아본 사내가 창을 들고 평철을 윽박하는 청년에게 말했다.

"철심아, 너 저 그림 얘기도 못 들었나?"

엉거주춤 창을 들고 섰던 청년이 다시 그림을 들여다보고는 중얼거렸다.

"어, 나무꽹이다. 아니, 그럼 당곤 아저씨가 그렸다는 그 그림이 바로……."

"그래. 영주님이야."

청년이 갑자기 사색이 되어서 땅에 머리를 콩콩 찍으며 크게 울부짖었다.

"아이고, 영주님! 제가 몰라뵙고 죽을죄를 지었습니다!"

이번에는 평철이 당황할 차례였다.

"이러지 말게, 청년. 나는 자네 영주가 아니라 영주 대리야, 대리."

자신을 장두태라고 소개한 노인은 조금 전까지 그렇게 울어놓고는 다시 눈물이 그렁그렁해졌다. 평철이 이제는 질렸다는 듯 기어코 한마디 하고 말았다.

"허어, 또 우십니까, 촌장님?"

장두태가 주먹으로 눈물을 훔치며 말했다.

"그러게 말입니다. 늙으면 주책이지요. 이래 봬도 열여섯 살 때 어머니가 돌아가신 이래로는 이 나이까지 한 번도 울어본 적이 없었는데 작년 가을 영주님을 만나고부터는 아주 울보가 되어버렸습니다그려."

겨우 마음을 진정시킨 장두태가 창밖을 감개 어린 시선으로 바라보며 말했다.

"바로 저곳이지요."

평철이 장두태의 시선을 따라가 보니 거기에는 수수밭만 덩그러니 있었다.

"저곳에 바로 시작의 성지랍니다."

"시작의 성지라니요?"

평철이 보기에는 그냥 평범한 수수밭이었다.

"영주님께서 이곳에 오시고 바로 저곳에서 나무괭이로 돌밭을 일구면서… 모든 게 시작되었지요."

어이없게도 장두태의 눈에서 또다시 눈물이 주르륵 흘러내렸다.

"처음에는 마을 사람 모두가 미친 짓이라고 했어요. 저기는 원래가 전혀 쓰잘데기없는 돌밭이었거든요. 그런데 거기서 영주님께서 보란 듯이 밭을 만드신 후, 모든 게 시작되었답니다. 처음엔 서쪽 벌판에서 밭이 이백 평, 그리고 남쪽 황무지에서 사백 평… 불가능한 건 없어요. 세상 모든 건 노력만 하면 밭도 되고 논도 되는 법이랍니다. 이 늙은이도 그걸 깨닫는 데 오래 걸리기는 했지만… 우리는 이제 밭 이만 삼천 평의 부자랍니다. 논도 있어요. 겨우 열 마지기 남짓이기는 합니다만……."

장두태가 평철을 보고 방긋 웃고는 말을 이었다.

"그때만 해도 이곳까지 흘러들어 왔으면 인생 막장이었지요. 더 이상 갈 곳이 없어요. 우린 아무것도 가진 게 없는 사람들이었으니까요. 우린 그냥 앉아서 죽을 생각이었어요. 그때……."

장두태의 눈시울이 또 붉어졌다. 정말로 주책바가지 영감이라고 평철은 생각했다.

"우리 영주님이, 우리 영주님께서… 그 대단한 일휘국 왕에게, 그때… 여긴 내 땅, 내 땅이라고 했어요. 사백 명도 넘는 일휘국 군사가 서슬 퍼렇게 노려보는데, 오십 명이 조금 넘는 마을 사람들밖에 없는 이 마을의 영주님께서 아주 당당하게 말했어요. '여긴 내 땅이야, 썩 꺼져' 라고요."

장두태가 줄줄 눈물을 흘리기 시작했다. 이즈음 해서는 평철도 저도 모르게 눈시울이 뜨거워졌다. 마침내 진정된 장두태가 다짐이라도 하듯이 고개를 끄덕거리며 중얼거렸다.

“여긴 우리 땅이에요.”

그리고 평철에게 손을 내밀었다.

“이 손 좀 보세요.”

앙상한 노인의 손바닥은 가죽이 벗겨지고, 새살이 돋고, 다시 가죽이 벗겨지고, 새살이 돋기를 반복한 지문마저 닳아버린 거칠고도 거친 손이었다.

“이 손으로, 마을 사람 다 같이 이런 손이 돼서 밭을 일구고 논을 다졌어요. 세상 사람들이 그럽디다. 이리족이 아니라 일휘국마저도 우리를 내버려 두지 않을 거라고. 마을이 커질수록, 발전할수록 일휘국이 위험해지는 거라고. 우린 그런 거 몰라요. 우린 여기서 죽을 거예요. 아무도 도망 안 쳐요. 마지막 한 사람까지 여기서 지킬 거예요. 우리도 이제는 알아요. 여기는 일휘국 것도, 이리족 것도 아니에요. 바로 우리 영주님 땅이고, 우리들 땅이에요.”

장두태가 결의에 찬 표정으로 그렇게 말했다. 냉정을 되찾은 평철이 현실적인 것을 질문했다.

“그렇다면 마을 인구도 많이 늘었겠군요?”

“암만요. 여기가 세금도 없다는 소식을 듣고는 많이들 찾아왔지요. 얼흘 선에 막눙이네가 낳은 갓난아기까지 포함해서 이제 모두 오백이십삼 명이 되었네요.”

“만약… 만약 전투가 벌어진다면 참여할 수 있는 병력은 최대한으로 얼마나 될까요?”

평철이 가장 궁금했던 것을 묻는데 장두태가 무얼 그런 뻔한 질문을 하냐는 표정으로 자랑스럽게 대답했다.

"오백이십일, 아니, 오백이십 명이요. 아까 말한 갓난아기하고 정직이네 노인네는 거동하기도 불편한 노환이니… 아 참, 그리고 석태가 멀리 남쪽에 공부하러 갔어요."

"아니, 아니, 제 말은 건장한 장년……."

평철이 장두태의 답을 정정하려고 하자 장두태가 고집스러운 눈으로 고개를 힘차게 저었다.

"오백이십입니다. 우리는 모두 싸울 겁니다. 아이, 어른, 남자, 여자 예외 없어요."

장두태의 비장한 눈은 조금도 양보의 기색이 없었다. 정확한 상황 파악이 필요한 평철은 여간 곤란한 것이 아니라서 한숨을 쉴 수밖에 없었다.

그러나 평철의 뇌리에 희망이라는 단어가 번쩍 스치고 지나갔다. 원래는 살아 돌아갈 생각조차 없었다. 그러나 죽음을 두려워하지 않는, 생각지도 못한 배수진의 지원병 오백에 그들이 결사항전의 자세로 사수하는 천혜의 축복을 받은 요새라면……!

새로운 전략이 머리에서 용솟음치는 평철이었다.

"가보실 데가 있습니다. 일어나시죠."

장두태가 돌연 몸을 일으키며 평철을 재촉했다. 딱히 사정을 알 까닭이 없는 평철은 장두태를 따라서 마을의 안쪽으로 들어갔다.

"어허, 안쪽에 또 성벽이 있군요?"

평철이 놀란 눈으로 앞쪽을 바라보며 감탄했다. 단단한 성벽이 마을 내부에 또 있었던 것이다.

장두태가 어리둥절해져서 대답했다.

"예, 저기는 애초에 영주님이 목책을 세웠던 곳이지요. 우리는 그때 이미 결심했지요. 우리 마을은 우리가 지키겠다고. 영주님이 떠나시고 그때부터 아끼고 아꼈지요. 그리고 돈이 마련되는 대로 저곳에 축성부터 했지요. 하지만 그 후로 정착민들이 유입되면서 마을이 이곳까지 확장되었지요. 이리족이 쳐들어올 거라는 소문이 들려오면서부터 저곳에 성을 짓기 시작했습니다. 이번에는 돈도 충분하니 저 내성… 아! 우리는 이곳을 내성, 바깥쪽에 새로 짓는 놈을 외성이라고 부르고 있습지요. 하여간 저 초라한 내성과는 비교도 안 되는 놈으로다가 아주 단단하게 지을 겁니다."

평철이 너무도 기뻐서 소리를 지르려는 것을 참고 고개를 끄덕였다. 정말로 기특하고도 기특한 마을 사람들이었다.

"혹시 성주 대리님께서는 축성에 대해서 조금이라도 아시나요? 저희가 지금 아주 곤란합니다만은……."

"예, 그렇지 않아도 저는 그것 때문에 장군님, 아니, 영주님께 명을 받고 서둘러 파견된 겁니다."

"잘됐군요."

장두태는 뛸 듯이 기뻐하였다.

"오다 보니 기초는 다 쌓은 것 같던데, 이제 저쪽 개울물을 끌어서 해자도 만들고, 망루도 세우고 해야지요."

"하하하."

장두태의 밝은 웃음소리가 맑은 오월의 황산 하늘로 퍼져 갔다. 멋진 뭉게구름이 하늘에 떠 있었다.

"이곳입니다."

장두태가 말했다. 마을이 끝나는 막다른 곳이었다. 그곳에 절벽이 있었다. 그곳에는 커다란 나무문이 단단한 자물쇠에 잠겨 있었다. 아마도 절벽을 파고들어 가서 동굴을 만들어놓은 듯싶었다.

"아시다시피 영주님은 세금도 징수하지 말라고 하셨지만 우리는 세금이라고 생각하고 추수 때면 이 할씩 떼놓습니다. 그래도 약소하기는 합니다만……."

평철은 고개를 끄덕였다. 주변 일휘국의 세금이 삼 할이었으니 이 할이면 약소하기는 했다.

"이것이 그 결과입니다."

장두태가 나무문을 열며 자랑스럽게 말했다. 나무문 안의 광경을 본 순간 평철은 저도 모르게 두 주먹을 불끈 쥐었다. 정말 뜻밖의 소득이었다.

꼼꼼하게 잘 정리된 각종 병장기와 갑옷 등의 군수물자가 빽빽이 쌓여 있는 것이 한눈에 들어왔다.

"그동안 틈틈이 사 모았지요. 천 명의 병력을 완전 무장시킬 수 있는 군수품과 마을 전체 인구가 일 년 내내 먹을 수 있을 만큼의 식량이 저장되어 있지요."

평철은 그만 너무 기뻐서 장두태의 머리통에 뽀뽀라도 해주고 싶을 지경이 되었다. 평철이 마을 정비에서 가장 염려했던 부분이 바로 병참보급소와 식량 저장고였다. 그런데 그것들이 두 개 모두 이미 존재해 있었다. 그것도 각종 보급품이 가득한 채로.

"저렇게 많은 군량미를 어떻게……?"

평철이 이해가 안 가서 물었다. 방금 전 이 야무지기 이를 데 없는 노인으로부터 마을을 통틀어서 논은 열 마지기 남짓밖에 없다고 들었던 터였다.

"이곳에 최초로 정착한 사람들이 바로 보라족 사람들이지요. 그 사람들은 원래 진룡벌판 남쪽 지역에서 밭을 부쳐 먹던 사람들이라지요, 아마. 덕분에 이곳의 밭에서도 밀이 제법 잘 자란답니다. 그게 다 그 사람들 농사법 덕택이지만 이제까지 개간지에서 수확되는 밀은 단 한 톨도 먹지 않고 이렇게 모아놓았지요."

평철이 수맥을 찾아서 우물을 만들고 성벽을 두텁게 쌓아서 성벽 위에 길을 만들고 성벽 밑으로 깊은 호를 파서 물을 끌어다가 해자를 만들 때쯤 아보대륙에서 생산된 군량미들은 육로로 대불곶에서 닷새 거리쯤 떨어진 곳을 통과하여 소불곶을 향해서 빠르게 이동하고 있었다.

지민은 북벽 깡패, 직할용병, 그녀의 기사단, 뜨내기 지원병, 흑초방으로 구성된 잡종 부대에서 말을 타본 경험이 있는 자들을 추려서 우선 기마대를 편성하였다. 그리고 나머지 병력들을 가능한 한, 같은 출신끼리 묶어서 각각의 십인대로 구성했다.

특이한 점은 그녀의 기사단은 해체해 그들을 각 십인대의 조장으로 배치하였다. 이것은 각 출신 성분의 유내감을 유지하면서 그녀의 기사단 각 조장들로부터 지민을 꼭지점으로 하는 그 특유의 전통과 강점을 접목시키는 중용의 정책이었다. 그렇게 사전에 수립된 전술에 맞춰서 훈련을 하고 병사들의 군기를 확립하는 동안, 양양과 윤문배를 중심으로 각종 갑옷과 병장기를 비롯해서 보급품이 착착 빈틈없이 준비되고 있었다.

군사들의 군기가 어느 정도 기강이 잡히고, 전술의 숙지가 이루어졌을 무렵, 마침내 모든 장비가 각각의 병사들에게 지급되고 시간은 화살과 같이 흘러서 유월하고도 보름을 지나고 있었다.

그때쯤 포이족의 군량미는 마침내 지돌해협을 건너서 진룡벌판의 동쪽 끝 소파반도에 진입하였다. 그리고 그곳에서 포이족으로부터 이리군의 수송대로 군량미는 인수인계가 성공적으로 이루어졌다. 그러나 소파반도부터는 수송대의 이동 속도가 빠를 수 없었다. 같은 이리족이라고는 해도 아직은 이해관계 다른 적성 지역과 동일한 지역이라고 할 수 있었다.

그 무렵, 열흘 전에 황산에 당도한 흑초방 특공대는 날마다 무량산맥 기슭을 돌며 지형 정찰을 시작으로 특수 임무에 들어갔고, 마침내 망루를 완성한 평철의 황산 마을 요새화 작업은 막바지로 치닫고 있었다.

그로부터 사흘 후, 지민 총사령관의 지휘 아래 부장 석태, 좌장 요철상, 우장 천붕으로 각각에게 지휘권을 맡겨서 본대를 조직하고 선발대장 서정에게 직속부장으로 기명보가 보좌토록 하고 백오십 명의 선발대가 먼저 홍성진을 목표로 새말 항을 떠났다. 그로부터 닷새 후, 지민을 대장으로 본대가 출항하니 유월 말까지 총 삼백삼십 명의 양양 원정대가 무사히 새말을 떠났다.

물론 지민은 그때까지도 황산 마을의 인구를 오십여 명이 있던 시절로 어림짐작하고 있었으니 그곳의 오백 병력은 아직 지민의 계산 속에 들어 있지 않았다.

그때쯤 이리족의 군량 수송대는 소파반도에서 순조롭게 연안을 따라서 이동하여 무량산맥에서 한 달 반의 거리를 남겨둔 곳에 위치하고 있었다. 그리고 총 삼 개 군단, 세분해서 열한 개 방면군으로 재정비된 이리군의 총병력은 삼만 팔천으로 확정되었다.

황산 마을의 전쟁 가능한 장정을 이백으로 잡고 추산한다
면 오백 대 삼만 팔천, 즉 칠십 대 일의 비율이었다. 그 즈음
까지 배웅 장군은 도멸강에 진지를 구축하고 방어를 공고히
할 뿐 다른 움직임은 보이지 않았다.

달이 바뀌어 칠월이 되자 본격적인 여름이었다. 달이 바뀌
고 나서야 비로소 지민의 본대가 무사히 홍성진에 당도할 수
있었다. 한편 이리군의 수송대는 무량산맥과 한 달 거리에 당
도해 있었다.

일휘국 건국 이십오 년 칠월 팔일, 평철은 이른 새벽에 일
어났다. 아직 아침 해도 뜨지 않았지만 북국답지 않게 열기가
후끈 느껴졌다.

'금년 여름은 유난히 덥군.'

평철은 그냥 누워 있고 싶은 유혹을 억지로 떨쳐 버리고 자
리를 털고 일어났다. 지치고 피곤했지만 이곳의 분위기는 평
철이 하루라도 편히 자도록 내버려 두지 않았다. 돌아갈 곳이
없는 자들의 결사항전 의지는 그녀의 기사단 시절 참호를 파
던 동료들의 모습을 연상시켰다. 그때는 일각이라도 빨리 한
삽이라도 더 파면 그들의 생명도 그 시간만큼, 그 깊이만큼
연장되었다.

이곳 무한의 성―이제 와서는 모두가 그렇게들 불렀다. 무한

의 영지에 성이 세워졌으니 무한의 성이라는 이야기였다―주민들
은 돌 하나 더 높이, 돌 하나 더욱 단단하게 성을 쌓게 되면
그만큼 생명이 연장된다고 믿고 있는 듯했다. 누구 하나 예
외없이 살기 위해서 자발적으로 축성 작업에 열과 성을 다하
였다.

평철의 예상보다 훨씬 순조롭게 성의 요새화는 진행되었
다. 깊숙한 해자에 물이 들어차고 사람 스무 길 높이로 세워
진 망루가 모두 세 개, 돌덩이를 집어 던지는 거대한 투석기
다섯 대까지도 성벽에 설치되었다.

마을의 각 주택은 방화 물질로 지붕을 개조하였고 구획 정
리가 되는 대로 수로를 파서 화재에 대비시켰다. 그리고 궤도
를 깔고 여섯 대의 이동차를 설치하여 끓는 기름, 끓는 물, 그
리고 돌덩이 따위를 성벽까지 나르는 데 수월하도록 하였고,
성벽으로 총 열여덟 개의 도르래와 두레박을 설치한 것도 이
동차와 궤도의 연장선상에서 운송이 용이하도록 하자는 데
있었다.

무량산맥과 연결되는 높은 협곡 사이의 탄탄한 성벽으로
무장된 농성용 요새, 무한의 성은 평철이 온 지 한 달 반 만에
하양반도 최고의 요새로 탈바꿈하였다.

평철은 물자의 이동이 용이하도록 잘 정비된 길을 따라서
내성을 빠져나와 외성의 공사장으로 향했다. 공사는 거의 막
바지 단계에 이르러 있었다.

“아, 촌장님.”

“일찍 일어나셨군요, 성주 대리님.”

마을 사람들은 평철을 일러 성주 대리라 불렀다. 영주 대리
는 어색하고 평철이 날마다 성 쌓는 일을 진두지휘하기에 성
주 대리가 어울린다는 단순한 이유였다.

“새벽부터 어딜 그렇게 바삐 다녀오십니까?”

장두태가 싱글벙글이었다.

“됐습니다.”

“뭐가요?”

“아, 뭐긴 뭡니까 어제도 그렇게 닦달하셔 놓고는.”

“오, 수배되었습니까?”

“예, 이것으로 아마 홍성진 바닥에는 무소 가죽이라곤 씨
가 말랐을 겁니다. 제가 촌장의 이름을 걸고 장담하지요.”

장두태가 가슴을 탕탕 치며 장담을 했다.

무소 가죽은 푸른이리족이 가장 많이 사용하는 가죽이었
다. 질긴 데다가 바람이 안 통하여 추운 겨울에도 온기를 유
지시켜 주는 방한의 특성이 있었다. 게다가 가벼웠다. 추운
북쪽 지방의 유목민족 이리족에게 그것은 그들의 집이라 할
수 있는 천막의 주재료였고 금속 제련술이 발달되지 않은 그
들에게 일반 보병들의 갑옷 주재료이기도 했다.

평철은 무한의 성에 당도한 날부터 무소 가죽을 수집하였
다. 홍성진의 무소 가죽 시세가 이미 평소의 네 배를 뛰어넘

을 정도로 사들였다.

평철의 도착 나흘 후, 흑초방의 무리들이 당도했는데, 그들은 도착 다음날부터 이리족의 예상 이동 경로와 그 주변을 샅샅이 조사하여 지형지물을 숙지하였다. 평철은 밤이면 그들과 전략을 숙의하였다. 그 결과 첫 번째로 수립된 전투 계획은 북쪽의 이름 없는 강을 이용한 함정 계략이었다.

강이라고 하기엔 쑥스러울 정도의 개울에 불과했지만 제법 물살이 거세고 깊이가 있었다. 그러나 수량은 매우 빈약한 편이었다.

평철은 일단 그때까지 사 모은 무소 가죽을 전부 투자해서 상류의 가장 폭이 좁은 계곡을 틀어막았다. 날마다의 흘러내려 오는 강물을 모두 가둬서 수량이 늘어나도 두 달은 물길을 막아놓을 수 있을 정도로 무소 가죽의 장막을 높고 단단하게 설치하였다. 이리족이 건널 무렵에는 아마도 꽤 많은 수량이 모이게 될 터였다.

그 밖의 지역도 샅샅이 조사하여 이용할 가능성이 있는 곳은 하나도 빼놓지 않고 함정과 시설물을 설치하였다. 시설물을 설치하는 작업은 무한의 성 주민들이 성벽을 쌓는 틈틈이 도와주었다.

내성을 빠져나오자 넓은 연병장에서 마을 주민들에서 차출된 군사들이 훈련 중이었다. 평철은 새말을 떠나오면서 장창병의 수가 원하는 만큼의 숫자가 되지 않아서 걱정을 했었다. 다행히 이곳 무한의 성에 충분히 충성스러운 자원이 있었고, 평철은 그들 중 적합한 자들을 선발하여 필요한 만큼의 장창병으로 보강하였다. 사람 두 길의 긴 장창이었다. 교관은 마침 흑초방에 창술의 고수가 있어서 부탁했다. 마땅치 않은 표정이었으나 거절은 하지 않았다. 무림인의 창법이니만큼 믿어도 좋을 성싶었다.

외성 공사장에 당도하여 평소처럼 이것저것 점검하고 확인하는 작업을 하고 나니 어느새 해가 중천이었다.

땡, 땡, 땡!

그때였다, 종소리가 급하게 울려온 것은.

평철은 망루 쪽을 바라보았다. 망루에서는 빨간 기와 파란 기가 좌로 세 번, 우로 세 번 흔들리는 것이 보였다. 망루의 경계병은 홍기와 청기를 번갈아 흔들며 똑같은 행위를 반복하고 있었다. 평철이 미리 정해준 신호였다.

깃발이 올라갔다는 것은 망루의 시야권 안에 일정 수 이상의 군사가 포착되었다는 것을 의미했다. 청기와 홍기가 동시라면 적인지 아군이지 아직 정체가 판명되지 않은 군대를 의미했다. 그렇다면 특징이 확실해서 망루에서 쉽게 구별되는 이리군은 아니었다. 망루의 파수꾼이 이미 많이 보아온 낯익은 일휘국의 군대는 더더욱 아니었다.

'혹시……'

일정대로라면 올 때도 되었다.

평철은 즉시 망루로 달려 올라갔다.

"어서 오십시오, 성주 대리님."

망루의 초병이 평철을 알아보고 공손하게 인사를 했다.

"어딥니까?"

"저쪽이요."

무한의 성 사람들은 모두가 열심이었다. 망루의 초병도 마찬가지였다. 수평선 저쪽에서 이제 막 흙먼지가 일어나는 것을 보고 벌써 병력의 이동을 보고해 온 것이다.

평철은 손안경을 만들어 멀리 바라보았다. 역시나 가장 먼저 보이는 것은 깃발이었다. 평철은 뚫어져라 깃발의 모양을 확인하려고 애썼다. 조금씩 가까워오자 그 문양은 보다 선명해졌고 이제는 평철도 확신할 수 있었다. 틀림없었다.

"황기를 높이 올리세요."

"예?"

초병이 눈을 동그랗게 떴다. 평철은 빙그레 웃으며 고개를 끄덕여 주었다.

"그래요. 영주님의 군대입니다."

거리가 가까워옴에 따라서 깃발의 형상은 점차 뚜렷해졌다. 분명히 청사자가 그려진 깃발이었다. 무한의 성 사람들이 몽매에도 그리던 이 요새의 진정한 주인 지민이 드디어 그의 군대가 이끌고 그의 땅에 도착한 것이다.

때는 칠월 십삼일, 소파반도를 횡단한 군량미 수송대의 삼백 대의 마차 행렬이 마침내 황인 장군의 영향권 안으로 들어섰다. 무량산의 이리군 집결지까지는 이제 이십여 일이면 도착이었다.

第十六章 황산 결전

칠월이 가기 심일 전, 마침내 황인을 대장군으로 하는 총병력 삼만 팔천의

푸른이리군은 무량산맥을 오르기 시작했다. 그해 하양반도는 수십 년 만의 기록적인 무더위가 기승을 부리는 한여름이었다.

황인은 그날 아주 기분이 좋았다. 예상보다 보름이나 빠르게 한 톨의 군량도 잃지 않고 무사히 삼백 대의 마차 행렬이 무량산 자락의

이리군 군영에 들어왔다.

一. 출전

칠월이 가기 삼 일 전, 마침내 황인을 대장군으로 하는 총 병력 삼만 팔천의 푸른이리군은 무량산맥을 오르기 시작했 다. 그해 하양반도는 수십 년 만의 기록적인 무더위가 기승을 부리는 한여름이었다.

황인은 그날 아주 기분이 좋았다. 예상보다 보름이나 빠르 게 한 톨의 군량도 잃지 않고 무사히 삼백 대의 마차 행렬이 무량산 자락의 이리군 군영에 들어왔다. 평철이 수립한 작전 계획대로라면 이리군의 첫 출발은 팔월 중순으로 예측되어 있었으니 상당히 빠른 진전이었다.

푸른이리족의 대장군 황인은 들판을 가득 메운 삼만 팔천의 이리족 병사들을 앞에 두고 일장 연설을 하였다.

"이리족의 용감한 전사들이여. 우리는 신에게 감사해야 한다. 적은 무량산 너머에 있다. 저 산 너머야말로 우리의 기병들이 마음껏 그 우수성을 발휘할 수 있는 넓디넓은 벌판 절호의 무대인 것이다."

"와, 와!"

사만여의 병사들이 일제히 고함을 질렀다. 지축이 흔들리고 산이 울렸다. 진룡벌판 약탈자들에게는 저 산 너머에 풍요로운 낙원이 있었던 것이다.

"신은 용감한 자에게 행운을 가져다준다. 우리 민족이 모두 단합하여 마침내 이곳에 이르렀다. 무량산을 넘을 기회가 온 것이다. 이것은 우리의 용기에 대한 신의 축복이다. 이제 우리에게 반드시 승리할 곳이 주어졌다. 용감하게 싸워서 신에게 보답하자. 전쟁에서 승리만큼 멋진 것이 어디 또 있느냐?"

넓은 벌판을 가득 메운 병사들의 무기들이 햇빛을 받아 여기저기서 번쩍거렸고, 분위기는 점차 고조되었다. 용의 울음처럼 승리를 외치는 병사들. 황인은 눈을 크게 뜨고 터질 듯한 목소리로 외쳤다.

"가자, 가서 일휘국의 모든 것을 우리의 것으로 만들자! 자, 싸워라! 그리고 이겨라!"

황인은 자신의 장검을 멋들어지게 뽑아서 하늘로 치켜들

었고, 사만여의 병사가 일제히 함성을 질렀다. 그 함성은 한여름의 하늘과 거대한 무량산을 넘어서 온 세상을 흔들어 버릴 듯 거대하고 또 거대하였다.

그 무렵, 무량산의 주봉 태청봉의 정상은 근래에 보기 드물게 그 장엄한 자태를 드러내고 있었다. 구름 한 점 없는 맑은 날씨, 평소라면 구름이 걸려서 그 전모를 결코 사람들에게 보이지 않던 거만함을 떨치고 자랑이라도 하는 듯 높게 솟아 있었다. 그 태청봉 정상에서 때 아닌 검은 연기가 피어오르고 있었다. 맑은 날인지라 그 연기는 무한의 성 망루에서도 보였다.

"봉화가, 봉화가 올랐습니다."

전시와 다름없는 무장을 한 병사가 헐떡이며 달려와 평철에게 보고하였다.

"몇 개인가?"

"네 개입니다."

다섯 개의 봉화 중 네 개에서 연기가 올랐다면 이리군이 일휘국의 국경을 넘었다는 뜻이었다. 평철은 이제 봉화 다섯에 모두 연기가 피어날 때임을 직감했다. 봉화 다섯 개면 전쟁이었다.

'드디어 시작인가!'

평철의 예상보다 한 달이나 빠른 개전이었다. 그러나 무한

의 성 주민들의 기대치 않았던 사전 준비 덕분에 지민의 군대
도 이미 전쟁 준비를 완벽하게 마친 상태였다. 약간의 호재가
있다면 배웅 장군의 뜻밖의 지원군이었다.

"무엇을 원하는가?"

전쟁의 분위기가 한창 무르익던 어느 날 배웅은 무한의 성
까지 시찰을 나왔다. 그리고 평철에게 물었다.

"말과 기병이 부족해서 걱정입니다."

기마병은 단시일 내에 길러지는 부대가 아니었다. 이리군
을 상대하기 위해서는 반드시 일정 비율의 기마병이 필요했
지만 현재의 지민군에는 턱없이 부족했다. 말만 있다고 해결
되는 문제가 아니라서 평철도 포기한 상태였다. 그런데 뜻밖
에도 배웅은 이백의 정예 기마 부대를 무한의 성에 보내주었
다.

애초의 협정대로라면 도멸강 이북으로부터 무량산맥까지
는 지민에게 독자적인 작전권이 주어져 있었다. 이 지역에서
는 그 누구라도 지민의 지휘를 받아야 했다. 일휘국의 기마병
은 도멸강을 넘는 즉시 지민에게 지휘권이 양도되었다.

지민군은 일휘국 기마병 이백을 인수인계하는 그 시점부
터 총병력은 칠백 명으로 늘어났고, 기병과 보병의 비율이 이
대 일에 육박하는 최고 화력의 군대가 되었다.

배웅이 이토록 선선히 그 귀하디귀한 정예 기병을 넘긴 데
는 나름대로의 이유가 있었다. 그동안 배웅은 이리군 전술의

핵심인 기병 전술에 대항하기 위해서 기마병의 전력 향상에 전력을 기울였다. 이제까지 상대적으로 열세였던 이리군의 기병과 격돌해서 일휘국의 기마병이 얼마나 버티어줄지 도멸 강의 격돌에 앞서서 미리 시험해 보려는 의도였다.

평철이 태청봉의 봉화를 보고 있던 그 시각, 무량산 북녘 기슭의 일단의 무리도 봉화를 바라보고 있었다. 턱수룩한 수염과 지저분한 옷차림은 그들이 오랜 시간 동안 야영생활을 했음을 엿보게 했다.

흑초방의 소년 살수 여태록은 이제 막 잠에서 깨어나 부스스한 얼굴로 시냇가로 나와서 세수라도 하려던 중에 산꼭대기의 검은 연기를 보았다.

'음, 네 개로구나. 드디어 이리군이 국경을 넘었는가?

여태록은 새말군의 봉화를 통한 신호 체계는 잘 몰랐지만 때가 때이니만큼 전쟁을 직감했다.

이제 열일곱 살의 파릇파릇한 여태록으로서는 첫 번째 참전이었다.

강호에 사는 무림인들이 전쟁에 참가하는 경우는 드물었다.

일 대 일의 독립적인 싸움을 선호하는 무림인들은 통상적으로 조직적인 대규모 전투에 맞지 않았다. 그들의 정상인을 뛰어넘는 무위는 오히려 사전에 계획된 전술에 역행하는 결과를 가져오기도 했고, 결정적으로 집단 병영 생활에 군기를 문란시키는 악영향을 미쳤다.

세수를 마친 여태록은 꽁지머리를 휘날리며 다람쥐처럼 암벽을 타고 야영지로 올라갔다. 암벽은 거의 직각에 가까울 정도로 가파랐다. 여태록의 암벽 타는 솜씨는 이미 보통 인간의 것이 아니었다.

여태록은 비록 어린 나이였지만 흑초방에서도 꽤나 잘나가는 살수였다. 이미 여덟 살 때 땡전 한 푼 없는 집에 빚을 받으러 온 하오문의 장년 사내를 낫으로 찍어 죽였고 때마침 근처를 지나다가 그 광경 지켜보던 흑초방의 일급살수 상관정연은 '어허, 요놈 봐라. 독기가 상당하구나' 하고는 그를 구출하여 직전제자로 삼았다.

여태록은 상관정연에게서 그의 비전절기 북풍이십사검법과 암기술과 천리마종이라는 신법을 전수받았고, 열네 살에 첫 살행에 나서서 이제까지 두 손과 두 발을 다 합쳐도 그 가락들만으로는 다 세지도 못할 만큼 사람을 죽였는데 자랑스럽게도 단 한 번의 실패도 없었다. 그중 강호에서는 이름만 되면 다 알 만한 절정고수도 세 명이나 되었다. 하긴 그래서 어린 나이에도 불구하고 이렇게 양양의 용병단 원정대에 흑초방의 정예로서 당당히 선발된 것이기는 하지만.

암벽을 올라가니 흑초방 특공대는 이미 출발 준비를 마치고 여태록을 기다리고 있었다.

"빨리 와라. 봉화도 못 봤나?"

"죄송합니다."

두 마디면 길었다. 그만큼 여태록이 실수를 했다는 의미였다. 흑초방의 선발대의 우두머리 냉면흑사 현택돈은 말이 없는 사내였다. 한마디 이상 설명하는 법이 없었다. 여태록은 군말없이 사죄를 하고 일행에 합류하였다.

현택돈이 그 사내를 바라보았다. 사내의 명령을 기다리는 것이다. 흑초방주 이면동이 봤다면 기겁할 노릇이기는 했지만 사내는 강호인이 아니었다. 그러나 현택돈을 비롯해서 어느 누구도 수치라고 생각하지 않았다. 물론 현택돈과 흑초방 무리들이 처음부터 그랬던 것은 아니었다.

처음 사내가 무한의 성에 와서 그들과 행동을 같이하기로 했을 때 현택돈은 얼음 같은 비웃음과 함께 콧방귀를 꼈다.

"안 되겠소."

"나야말로 안 되겠소. 내가 꼭 있어야만 하오."

그는 총대장이라고 했다. 흑초방의 임무가 이번 전쟁의 핵심이었다. 그것을 진두지휘하겠다는 것이다.

"우리는 하루에 수백 리를 간다오. 그게 안 되면 우린 다 죽소."

"상관없소."

"따라올 수 있겠소?"

“걱정 마시오.”

말도 안 되는 소리였다. 흑초방의 무리를 따라잡으려면 어지간한 경공을 익힌 무림인도 어려웠다. 하물며 사내는 그다지 건장해 보이지도 날래 보이지도 않은 양민이었다. 아무리 삼류라도 선수와 아무리 일류라도 양민과는 비교가 되지 않았다.

“강호를 아시오?”

“모르오.”

“그럼, 무림인은 본 적이 있소?”

“그게 누구요?”

“나원 참! 하면 경신술은 익혔소?”

“그건 또 뭐요?”

현택돈이 살기를 내쏘았다. 현택돈의 살기라면 어지간한 양민은 죽을 수도 있었다. 그래도 사내는 고집을 피웠다.

“따라오지 못한다면 버리고 가겠소. 그래도 좋소?”

“그리합시다.”

“적진 한가운데라도요?”

“상관없소.”

“죽어도 모릅니다?”

“말이 없다고 들었는데 그 소문은 틀렸나 보오.”

사내의 비웃음에 현택돈을 비롯한 흑초방의 무리들은 북풍한설보다 더 차가운 냉소를 보냈다. 하지만 사내는 여전히 온화한 봄날이었다.

스스슥.

흑초방의 무리들은 제각기 최고의 경공술을 발휘하여 최고의 속력으로 달렸다. 직업이 살수이다 보니 빠르기도 하려니와 조용하고 흔적도 남기지 않았다. 물처럼 뱀처럼 스르륵 흘러갔다.

'어라!

여태록은 처음에는 놀랐지만 그래도 믿지는 않았다. 그저 우연이거나 지름길이 있을 것이라고 생각했다. 대원들은 말은 안 했지만 눈빛만으로 통했다. 처음에는 반쯤 가벼운 농담처럼 '이놈 한번 혼나봐라!' 는 심정이었을 것이다.

출발 시부터 멀리 떨어뜨려 놓았다. 사내는 빠르지도 않았지만 서두르지도 않는 것 같았다. 그런데 흑초방이 미리 작정하였고 알려주지도 않은 곳에 그가 먼저 와 있었다.

그는 개활지가 내려다보이는 언덕에 서서 지도를 보고 있었다. 흑초방 특공대가 작성 중이던 지도로 이곳은 아직 표기도 되어 있지 않았다.

현택돈이 마지못해 다가가서 지도를 보며 사내와 몇 마디 주고받았다.

'그래도 사령관이란 건가?

여태록은 일단 그렇게 생각했다. 사령관의 역할을 잘은 모르지만 흑초방의 방주처럼 작전을 지휘하는 것이려니. 그러니까 작전 장소를 미리 짐작해서 왔으리라.

혹초방의 특공대는 하나같이 '두고 보자'라고 눈빛을 번들거리고 있었다. 그러나 두 번째도, 세 번째도 결과적으로는 대동소이했다. 사내는 여전히 걱정하는 기색도, 서두르지도 않았다. 다소 늦을 때는 있었지만 단 한 번도 낙오하지 않았다. 일부러 전혀 엉뚱한 곳에 모이기도 했지만 결과는 대동소이했다. 그렇다고 미리 짐작해서 이동하는 것도 아니었다.

"형 호법님."

여태록이 곁에 있던 형도영 호법에게 말을 걸었다.

"왜?"

"저놈이 어떻게 찾아오는 건가요? 혹시 안 보일 때 경공을 사용하는 것 아닐까요?"

"흥, 우리 혹초방의 고수들이 최고 속도로 달렸다는 것을 잊었나? 보이지 않는 곳부터 뒤늦게 달려온다고 그가 우리와 거리를 좁힌다면 저 친구는 경공고수야, 그것도 상당한. 자넨 저 친구가 무공을 익힌 것으로 보이나?"

"아니요."

여태록은 고개를 저었다. 물론 등봉조극의 경지의 고수라면 여태록의 눈을 속일 수 있었을 것이다. 하지만 분명히 사내는 양민이고 자신들은 선수, 그것도 특급선수들이었다.

"그런데 어떻게 우리를 따라왔죠?"

"아마도 우리를 추적했겠지."

형도영은 흑초방에서 추종과 은닉의 일인자였다.

"설마… 우리는 모두 일급살수들이라구요."

평소의 버릇과 같은 것이다. 민간인에게 흔적을 들킬 정도의 실수는 어리숙한 살수라도 하지 않는다.

"한 번 확인해 볼까?"

형도영이 장난스럽게 웃으며 말했다.

여태록이 우두머리 현택돈을 슬쩍 쳐다보았다. 무표정이었지만 그도 여태록과 형도영의 대화를 듣고 있었음이 틀림없었다. 주위를 둘러보니 이십칠 명 살수들의 표정이 하나같이 심상치 않았다.

마침내 여태록이 대답했다.

"난 아직도 믿기지가 않아요."

그리고는 고개를 설레설레 저으며 현택돈의 뒤통수에 대고 외쳤다.

"우리 한 번 확인해 보죠?"

눈빛이 가볍게 흔들렸을 뿐, 현택돈은 대답하지 않았다. 그러나 그것이면 족했다.

여태록은 섬뜩함을 느꼈다. 그것은 아무런 기척도 없이 다가왔다. 동물적인 본능도, 육감도 아무런 소용이 없었다.

사내가 사람 좋은 미소를 던져 주었다. 여태록의 목덜미에 예리한 흉기를 갖다 대고서.

"자네 직업이 살수라지?"

여태록은 자기도 모르는 사이 고개를 끄덕였다. 아직은 어린 여태록이었다. 그리고 이런 경우는 처음이었다. 여태록은 당황하지 않을 수 없었다. 당황한 여태록은 그저 순진한 열일곱 살짜리 청년에 불과했다.

"어떻게 알았어요?"

"응, 이건 꼭 명심해 두는 게 좋을 거야. 향신료가 들어 있는 음식은 되도록이면 피해. 그 냄새는 열흘이 넘도록 네 몸에 남아 있는 거야. 그리고 십 리 밖에서도 그 냄새는 맡아지거든."

이십칠 명의 흑초방 살수들은 사내를 멀리 따돌리고 예정에 없던 전혀 엉뚱한 곳에 모두 은밀히 몸을 숨겼다. 목표를 기다리며 은밀히 숨는 것은 살수들의 특기였다. 그러나 그가 소리도 없이 찾아와서 여태록의 목에 단검을 들이댔던 것이다. 여태록은 비로소 인정했다. 그가 확실한 선수였고 자신이야말로 양민이었음을.

여태록이 힘없이 걸어나가니 그곳에는 이미 형도영과 현택돈이 나와 있었다.

"장로님, 형 호법님."

사내가 소리없이 다가와 싱글벙글 웃으며 말했다.

"어때, 조장? 술래잡기 더 할 거야? 이거 아무래도 시간 낭비 같은데……."

새말 원정군의 총사령관 지민은 민망한 듯 머리를 긁으며 그렇게 말했다.

현택돈이 표정 변화 없이 담담하게 말했다. 그러나 왠지 맥이 빠진 듯했다.

"형 호법, 모두 집합시키게."

흑초방 살수들의 완벽한 패배였다. 그들의 대장과 그들 가운데 숨바꼭질의 일인자가 술래에게 잡힌 것이다.

태청봉 정상에서 검은 연기의 봉화를 발견한 후, 부대는 신속하게 지민을 따라서 이동했다.

'잘도 달리는구먼.'

여태록은 지민을 보며 새삼 그렇게 생각했다. 질긴 이파리로 된 나무들과 침엽수들이 적당히 섞인 제법 빽빽한 숲이었다. 일반 사람이 통행할 수는 없는 곳이었다. 시야도 확보되지 않고 잡풀과 침엽수는 칼이나 창과도 같았다. 여태록은 그곳에서 지민에 관한 의문을 풀 수 있는 일면을 보았다.

특별히 잡풀이나 나뭇가지에 신경을 쓰는 것 같지 않았다. 자세히 보니 그 번거로운 장애물들 사이에서도 쓸데없는 힘을 낭비하지 않는 극도로 능률적인 이동을 하고 있었다. 마치 장애물이 없는 것처럼. 그에게는 이런 불편한 곳을 헤쳐 나가는 자기만의 특별한 감각이 있는 것 같았다.

일행은 빠른 속도로 이동하고 있었다. 그러나 스무 명이 넘

는 인원이 밀림을 통과하고 있음에도 부스럭거리는 소리조차
없었다.

'어디로 가는 것일까?'

지민과 현택돈은 오늘의 작전 목표나 목적지를 알고 있겠
지만 늦게 온 여태록은 딱히 들은 것도 없었다. 여태록은 이
제까지의 상황을 머릿속으로 정리해 보았다. 뭐든지 알아야
만 실수없이 임무를 달성할 수 있었다.

무량산의 북쪽 기슭, 여기라면 최전방, 아니, 무량산맥을
경계로 영토가 암묵적으로 갈라져 있으니 적지에 해당했다.
게다가 그들이 지금 달리고 있는 방향은 북쪽.

'적정 탐색?'

그것은 아닌 것 같았다. 이미 일대를 수색해 놓은 터였다.
가는 방향으로 볼 때, 지금의 방향으로는 대규모 군대가 이동
할 만한 길이 확보가 되어 있지 않았다. 한참을 더 달리고 나
서야 여태록은 오늘의 작전을 이해하게 되었다.

어쩌면 애초의 지민의 작전은 일반적인 전쟁의 양상과는
많은 부분에서 궤를 달리한다고 볼 수도 있었다.

二. 적진 교란

"장기전?"

"예, 고래로부터 하양반도로의 이리족의 침공은 이리족의 일방적인 약탈 전쟁이었지요. 그들은 유목 민족입니다. 사냥과 목축이 주요 식량 공급원입니다."

"잘 이해할 수가 없는데, 약탈이 목적이라면 군수품도 현지 조달이겠고, 그래서는 적의 병참보급로를 괴롭힌다고 해도 큰 타격이 될 거 같지 않은데?"

"무량산맥에서 두멸강까지의 사이에서는 침략자들이 식량이나 물자를 얻을 곳은 황산 마을밖에 없습니다. 우리가 지휘권을 가진 지역도 그와 동일합니다. 장기전이 되고 우리가 황산 마을만 일정 기간 동안 방어해 낸다면 놈들은 물러갈 수밖에 없습니다."

평철이 수립한 전략은 단순하였다. 적군의 진격 속도를 최대한 늦추고, 무한의 성을 요새화하여 버티는 것. 애초에 천 명도 안 되는 병력과 수만의 병력은 싸움이 되지 않았다. 물론 적이 무한의 성을 건들지 않고 그대로 홍성진까지 진격한다면 평철의 전략은 성립되지 않았다. 거기서부터는 배웅과 황인의 싸움이었다.

"만약에 우리를 지나치고 배웅과 황인의 싸움이 된다면?"

"그들의 최대 약점인 식량이나 보급의 문제가 현지 조달로 해결되겠지요."

결과는 불 보듯 뻔했다. 장기적인 문제가 해결되고 이리군이 하양반도 북부에 교두보를 마련하는 데 성공한다면 무한의 성은 흔적조차 남지 않게 될 것이다.

"그러니까 무한의 성이 생존하는 방법은 푸른이리들이 도멸강을 넘지 못하게 하는 수밖에 없는 건가?"

지민은 곤란하다는 듯이 머리를 긁적였다.

"그 방법을 마련해 주게."

"예?"

"적이 도멸강을 건너게 할 수는 없지. 어떤 방법이라도 좋아. 평철 자네가 놈들을 우리 쪽에 붙들어둘 수 있는 방법을 마련해 주게."

　평철은 이리족의 시간을 제한할 수 있는 환경을 전제 조건으로 작전 계획을 수립하였다. 반대로 황인 장군은 패배의 작은 틈조차 근본적으로 근심거리를 없애고자 했다. 그 접점이 바로 포이족과의 거래를 통한 군량미 확보였다. 이것은 평철에게 전략적인 면에서는 큰 행운이었다.

　평철은 처음에는 말도 안 되는 작전이라고 생각하며 지민에게 부탁을 했고 지민은 마치 귀신이라도 되는 양, 적진의 깊숙한 곳을 제집처럼 누비며 적의 사령관이나 겨우 알 것 같은 수많은 극비 정보를 찾아다 주었다. 그중에 포이족과의 거래에 관한 상세한 정보가 있었다. 바로 평철이 원하던 성보였다.

　결국 오성방 화군영의 함대가 적의 보급 계획에 심대한 타격을 주었다. 물론 황인도 만만한 자는 아니어서 매우 신속하게 우회 수송으로 작전을 변경하여 애초의 계획에 커다란 차질은 없도록 했다. 그러나 황인의 철통같은 계획은 이미 큰 틈이 생기고 말았다.

　두 달의 시간 지연 동안 무량산 일대에 집결한 병사를 굶겨 죽일 수는 없는 노릇이었다. 그 두 달 동안의 삼만 팔천의 병력이 소비하는 식량과 물자, 그리고 포이족에게 재투입된 군량미에 관한 비용은 이제 막 국가 건립에 들어가서 재정적으로 여유가 없는 이리족의 연합정부에게는 상당한 부담으로 작용하였다. 게다가 기대치도 않았던 촌장 장두태를 중심으로 하는 무한의 성의 철저한 전쟁 준비는 평철의 계획에 날개를 달아준 격이었다. 이로써 시간은 지민과 평철의 편이 되었다.

"간단합니다. 적의 행군 속도를 최대한으로 늦추고 그들의 심기를 건드려야 합니다. 그리고 적들이 무시하고 지나갈 수 없는 실력, 즉 우리 입장에서는 최대한의 허장성세가 필요합니다."

이야기인즉슨, 최대한으로 적의 제한된 시간을 낭비시키고 뒤통수가 뜨끔거려서 무한의 성을 감히 무시하고 지나치지는 않도록 해야 한다는 것이었다.

"먼저 적의 귀와 눈을 멀게 해야 합니다. 귀머거리와 장님은 이동 속도가 느릴 수밖에 없고 우리의 허장성세도 눈치 채지 못합니다."

평철은 자못 황당하기만 한 군사 작전에 어울리지 않는 전술을 전제 조건으로 내세웠다. 일찍이 적의 연락병이나 첩자, 척후 등의 제거를 전제 조건으로 하는 전술은 없었다. 아니, 그것은 전술 자체가 성립되지 않았다.

"일당백의 특공대를 운영합니다. 적의 배후를 교란하고 정찰, 척후, 선발대를 소탕해서 적의 기동력을 최대한 약화시킬 수 있는 특공대, 즉 잠입, 정찰, 기습 등의 전문가들로 구성된 특별한 부대가 필요합니다."

지민은 그렇게 해주겠노라고 평철에게 약속했다. 평철은

그저 하늘의 운을 빌었다. 그는 지민이 전설의 용병 비둘기 그림자라는 것을 그때까지도 모르고 있었다. 물론 그 계획의 일환으로 포섭된 흑초방의 능력도 과소평가하고 있었다.

"휴우!"

여태록은 한 놈을 베어 넘기고 한숨을 내쉬었다. 기습이라고는 해도, 이런 한낮의 기습은 어쩐지 껄끄러웠다. 게다가 한 놈만 몰래 들어가 깔끔하게 베고 나오는 것이 아니었다. 앞이고 뒤고 없었다. 사방에서 덤벼드는 적들을 베어 넘겼다. 물론 이런 식의 궁지(?)에 빠진 것이 지금 처음은 아니었다. 하지만 동료와 함께 연계 활동을 하는 것은 적지 않게 신경이 쓰였다.

"아직인가?"

보급 창고 쪽을 바라보았다. 아직은 검은 연기가 보이지 않았다. 기왕에 태워 버릴 것이면 진화하기 쉽지 않도록 확실하게 해야 했다. 그냥 방화만 한다고 되는 것이 아니었다. 그리고 어느 정도는 피해가 있을 때까지 적들의 진화 작업도 방해해야 했다.

텅.

등 뒤에서의 난데없는 충격으로 여태록은 바닥으로 떼구루루 굴렀다.

"어허, 이런 실수를……."

여태록은 가슴이 철렁 내려앉아서는 서둘러 막무가내의 방어 자세를 취하며 자신의 등에 일타를 날린 주인공을 바라보았다.

어째 검이나 창이 아니고 주먹이었다. 그것도 강력한 일타가 아니라 그냥 밀어서 쓰러뜨리는 정도.

"어디다 넋을 놓고 있는 거야? 조심 좀 해야지."

사람 좋은 미소의 지민이 한 손으로 검을 높이 들어 막으며 발로는 적을 걷어차서 쓰러뜨리며 말했다. 지민은 손을 내밀어 여태록을 잡아 일으켰다.

"이거 또 신세를… 그나저나 아직인가요?"

"음, 이젠 빠져도 될 거 같은데… 그럼 이따 보세."

바쁜 와중에도 칼을 크게 휘둘러 적을 물러가게 해서 길을 만들며 지민이 말했다. 마치 산보라도 나온 사람처럼 편안하였다. 이미 보급품 막사에서는 검은 연기가 치솟아오르고 있었다.

여태록은 이리군의 보급대를 빠져나오며 얼굴이 화끈거림을 느꼈다. 벌써 두 번째였다. 나중에 들어보니 여태록 이외에도 지민의 구원을 받은 흑초방의 동료가 적지 않았다. 이미 네 번째 보급대 습격에 성공하고 있었다. 그런데 흑초방은 아직도 단 한 명의 이탈자나 사상자도 나오지 않고 있었다. 모두가 지민의 공이었다.

실수는 언제나 있게 마련이었다. 흑초방은 결코 낙오자를 돌보지 않았다. 살수에게 낙오자는 짐 이상도 이하도 아니었다. 그러나 지민은 그렇게 생각하지 않는 듯 보였다.

그의 사전 계획은 치밀하였고 신기할 정도로 정확하고 안전하였다. 전쟁에 있어서 안전제일은 없다. 그러나 여태록이 보기에 지민은 안전이 최우선이었다. 이미 여태록과 같은 생각을 하는 동료들도 한둘이 아니었다.

황인은 불길한 예감을 피할 수 없었다. 이것은 그의 산전수전을 다 겪은 노련한 전장 경험에서도 처음 겪는 일이었다. 연락병이 돌아오지 않고 있었다. 그것도 전방에 나간 척후가 아니라 후방의 안전지대로 보낸 연락병들이었다. 물론 그가 후방에서의 연락병의 연락이나 기다리고 있을 정도로 한가한 위치나 직위는 아니었다. 그런데 부관이 뜬금없는 소리를 했다.

"차이록 장군께서 긴급 교번 신청이 왔습니다만 어찌할까요?"

"차이록이라면……?"

황인이 순간 의아해서 중얼거렸다.

"예, 별황조입니다."

부관이 대답했지만 그러지 않더라도 황인도 이미 알고 있었다. 지금의 상황에서는 가장 황인과 자주 접촉하는 장군이 바로 차이록이었다. 별황조는 일종의 별동대로서 정찰, 척후,

연락 업무를 담당하는 부대였다. 아직은 적진과 거리가 있어서 전쟁 상황도 아니었고, 대규모 부대가 이동 중이기에 가장 바쁘고 중요한 부대라 할 수 있었다.

'긴급 교번이라니……?

황인의 의문은 거기에 있었다. 무량산은 부대가 이동하기에는 적합지 않을 정도로 험한 산이었다. 그러나 당장은 이 길밖에는 선택의 여지가 없었다. 조금 무리를 한 행군 속도인지라 지친 말들이 벌써 여럿 죽어나갔고, 부상병에 낙오병까지 생기는 지경이었다. 때문에 황인은 각종 부대 업무에 있어서 엄격히 삼교대를 유지하고 있었다. 긴급 시 이것을 바꿀 수 있는 권한도 예하 장군들의 자율에 맡기지 않았다. 그런데 별황조의 차이록이 긴급 교번을 신청하였다. 이것은 삼교대로 현재 대기 중에 있는 부대원을 임무에 긴급 투입할 수 있도록 권한을 조정해 달라는 요청이었다.

황인은 전략의 대가였다. 전략적인 측면에서 중요한 별황조의 인원을 애초부터 모자라지 않도록 충분한 병력을 배치하는 것을 잊을 리가 없었다.

황인은 즉시 궁금증을 해소코자 했다.

"삼교대로는 부대가 돌아가지 않을 정도로 별황조에 무슨 특별한 사정이라도 있는가?"

"예, 저도 그게 의아스러워 장군께 여쭈어봤습니다만, 그것이… 후방의 보급대에 보낸 연락병들이 아직 돌아오고 있지 않답니다.”

“뭐라고?”

황인은 불길한 예감에 정신이 번쩍 들었다.

“예, 차이록 장군께서도 애초의 대장군님의 엄명을 받들어 제시간에 연락병이 돌아오지 않자 그때마다 즉각 사정을 알아보라고 계속해서 연락병을 재투입을 했었던 모양입니다만······.”

황인은 일이 심상치 않음을 직감했다. 이리족과 하양족의 격돌이라는 오랜 역사 속에서 가장 정련된, 가장 규모가 큰 이리족의 침공이었다. 상황은 압도적인 우세였다. 그러나 이리족의 가장 큰 취약점은 침략군답게 보급에 있었다.

황인은 결단력이 있는 장군이었다. 연락병을 보내서 돌아오지 않는다면 연락병으로는 해결이 불가능한 것, 연락병의 재투입은 미봉책에 불과했다.

“모두 부대의 이동을 즉각 중지시키고, 보급대의 합류를 기다려라. 그리고 연등태 장군을 불러들여라.”

황인은 즉시 부대의 행군을 중단시키고 정상적인 군사 작전에 들어갔다. 연등태의 부대는 행군을 특기로 가진 산악전 전문 부대였다. 황인은 연등태의 부대를 개별 보급대의 숫자에 맞게 부대 편성하여 각각의 보급대로 투입했다.

황인의 판단대로라면 보급대는 본대와 반나절 거리를 유지하고 있던 상황이었다. 이윽고 밤이 한참이 되어서야 보급대들이 속속 본대에 합류하였다.

"보급대가 들어오는 대로 즉시 상황을 보고하라."

황인은 초조하였다. 얼마 지나지 않아서 연달아 보고가 들어왔다. 결과는 생각보다 심각했다.

"보고를 종합해 볼 때, 총 네 군데의 보급대의 보급품이 완소되었고, 별황조의 연락병은 모두 현재까지 여섯 명이 사망으로 확인되었고, 스물두 명이 행방불명입니다."

"끄응."

황인은 이를 부드득 갈며 신음을 했다. 전체 군량미의 오분의 일이 단 하루 만에 소실되어 버린 것이다. 더 이상의 군량미를 잃었다가는 전체적인 전략에 차질을 빚을 수 있었다. 황인은 고육지책으로 병참 부대를 전투 부대의 중심에 배치하여 더 이상의 손실이 없도록 조치하고 다시 이동 명령을 내렸다.

이것이 바로 평철의 전략으로 이때부터 신속하기로는 하양군과 비교도 될 수 없다는 이리군의 이동 속도는 전 부대 중 가장 이동 속도가 느린 보급 부대의 행군 속도와 동일해졌다. 그러나 보다 큰 황인의 실책은 적 후방 교란 부대의 과대평가에 있었다.

황인은 지민의 흑초방 특공대의 규모를 실제보다 십 배가량 많은 숫자로 추산하게 되었다. 하나의 단위부대가 험준한 산맥에서 하루에 수십 리씩 떨어진 네 군데의 보급 부대를 연

속해서 습격하고, 연락병을 차단하는 것은 황인의 상식에서
는 있을 수 없는 일이었다. 그러나 그들이 전문적인 무림의
살수 집단이라고는 꿈에도 생각지 못하고 있었다.

푸른이리족의 하늘터 건립 원년, 칠월 십오일 흑초방에 의
한 단 하루 동안의 적 보급 부대 네 곳의 기습 및 군량미 전
소, 이것이 공식적으로는 전사에 기록되지 않은 이리군과 지
민군의 첫 번째 격돌이었다.

　황인은 남쪽의 이리족과 파고인들에게 알려지기로는 전술의 천재였다. 진룡의 구미호라는 별명답게 능수능란한 전술과 계책의 달인이었다. 그러나 황인의 알려지지 않은 진가는 그의 포괄적인 전략에 있었다.

　특히 부대 이동과 전체적인 형세 파악에 의한 전격적인 우회기동전술은 전체적인 전황과 맞물려 적군에게는 돌이킬 수 없는 포위 섬멸전에 의한 격파에 있었다.

　그것은 이리군 특유의 강인한 기동력과 속도전이 가능케 하는 그들의 자랑 기마 부대의 활용을 극대화하는 데 있었다. 물론 무엇보다 중요한 것은 각종 정찰과 첩보를 통해서 올바른 전세 판단을 내리는 그의 판단력이었다. 그러나 이번 전쟁의 특징은 이러한 그의 장점이 전혀 발휘될 수 없었다는 데 있었다.

황인의 애초의 전략적 상황 파악에서는 무량산과 도멸강 사이는 무인지대였다. 인구 오백의 막강한 요새 무한의 성의 존재는 까맣게 모르고 있었다.

황인의 삼만 팔천의 대군단이 천신만고 끝에 무량산맥을 넘어선 것은 팔월 십삼일, 황인의 예정보다 무려 열흘이나 늦은 후였다. 그나마도 황인의 강한 통솔력과 그농안 다져 놓은 엄정한 기강이 있었기에 가능했다. 잃은 군마만 해도 이천 필, 지민의 기습 공격에 의해서 피 같은 군량미 오천 섬을 잃는 희생을 감수하고 나서였다.

황인은 무량산을 넘자마자 즉각 군대를 재편성하였다. 만 이천의 기마에게 삼 일간의 휴식을 주어 힘을 재충전시킨 후, 삼천의 군마를 따로 떼어내어 맹장 혈완계 장군에게 맡겼다. 혈완계는 지와 덕을 겸비한 충성심이 강한 장군이었다. 또한 추진력이 뛰어나 황인의 무리한 요구를 수용할 수 있었다.

황인이 이와 같이 유래에 없는 단일 기마 부대를 편성한 이유는 역시나 그의 특기 전격 우회기동작전에 있었다. 혈완계에게 동쪽으로 멀리 돌아서 해안을 따라 전전하여 배웅의 수비군이 미리 방비하기 전에 도멸강을 도하하여 홍성진의 배후를 점령할 생각이었다.

유래에 없는 대규모 군단인지라 만인대급의 지휘에 노련한 장군이 없는 관계로 나머지 병력은 황인 자신이 지휘하는 본대만 만인대로 구성하고 나머지는 각각 오천 명 단위의 다섯 개의 방면군으로 조직하여 일대를 특별히 후위로 보내서 병참 보급로를 탄탄히 하고 선발 부대를 내보내고 좌우에 일대씩 좌우 군을 배치하고 남는 하나의 방면군은 본대의 후위에 위치한 예비대로 삼았다.

한편 적의 보급 부대에 심대한 타격을 입힌 지민과 흑초방은 서둘러 무한의 요새로 귀환하였다.

그 무렵부터 황인 장군의 척후와 정찰병들은 활발하게 활약하였다. 이전까지 황인의 정찰병들은 팔 개 조에 나눠서 요로에 배치된 흑초방의 살수들에게 십중팔구는 요격당했다. 요행히 빠져나가서 임무를 완수했다고는 해도 본대로 복귀할 때 또 한 번 흑초방의 감시에 걸려들었으니 모두 백이십 명이 정찰을 나가서 고작 삼십여 명이 무사 귀환하였고 황인의 답답함은 극에 달해 있었다. 그나마 그림자 부대가 이십여 명 파견되어 열다섯이 돌아온 것을 따져 봤을 때 일반 정찰병은 거의 대부분 살아 돌아오지 못하는 형편이었다.

"단일 기마대라구요? 확실한 겁니까?"

지민군의 군사 평철이 묻자 지민이 대답하기도 전에 현택돈이 인상을 썼다.

"이봐, 군사. 난 장님이 아니야."

전체 장수가 동원된 지민군의 첫 전략회의였다. 이미 전쟁의 개시가 기정사실인 듯 분위기에 맞게 성 앞 벌판의 군영에 임시막사를 설치하고 제장들이 모였다.

석태 이하 그녀의 기사단에서 세 명, 무한의 성에서는 장막과 상보라는 전직 용병이 대표로 참여하였다. 딱히 지휘관 급의 경력은 아니었으나 마을 주민으로 구성된 병력이 이백을 넘고 있었으니 일체감을 위해서 같은 출신의 지휘관으로 일부러 선발한 것이다. 그 외 흑초방의 현택돈과 또 다른 일군을 이루고 있는 요철상과 구패, 그리고 평철의 애제자인 천붕과 낙도, 일휘국의 기마대장 천정벽, 그리고 총대장 지민과 군사 평철, 합쳐서 총 열네 명의 제법 규모있는 군사회의가 되었다. 고작 오백 명의 단출한 군대치고는 지휘관이 지나치다 싶었으나 여러 출신 성분이 혼재해 있다 보니 어쩔 수 없었다.

평철은 현택돈의 얼음장 같은 얼굴을 애써 무시하고 무소가족에 그려진 지도에 눈을 박았다.

"흠, 단일 기마 부대라면 전투에 그다지 효과적이지는 않은데……"

황인의 전술은 기마병을 양익에 배치하는 데 있었다. 그냥 삼천의 기마 부대뿐이라면 역으로 중앙을 돌파하다가 수적으로, 지형적으로 우세한 적에게 포위될 뿐이었다.

잠시 고민하던 평철이 이내 알았다는 듯이 고개를 끄덕였다.

"뭐 짚이는 데라도 있는가?"

그나마 전술이라면 약간은 풍월이 있는 석태가 물었다.

"이리군의 신속한 이동은 정평이 있지요. 경보병들도 하루에 육십 리를 걷는답니다. 기마병, 그것도 오로지 신속 이동만을 목표로 한다면 하루 이백 리도 가능할 겁니다. 이쪽으로 해안을 따라서……."

평철이 지도를 손가락으로 따라가며 설명했다.

"내려간다면 아마 사흘이면 도멸강 가에 당도할 겁니다. 천 대장님, 어떻습니까?"

천정벽은 콧날이 오뚝하고 눈이 맑은 아직은 약관인 듯 보이는 준수한 군인이었다. 배웅이 특별히 선발하여 파견한 것으로 판단할 때 지민군에게 책잡힐 일은 없을 듯싶은 좋은 지휘관이었다. 천정벽의 표정이 좋지 않았다.

"제가 연락병을 보낸 것이 어제입니다. 빠른 걸음으로 가도 추월당할 것입니다."

아보대륙으로부터의 식량 운송이 순조로워 예상 밖의 빠른 침공이었다. 천정벽의 발언은 배웅의 군대의 경계 태세가 그리 단단하지는 못할 것이라는 우회적인 표현이었다.

"도멸강 하류의 경계 태세는 어떻습니까?"

"수심은 얕습니다만 강폭이 넓습니다. 대군이라면 도하가 쉽지는 않겠지요. 게다가 이리족 군대는 전통적으로 홍성진 이북쪽으로 도하를 시도하고는 했지요. 아마도……."

대화의 내용은 이해 못해도 천정벽의 어두운 표정만으로 참석한 제장들은 상황이 좋지 않음을 이해할 수 있었다.

"어떨까? 우리가 추격한다면?"

지민이 물었다.

"삼천이라고 하시지 않았습니까? 더군다나 하루 이백 리를 달릴 겁니다. 따라잡을 수조차 없습니다."

총병력 칠백여 명으로 삼천의 정예 기마병을 추격한다는 것은 역시나 어불성설이었다.

"이렇게 되면 그 우회 병력은 포기하고 선발 부대를 고착시키는 수밖에 없겠군요."

"고착?"

"예, 정면으로 맞붙어서 저지시킬 수밖에요. 어차피 홍성진이 포위되면 우리의 전멸이라는 결과는 불 보듯 뻔하죠."

"이봐, 삼천도 안 된다면서 오천하고 붙자고?"

구패가 기가 막힌다는 듯 평철에게 따졌다. 삼천의 기마병을 포기해도 다시 정면으로 맞부딪쳐야 하는 이리군의 단위 부대는 오천이었다.

"이봐, 애꾸눈. 원래 삼만 팔천하고 맞짱 뜨러온 거라구. 오천이면 약소하지 뭘 그래?"

요철상이 한심하다는 듯 구패를 타일렀다.

평철이 작정한 지민군과 황인군의 첫 번째 대결장은 무량산을 넘어온 이리군으로부터 백 리가량 남서쪽, 무한의 성으로부터 팔십 리 떨어진 강이라고 하기에는 조금 작고 개울이라고 하기에는 규모가 큰 개천을 끼고 있는 벌판이었다.

벌판 자락을 지나는 개천은 그곳에서 가장 폭이 넓어져 장정의 이백 걸음이나 될 정도라서 가히 강이라고 불러도 될 정도였다.

평철은 황인군이 이곳을 지날 것이라고 확신하고 있었다. 기마를 주로 다루는 이리군은 산악보다는 평원을 선호하였고, 안 그래도 수만의 병력이 움직이려면 넓은 벌판이 유리한 점이 많았다.

"우와!"

구패가 먼저 놀라서 탄성을 질렀다. 산 중턱의 계곡에 두 달 사이에 호수가 생겨났다. 계곡을 막아놓은 무소 가죽의 둑은 터질 듯 팽팽했다.

"그러니까 이리족 놈들이 개울을 건널 때 이걸 터뜨려서 몽땅 물귀신을 만든다는 거지?"

평철이 웃으면서 고개를 끄덕였다. 하나라도 더 알아서 좋을 것이 없을 것 같은 대외비였으나 평철은 일부러 지휘관들 모두를 동행하여 물을 막아놓은 곳을 보여주었다. 그것은 지

휘관들에게 작전을 이해시키고 일시불란하게 전술을 위해서
싸워주기를 원했기 때문이다.

"우와, 저 가죽들 봐라. 금방 터질 것 같아."

요철상도 걱정스러운 듯 평철을 보며 말했다. 평철은 그냥
빙긋 웃어주었다. 그동안 둑이 무너지지 않도록 동원된 장비
와 인력을 생각하면 자신이 대견스러웠다. 이제는 두어 시간
만 더 버텨주면 되는 것이다.

"그런데 황이이란 놈이 엄청 똑똑한 놈이라면서? 속아줄
까? 정찰병만 보내도 단박에 뽀록날걸?"

"이 새끼가 초치지 못해서 안달났냐?"

하면서도 요철상 역시 불안한 듯 평철을 바라보았다.

"여기 장군님과 현 조장님이 그렇게 만만히 탐지되도록 내
버려 두지 않을 겁니다. 그것만은 안심하셔도 될 겁니다."

구패와 요철상은 겁먹은 눈으로 현택돈의 얼음장 같은 얼
굴을 바라보았다. 현택돈은 '흥' 하고 콧방귀를 뀌는 표정으
로 하늘만 쳐다보고 있었다.

"증말 한 성깔 하게 생겼지?"

"응, 보다보다 저렇게 인상 더러운 놈은 첨 본다."

구패와 요철상이 그런 현택돈을 보며 은밀하게 속삭였다.

"아미 정찰을 무하게 하더라도 황이은 수공을 의심할 겁니
다. 정찰을 못하게 한다는 것 자체가 의심을 살 짓이니까요."

"하면 말짱 황이잖아?"

"허허, 확신과 의심은 꽤 큰 차이가 있지요. 그래서 우리가 죽을 각오로 싸워야 합니다. 아마 힘든 싸움이 될 겁니다."

평철이 비장한 표정으로 말했다.

지민군이 개울의 평야 지역에서 재편성을 마치고 한 시간 정도를 기다리니 마침내 앞 고개로 내보냈던 전령들이 돌아와서 보고했다.

"왔습니다."

평철이 전령의 보고를 받고 지민에게 말했다.

"아마도 이리군은 부교를 세울 것입니다."

"그렇겠지."

지민도 익히 보아서 알고 있었다. 개울은 깊은 곳이라도 사람의 정강이를 넘지 않았다. 그러나 강폭은 대략 이백 보, 그들의 보물과도 같은 말들에게 피로를 주지 않기 위해서 그들은 이 정도의 개울만 돼도 항상 부교를 설치하는 습성이 있었다.

"최대한 시간을 끌어주셔야만 합니다."

"걱정 말게. 저들은 결코 우리의 체력이 소진될 때까지 강을 건널 수 없을 것이야."

지민은 당연하다는 듯 그렇게 말했다.

평철은 흑초방과 지민을 제외한 칠백여 군사들에게 모두 활과 방패를 미리 지급해 놓은 터였다. 지민은 흑초방 무리들을 이끌고 강 언덕에서 대기하였다.

이윽고 벌판의 건너편 협곡 쪽에서 무소 가죽으로 무장을 한 무리들이 하나둘 보이기 시작했다. 아마도 전령들이리라.

이리족의 선봉 역기래는 오천의 병사를 이끌고 개울가로 나와서 개울 건너편의 일단의 군대를 발견하게 되었다. 일견 하기에는 천 명도 되지 않는 것 같은 소규모 부대로 생각되었으나 신중한 황인의 오른팔 역기래는 그때까지 적 병력의 숫자도, 적군의 정체도—우선은 일휘국의 군대로 생각했다—정확하게 파악하지 못하고 있었다.

팔월 십오일 저녁 여섯시, 무량산을 넘은 이리족 군대가 마침내 적과 첫 번째 조우를 하게 되었던 것이다.

"적의 병력은 아무리 많이 잡아도 천 명을 넘지 않는 것 같습니다. 때마침 개울도 얕아서 기마병의 돌격도 가능합니다. 일거에 쓸어버리는 것이……."

부관이 건의했지만 역기래는 일언지하에 거절하였다.

"아니다. 상류로 보낸 전령들이 도착하지 않고 있다. 이것은 저놈들이 상류를 막아서 수공을 취할 가능성이 있는 것이야."

"하오시면?"

역기래는 고민하였다. 반나절 후면 본대가 도착할 참이었다. 그때까지는 개울을 건너서 길을 확보해야만 했다. 역기래는 지체없이 결단을 내렸다.

"신속하게 부교를 설치하라."

부관은 소심한 역기래를 마음속으로 조소하였으나 위계질서가 엄정한 이리군이었다. 군말없이 공병 부대에 명을 하달하여 부교 제작에 착수하였다.

잘 훈련된 이리군의 공병들이 숙련된 솜씨로 부교를 설치하기 시작했다. 수심이 얕고 물살이 약하여 작업은 순조로웠다. 두어 시간도 지나지 않아서 건너편 적들의 사정거리 근처까지 부교가 도달하였으나 전혀 두려움이 없었다.

마지막 부교를 수직으로 제작하기 시작하였다. 완료된 후에 옆으로 쓰러뜨리면 개울의 반대편까지 부교가 완성되는 것이었다. 이리군의 공병들은 지척거리에서 안타까워 발을 동동 구르는 지민군의 궁병들을 보고 낄낄거리며 화살 공격으로부터의 자신들의 안전을 만끽하였으나 이리군의 공병들은 결코 그들의 생각처럼 안전한 것만은 아니었다.

"가자."

마지막 부교가 거의 완성 직전에 이르렀을 무렵, 강안 언덕에서 잠자코 지켜보던 지민이 위엄있게 명하고 먼저 스르르 개울로 돌진하였다. 그 뒤를 흑초방 특공대 이십칠 명이 그림자처럼 따랐다. 어느새 해가 지고 날은 어두워졌다. 밤은 그들의 세상이었다.

흑초방의 무리들은 마치 뱀에 쫓겨 잡풀 속에서 일제히 도

약하는 메뚜기 떼들처럼 부교 위로 뛰어들어 갔다. 그와 같은 도약력을 가지지 못한 지민은 손을 뻗어 사람 키 높이의 부교 상판을 잡고 뛰어올라 갔다.

"으악!"

몇 개의 빛이 번득이고 몇 명의 이리군이 짚단처럼 쓰러졌다. 그제야 비명처럼 고함이 터져 나왔다.

"기, 기습이다!"

방심하고 있던 이리군의 경계병을 어렵지 않게 돌파하고 흑초방의 무리들은 별다른 저항도 없이 마지막 부교 조각을 파괴시킬 수 있었다.

"철수."

지민이 태평한 어조로 말했고 흑초방 기습조는 신속하게 다시 어둠 속으로 사라졌다. 불과 차 한 잔 마실 시간도 걸리지 않았다. 그러나 이것은 시작에 불과했다.

밤새 지켜보았지만 당황한 이리군은 밤사이 더 이상 부교를 제작할 엄두를 내지 못하는 것 같았다.

"이제 겨우 하루가 갔군."

지민은 날이 밝아오는 여명을 느끼며 그렇게 중얼거렸다. 이제 날이 밝으면 다시 부교를 제작할 것이다. 길고도 어려운 하루가 될 것이 분명했다.

날이 밝자 이리군은 다시 부교 설치를 시도하였고, 지민의 흑초방 부교 파괴조는 세 번의 기습으로 세 번의 이리군 부교 설치를 저지하였다. 그러나 부교 파괴는 갈수록 어려워졌다. 적들은 이제 아예 마지막 부교를 포위하듯이 철통같이 둘러싸고 엄밀히 보호하였다. 그러는 사이 때는 오후로 접어들고 있었다.

"더 이상 버티기 어렵겠군."

언덕 위에서 마지막 부교를 놓고 벌이는 치열한 결전을 지켜보던 평철이 중얼거렸다. 병력이 충분한 적들은 삼교대로 싸웠고, 지민의 흑초방은 겨우 스물일곱 명이 밥 먹을 시간도 없이 개울을 왕복하고 있었다. 최전선에 해당하는 부교 끝에는 적들이 빽빽하게 밀집하였다. 평철이 망설이는 사이 개울 건너 편에서 움직임이 있었다. 병력이 투입되는 조짐이었다. 부교 끝에서 이쪽의 방어선까지는 불과 삼십여 보. 비록 방패를 성벽처럼 둘러쳐서 화살로 공격을 해도 큰 피해를 줄 수는 없어 지켜만 보고 있었다. 그러나 상황이 급변하였다. 적들이 마침내 삼십여 보를 달려서 개울을 건널 결단을 내린 듯했다.

"상류에 신호를 보내시오. 환영 인사를 보냅시다."

"물세례로 말입니까?"

신호병이 물었고 평철이 점잖게 웃으며 대답했다.

"예, 그렇습니다."

"전군 화살 장전!"

검은 연기의 화살이 긴 꼬리를 달고 하늘 높이 올랐고, 마침내 상류에서는 두 달을 모으고 모았던 강물이 방류되기 시작했다.

　이리군이 물을 첨벙거리며 일제히 개울을 건너기 시작했다. 부교가 병사로 가득 차서 행렬이 늘어지자 성질 급한 기마병 부대가 부교도 없는 곳으로 개울을 건너기 시작했다.
　"발사."
　평철의 명령에 따라 일제히 화살의 비가 이리군에게 쏟아졌다. 화살은 충분했다. 쉬지 않고 쏘아대도 한나절은 거뜬했다. 새말 북벽의 깡패들과 그녀의 기사단과 양양 용병단, 그리고 무한의 성 주민군은 잘 싸웠다. 아니, 결사적으로 강안을 방비했다.
　우르릉!
　그리고 상류로부터 해일과도 같은 물줄기가 마침내 부교까지 당도하였다.
　"물, 물이닷!"
　부교는 예상보다 튼튼했다. 그러나 두 달이나 모아놓은 물의 힘은 너무 강했다.
　부교가 힘없이 무너지자 아비규환이 연출되었다. 여기저기서 비탄 어린 신음이 터져 나왔다.
　붇어난 개울의 급류는 부교와 부교 위의 병사들을 쓸어버렸고, 물살은 이틀이나 계속 기승을 부렸고, 그 이틀 동안 붇어난 강물도 줄지 않았다.

시간이 지남에 따라 합류한 이리군의 삼만 오천 전 병력이
개울 건너편에서 칠백오십 명의 지민군과 마주 섰다. 그리고
그날, 날이 어두워지자 지민군은 조용히 개울가로부터 빠져
나갔다. 어찌나 조용한 철수였는지 이리군의 초병은 날이 밝
은 후에야 지민군이 종적도 없이 사라졌음을 알아챘다.

차후에 전해진 바에 따르면 그날 물에 수장된 이리군은 총
천삼백 명, 군마가 오백 필이었고, 지민군은 흑초방의 중견고
수 어춘보가 어깨에 깊은 자상을 입은 것을 빼고는 단 한 명
의 사상자도 없었다. 대승이었다.

四. 살수에게는 필요없는 것들

"또 왔군."

무더위가 기승을 부리고 있었다. 등나무 그늘에 몸을 기대고 피서라도 온 양, 한가롭게 누워 있던 여태록이 몸을 일으키며 말했다. 마치 주막의 점소이가 손님이라도 맞는 듯한 여유였다. 멀리서 다급한 말발굽 소리가 들려왔다.

좁다란 협곡 위였다. 여태록이 고개를 들어 바라보니 건너편에서 석대곤이 손을 들어 두 개의 손가락으로 동그라미를 만들어서 흔들고 있었다. 여태록도 하품이라도 하는 듯 나른한 표정으로 손가락으로 같은 모양을 만들어 화답해 주었다.

개울가에서 철수한 흑초방은 이후 팔 개 조로 나누어져서 개별 공작에 들어갔다.

"나 먼저 내려간다."

팽경초가 여태록만큼이나 따분한 어조로 그렇게 말하고 협곡을 어슬렁어슬렁 걸어 내려갔다.

"조심하세요."

"조심은 무슨……."

팽경초의 어조는 조심하라는 여태록의 경고가 전혀 가당 치도 않다는 듯이 여전히 따분함이 묻어 나오고 있었다. 하긴 그랬다.

협곡은 일종의 길목이었다. 선수는 선수를 알아본다고 전령들이 왕래하기 좋은 길은 흑초방의 살수들도 알았다. 흑초방은 지민의 지시에 따라 각기 여덟 개 조로 나뉘어 이리군의 본영을 중심으로 둥그렇게 포위하여 각자 흩어졌다. 임무는 적의 척후병, 전령, 연락병들을 차단하는 것, 즉 황인군의 눈과 귀를 멀게 한다는 것이었다.

이번에 파견 나온 흑초방의 고수들 중에는 정보 수집 업무를 하던 동료들도 섞여 있었다. 그들은 임무의 특성상 고문의 전문가였으며 지방 방언과 다른 민족의 언어에도 능했는데 푸른이리족의 언어를 구사하는 자들도 넷이나 되었다. 그중 한 명이 바로 지금 협곡을 내려간 팽경초였다.

다그닥 다그닥.

흙먼지를 날리며 갈색마와 그 말을 탄 사내가 협곡 입구에 모습을 드러냈다. 멀리서도 선명하게 구별되는 깃발을 들고 있는 것을 보니 연락병이었다.

비로소 여태록도 억지로 긴장감을 끌어올렸다. 딱히 긴장해야 할 필요도 없었지만 그래도 찰나의 호흡이 중요했다.

"이랴, 이랴."

연락병이 채찍으로 연신 말을 때리는 한편, 박차를 가하고 있었다. 급하고도 중요한 내용의 연락 임무를 맡은 것이 분명했다.

여태록은 바싹 긴장하며 마음속으로 수를 세었다.

'하나.'

상당히 빠른 속도였다. 여태록은 터질 듯 근육을 긴장시키며 양손으로 넝쿨을 단단하게 쥐었다.

'둘.'

협곡을 달리는 말이 바로 여태록이 누워 있는 지점에 이르렀을 무렵, 다시 한 번 건너편의 석대곤을 흘깃 쳐다보고는,

'셋.'

힘차게 넝쿨을 잡아당겼다.

여태록은 순간 근육이 팽팽하게 당겨옴을 느꼈다. 건너편의 석대곤도 같은 상황이었다.

그때, 협곡의 바닥에서 흙먼지와 함께 나뭇잎과 잡풀들이 허공으로 치솟았다. 그리고 흙 속에서 넝쿨이 오랫동안의 은닉을 끝내고 땅 위로 솟았다.

‘걸렸다.’

묵직한 충격이 팔목을 타고 흘렀다. 말의 달리는 속도에 의한 충격은 매우 강했다. 여태록은 그 순간, 손바닥의 타는 듯한 통증에게 조금만 더 버텨달라고 애원하며 넝쿨을 근처의 나무에 휘감고 힘껏 버텼다.

히히힝.

고통을 못 이긴 갈색마가 구슬프게, 아니, 비명처럼 울부짖었다. 그리고 그대로 협곡을 가로지른 넝쿨에 걸려서 앞으로 고꾸라졌다. 말 위의 병사는 관성에 의해서 허공을 치솟았다가 그대로 땅바닥에 떨어졌다. 그때 대기하고 있던 팽경초가 번개처럼 낙마병에게 달려들었다.

잠시 후, 넝쿨의 힘은 흔적도 없이 사라지고 근육의 긴장감도 소실되었다. 여태록은 급격한 충격으로 벌벌 떨고 있는 팔의 근육을 어루만지며 천천히 언덕을 내려갔다.

‘제 딴에는 저 표정이 멋있다고 생각하는 모양이지.’

건너편 언덕에서도 석대곤이 내려오다가 여태록과 눈이 마주쳤다. 석대곤은 싱긋 웃으며 한눈을 깜박해 주었다. 여태록도 실소로 화답해 주었다.

“어때?”

석대곤이 팔을 어루만지며 팽경초에게 물었다. 석대곤도 이번에는 말의 빠른 속도에 어지간히도 충격을 받았던 모양이다.

이리군의 연락병은 이미 얼굴이 피투성이가 된 채 무릎을 꿇고 양다리를 부들부들 떨고 있었다. 이미 팽경초가 몇 번의 손질로 완벽하게 제압한 후였다. 팽경초가 여태록으로서는 알아들을 수 없는 이리족의 언어로 놈에게 무언가를 물었고, 놈은 두려운 표정이었지만 굳은 의지가 담긴 표정으로 고개를 힘차게 저었다.

'자식, 반항해 봤자 저만 손해지.'

여태록은 어깨가 아직도 후들거리는 것이 은근히 짜증이 났다. 물론 이리군 연락병도 자신의 임무에 충실하기 위해서 빨리 달린 것이겠지만 그래도 밉살맞은 느낌이었다. 그래서 여태록이 재촉했다.

"빨리 끝냅시다, 팽 형."

"안 그래도 그럴 생각이었다. 일단은… 손가락부터……."

으드득.

마치 지옥에서 울려오는 듯 기분 나쁜 소리가 연락병의 손가락에서 들려왔다.

"으왁!"

비명만은 세계 공통어였다. 손가락이 부러진 사내는 그가 이제껏 질렀던 비명 중에 가장 고통에 근접한 비명을 질렀다. 여태록은 그런 사내의 표정과 피를 흘리며 떨어진 방금 전 사내의 소유였던 손가락을 물끄러미 바라보았다. 강단이 있으면 그만큼 많은 손가락이, 그도 모자라면 발가락이 필요했다.

버텨봐야 저만 손해였다.

팽경초는 냉정한 미소와 함께 감정이 실리지 않는 어조로 이리족의 연락병에게 몇 마디 지껄였다. 연락병은 고통으로 사시나무 떨 듯 떨면서도 잠시 갈등에 빠진 듯했다. 팽경초는 조금도 주저함 없이 연락병의 다른 쪽 손가락을 잡았다. 연락병이 절박한 어조로 뭐라 통사정을 했지만 팽경초는 듣지도 않고 두 번째 작업을 행하였다.

다시 지옥 같은 비명이 연락병의 입을 떠났고, 연락병의 고통에 찬 버둥거림이 끝나기도 전에 팽경초가 다시 물었다. 연락병은 극심한 고통으로 대답할 기력도 없는 듯했다. 팽경초가 망설임없이 다음 손가락을 잡았다. 그러자 연락병은 사시나무가 태풍을 만난 듯 몸을 심하게 떨더니 미친 듯이 지껄이기 시작했다.

옆에서 구경하던 석대곤이 낄낄거리며 혀를 찼다.

"쯧쯧, 어차피 할 거면 빨리 좀 하지. 손가락 하나 손해 봤잖아. 미련한 놈!"

"뭐래요?"

"으음, 우리 본대가 어디 있지?"

팽경초가 헷갈린다는 표정으로 중얼거렸다. 이것은 여태록이 대답해야 했다. 삼 인 중 연락 임무를 맡고 있는 것은 가장 발이 빠른 여태록이었다. 여태록이 그만큼 현재의 전황이나 부대 배치도 가장 많이 알고 있었다.

"병인 협곡으로 이동해서 지금쯤이면 그쪽 거점에서 재편성일 거예요, 아마."

"야만족 놈들에게 위치가 파악당한 모양인데. 놈들의 우익에게 을축으로 돌아서 정묘로 신속하게 이동하라는 명령인가 봐."

을축은 본대의 우측, 정묘는 본대의 배후였다. 그러니까 이리군은 그들의 우측방에 위치한 이리군의 우군에게 지민군 본대의 오른쪽으로 우회하여 배후를 차단하라는 명령이었다.

"다른 거는요?"

"기다려 봐."

팽경초가 다시 물었고 연락병은 조금도 지체없이 정성스러운 답변을 했다. 별다른 정보는 없는 것 같았다.

"그럼 다녀올게요."

"그래, 조심해라."

석대곤이 주의를 당부했다.

"걱정 마세요."

"만만찮은 놈들이야. 방심하면 안 돼."

석대곤의 노파심 어린 당부를 흘려버리며 여태록이 바람처럼 협곡을 빠져나갔다.

스팟.

여태록의 경신법 천리마종은 속도도 속도지만 그 예민함에 있어서 특별한 경공이었다. 천리마종을 시전하는 동안은 감각이 예민해져서 사소한 살기라도 놓치지 않았다. 살수에게는 아주 좋은 이동 수단이 되었다.

정체불명의 기습자의 암격은 매우 빨랐다. 그의 은신술도 보통은 넘었다. 여태록의 위험 범위 안에 들어 있었지만 여태록이 감지해 내지 못했다.

여태록은 별안간의 살기가 자신의 오른쪽을 엄습하자 확인도 하지 않고 몸을 틀었다.

서걱.

오른쪽 어깨에 섬뜩한 냉기가 파고들었다.

'제기랄!'

여태록은 왼손으로 그의 애병 실혼도를 발도해서 북풍이십사검의 마지막 초식 북풍한설을 전개하여 암습이 가해진 방향으로 도를 쓸어나갔다. 방어와 공격을 겸비한 여태록의 구명절초였다.

"헉!"

왈칵 핏방울이 튀고 귀를 기울여야만 들릴 것 같은 가느다란 비명이 터져 나왔다. 북풍한설을 주변 다섯 걸음 이내의 같은 방위에 있는 생명체는 피할 수는 없었다. 그가 무림의 절정고수가 아니라면.

여태록은 그제야 암습자의 모습을 바라보았다. 검은 옷에 검은 복면, 고통조차 없는 표정의 주검, 여태록의 검이 거의 놈의 몸통을 난자했음에도 비명을 지르지 않는 자, 이리군의 특수 부대 요원 그림자였다.

"빌어먹을!"

오른쪽 어깨가 축축했다. 다행히도 심하게 베인 것 같지는 않았다. 여태록은 식은땀을 흘렸다.

둘이었다면? 여태록은 심한 부상을 입었을 터였다.

'셋이었다면?

생각해 보니 여태록도 자신이 없었다. 아마도 셋의 합공이었다면 저기 누워서 싸늘하게 식어가고 있는 시체는 석이 아니라 자신이었을 것이다.

"잘해 나가겠지."

여태록은 문득 흑초방의 동료들의 안위가 걱정되었다. 하지만 죽음의 길을 걸어온 사내들이었다. 그림자들의 출현은 시간이 지날수록 빈번해졌고 흑초방에 대항하는 준비도 점차 철저해졌다. 그러나 여태록은 모두 잘해 나갈 것으로 굳게 믿었다.

여태록은 자신에게는 어울리지 않는 전우애를 떨쳐 버리기라도 하듯 몸을 힘차게 떨고는 다시 천리마종의 운공에 들어갔다. 이번에는 약간 방심했지만 더 이상의 실수는 없다고 다짐하는 여태록이었다.

요즘 들어서 어울리지 않는 전우애가 가끔 발동해서 여태록은 자신이 끔찍하게 싫었다. 사실 처음 그들이 그림자의 존재를 만났을 때, 대비가 되어 있지 않았기에 첫 이탈자가 나왔었다. 첫 피해자는 남쪽 출신의 허경보였다.

"왜 데려오지 않았는가?"

지민이 날카롭게 추궁했다. 여태록은 지민이 그렇게 화를 내는 것은 처음 보았다.

"참견 마라. 그게 우리의 율법이다."

현택돈이 귀찮다는 듯 대답했다. 당연했다. 살수들은 부상자를 데려오지 않는다. 그것은 짐에 불과했다. 당하는 자에게도, 버리고 오는 자에게도 그것은 당연했다. 그러나 지민에게는 그렇지 않은 모양이었다.

"데려와라!"

"안 돼. 이젠 함정이야. 놈들이 경보를 미끼로 우리를 기다릴 거야. 무덤 속으로 뛰어들라는 말인가?"

살수도 군에 속한 이상 군율에 따라야 했지만 현택돈은 그러지 않았다. 물론 현택돈뿐만이 아니라 흑초방의 어느 누구도 명을 받지 않았다.

그러나 지민은 무덤 속으로 뛰어들었다. 그 혼자서.

피투성이로 귀환하는 그의 등에는 허경보가 업혀져 있었다. 그 많은 격전 동안 상처 하나 없이 깨끗했던 지민이었다. 그러나 이날만은 만신창이였다.

놀랍게도 허경보는 눈물을 흘리고 있었다. 어이가 없었다. 살수가 눈물을 흘리다니.

허경보는 허탈한 표정으로 변명을 했다.

"나는, 나는 분명히 말했어. 나를 버리고 가라고. 아니면 둘 다 죽는다고. 그랬더니 저 빌어먹을 놈이 뭐라고 했는지 알어? 나보고 콩이 아니래. 참기름도 아니래. 그냥 나도 오리고 자신도 오리라는 거야. 그저 그 말뿐이야."

허경보는 그 말이 무슨 뜻인지 알 수 없다고 했다. 물론 여태록도 무슨 말인지 이해가 되지 않았다. 하지만 그날부터 쓸데없는 감정이 스멀스멀 여태록을 귀찮게 했다.

눈물이라니… 전우애라니…

살수에게는 가당치도 않은 것들이었다.

팔월이 끝나가고 있었다. 이제 사흘밖에 남지 않았다. 황인으로서는 머리를 감싸 쥐고 쥐어뜯어도 시원치 않을 심정이었다. 사흘도 길다고 생각했다. 그런데 벌써 열흘이 가까워 오고 있었다.

적들의 기습은 도처에 있었다. 정말로 도처였다. 기습이 조금이라도 가능한 지역에는 항상 기습이 있었고, 매복이 가능한 곳에는 항상 매복이 있었다. 심지어는 기습이나 매복이 불가능한 지역도 그렇게 인위적으로 만들어서 기습을 하고 매복을 하였다.

지형지물도 모르고 적의 위치도, 병력 규모도, 배치도 아무것도 알 수 없었다. 황인은 도리없이 아껴두었던 그림자 부대를 소환하여 전력 투입하였다. 배웅을 만나기 전까지는 숨기고 싶었던 그의 비장의 한 수였다. 비로소 황인은 적을 파악하였고 드디어 꼬리를 잡았다.

"파밀의 날이라……."

파밀의 날은 새말의 최대의 명절이었다. 파밀은 파고인들에게 어머니의 상징과도 같은 날이었다. 그날은 마음을 풀고 어린애가 되어 어머니 품에 안기는 날이었다. 실제로도 그랬다. 새말 사람들은 그날이면 어린애가 되어 한껏 풀어졌다. 그것은 전쟁터라고 해서 달라지지 않았다. 황인은 그날을 찢어 죽일 놈들을 도륙하는 날로 정했다. 이제 이틀 후면 바로 그날이었다.

평철은 임시 상황실로 마련된 천막 안에서 지민과 작전을 숙의했다. 그동안의 좋은 시절은 다 지나갔다. 이제는 적의 눈과 귀를 완전히 가릴 수가 없었다.

물론 지민은 점차 왕성해지는 그림자의 도전을 무시하고 여전히 적의 척후병과 연락병의 두절에 흑초방을 집중시키고 있었다. 그러나 시간이 갈수록 압력은 거세졌다. 더 이상은 위험했다. 흑초방의 행동이 신중해지자 적들의 척후도 숨통이 트였다. 중과부적이었다. 이제 지민군은 이리군에게 꼬리를 잡히는 지경에 이르게 된 것이었다.

"그동안 흑초방 친구들이 모아온 정보에 따르면 이건 황인의 주특기인 우회기동작전입니다."

"우회기동이라……."

"예, 전형적인 포위 섬멸전입니다. 보고에 따르면 적의 우군이 이렇게……."

평철이 최대한 실제의 지형지물과 유사하게 만들어진 모형도를 짧은 나무봉으로 짚어가며 설명을 했다.

"이쪽으로 돌아서 우리의 배후를 막습니다. 좌군은 삼 개 군으로 분리되어 또 이렇게 이쪽이 안전 이동로를 확보하고 이쪽이 이렇게 우리의 좌측 방면을 위협할 겁니다. 그리고 이 놈들은 포위망을 이중으로 방비하는 예비대……."

평철의 긴 설명이 계속되었고, 지민은 묵묵히 들었다. 대략적인 설명을 마친 평철이 팔짱을 끼며 어두운 얼굴, 어두운 어조로 말했다.

"이거 곤란하게 됐는데요, 장군님."

지민도 곤란했다. 평철의 설명대로라면 이리군의 우군은 두 부대로 갈라져서 그중 한 부대는 이미 최전선을 통과해서 지민군의 후위를 향하고 있을 터였고 나머지 한 부대는 이제 도착할 후위 부대를 기다리며 우측 통로를 막아놓았다. 좌측은 비록 칠백여의 소규모 병력이라고는 하나 이동로가 마땅치 않았고 그나마도 삼 군으로 분리된 이리군의 좌군이 호시탐탐 기다리고 있을 터였다. 그리고 이리군의 본대가 한발한

발 정면으로 다가오고 있었다.

"어떻게 방법이 없겠나?"

"문제는……."

평철이 자신없다는 듯 말을 망설였다.

"시간이 없지를 않은가?"

지민이 재촉하자 그제야 말을 이었다.

"장군님과 흑초방의 방해 공작으로 그들의 지휘 체계나 연락 체계가 예전과 같지는 않을 것이라는 점입니다. 그리고 제가 보기에 황인 장군의 지휘관 배치도 약간 기댈 만한 점입니다."

황인은 푸른이리족이 낳은 불세출의 명장이었다. 그러나 이제 막 야만의 상태에서 눈을 뜬 이리군의 제장들은 그렇지 못했다. 아직은 황인이 가지고 있던 전체적인 전략적 안목을 읽지 못했다. 또한 황인도 너무 자신이 앞서 간 나머지 부하들을 신용하지 못했다. 그것은 필연적으로 황인의 독단으로 이어졌다. 황인도 그것이 문제됨은 이미 인지하고 있었지만 어쩔 수 없었다. '황인이 지휘하면 오천도 일만'이라는 말이 이리군에 신앙처럼 퍼져 나갔다. 황인이 지휘하는 부대는 용기백배하여 진짜로 오천의 병사로 일만 군대의 위력을 나타냈던 것이다.

평철은 황인의 이러한 장점이자 약점을 집요하게 물고 늘어졌다. 지민과 흑초방의 교란이 바로 그것이었다. 작금의 전

세대로라면 황인의 전략이 적재적소에 제대로 도달하기는 어
려웠다. 적어도 아직까지는 세 명의 전령이 나서야 한 명이
간신히 임무를 완수하는 정도였다.
　"장군님께서 다시 한 번 수고해 주셔야겠습니다."
　"말해보게."
　"지금까지와는 다릅니다. 이번에는 적진의 한복판과 같은
곳입니다. 어쩌면……."
　"걱정 말게. 반드시 살아 돌아오겠네."

　"어, 웬 사모병?"
　정갑 거점에서 미리 비축된 보급품을 확인하던 병사가 놀
라서 말했다.
　"이 사람, 오늘이 바로 파밀의 날이 아닌가."
　"하지만 새말에서 여기까지 거리가 얼만데……."
　지민군은 병참 부대를 아예 조직하지도 않았다. 한 명의 병
사라도 더 전투에 참여시키기 위해서였다. 미리미리 각 거점
을 마련해서 보급품을 장비해 두었다. 그런데 전선에 투입된
보급품은 새말의 양양이 보낸 것들이었다. 그 이유는 장거리
이동에서도 부패하지 않는 물건들이 주종이기 때문이었다.
사모병은 파밀의 날에만 먹는 특별한 명절 음식이었다. 장기
간의 저장에 적합하게 조리되는 그런 종류의 음식이 아니었
다.

네모난 생순두부에 참기름과 소금으로 간을 하고 파를 잘
게 썰어 얹은 요리였다. 시원하고 깔끔한 맛으로 파고인들이
즐겨 먹는다. 파와 두부를 비벼 먹는 요리였기에 신선도가 그
맛의 생명이었다.

병사가 궁금증을 못 이기고 사모병을 꺼내서 맛을 보았다.

"어라, 파가 톡 쏘는 것이… 두부도 신선해. 아직도 따듯
해. 마치 어머니가 방금 식탁에 내놓은 것처럼……."

사내가 눈을 감고 맛을 음미하더니 꿈결처럼 중얼거렸다.
그의 표정은 더 이상 황량한 전쟁터의 피에 굶주린 표정이 아
니었다.

"아따, 이 사람이……."

병사의 동료는 그가 오랜 전쟁 끝에 드디어 미쳤나 보다 하
고 생각했다. 그리고 자신도 맛을 보았다. 그랬다. 믿을 수 없
었지만 그랬다. 파도, 두부도, 아직도 어머니의 손길이 식지
않은 것 같은 온기도……

파밀의 날 아침, 지민군의 병사들은 모두 사모병을 먹었다.
보름이 넘었지만 상한 것도, 신선한 맛이 나지 않는 것도 없
었다. 칠백 명 분의 사모병은 모두 한결같았다.

황인의 전위군 선발대 오백 명의 부대는 그날 파밀의 언
덕―본래부터 지명이 없는 언덕이었으니 훗날 사람들이 그냥 그렇
게 이름을 붙였다―에서 천붕이 지휘하는 지민군을 만나 치열
한 육박전을 벌였다. 이리군으로는 드물게 경무장 보병들만

으로 이루어진 부대였고, 지민군의 무한의 성 주민들로 구성
된 칠십 명의 부대는 중보병이었다. 보병 대 보병의 전쟁이었
으니 치열한 육박전이 될 수밖에 없었다.

전투는 비록 칠십 대 오백의 싸움이었으나 동시에 대여섯
명밖에 통과할 수 없는 좁은 길목이었고 지민군이 경사진 언
덕을 미리 점령하고 있었다. 지민군은 미리 준비된 충분한 노
와 화살로 끊임없이 돌진해 오는 황인군에게 비와도 같은 화
살 세례를 퍼부었고, 적이 오십 보까지 접근하면 언덕을 일제
히 달려 내려가 육박전을 벌였다.

이리군은 지민군에 비해서 오랫동안 언덕 위로 달려 올라
와야 했고, 지민군은 겨우 오십 보를 달려 내려간 데다가 언
덕의 기세가 있었다. 게다가 하양군이 세계 최강이라고 자랑
하는 중보병 수준의 무장을 한 터였다. 경보병의 단검으로는
중보병의 갑옷을 관통하기도 어려웠다.

지민군은 또한 천붕의 지휘력이 탁월하여 군기가 엄정하
고 일사불란하였다. 초전의 유리한 기세에 따라 언덕 아래로
적들을 밀어붙이다가 언덕이 끝나면 썰물처럼 질서 정연하게
진지로 후퇴하였다. 오백의 경보병 부대가 사차에 걸쳐서 맹
렬한 돌격을 하였으나 그 네 번의 돌격을 모두 저지해 내었
다.

그 과정에서 황인군은 결정적인 실책을 범하였다. 전위군
의 지휘관 역기래는 파밀의 언덕에서의 전투가 예상보다 시

간을 오래 걸리자 마침내 전령으로부터 상황을 보고받았고, 그 배후를 끊고자 했다.

황인도 그때 마침 연락을 받고 이를 걱정하여 역기래의 전위대에게 그대로 애초의 전략을 시행하라고 전령을 급파했으나 늦고 말았다. 역기래는 첫 교전에서의 지민군의 느닷없는 수공으로 절반에 가까운 수하를 잃은 패배를 만회하고자—어쩌면 엄격한 황인의 질책이 두려워서 초조감에 기인했을 수도 있었다—그대로 파밀의 언덕 뒤로 돌아가 천붕의 칠십 중보병 부대를 섬멸하였다.

그날 천붕 이하 칠십 명의 중무장 보병들은 죽음도 두려워하지 않고 결사항전을 했다. 역기래의 오백 명의 기마병이 전방에서 버티고 일천오백 보병이 후방을 급습하였으나 무려 한 시간을 버티고 모두 전멸하였다. 소식을 전해 들은 지민은 몰래 혼자서 두 시간 동안이나 말없이 눈물을 흘렸고, 무한의 성 주민들은 마을의 첫 희생자들을 애도하며 통곡을 하였다.

그날 천붕의 중보병 부대가 결사항전을 한 가장 큰 이유는 사모병 때문이라고 전해진다. 자신들이 무너지면 등 뒤의 어머니가 이리족의 야만스러운 병사들에게 능욕을 당한다는 절박감이 그날따라 너무도 눈앞에 생생하였다고 한다.

"마치 보급품 하나하나에 한이 서린 것 같지 않아요?"

새말의 촌장 장두태가 새말에서 보내온 보급품을 보고 감탄해서 했던 말이다. 무한의 성의 보급품을 관리했던 장두태는 보급품 관리의 어려움을 누구보다 잘 알고 있었다.

물론 보급품에 한이 서린 것은 당연했다. 양가장의 깃발을 위해서, 조세룡의 간계 때문에 호파수 해적소탕전에서 지민과 '그녀의 기사단'을 헐벗고 굶게 했던 양양이 한이 없을래야 없을 수 없었다. 그 결과가 바로 이번 무한의 성 보급 작전에 있어서의 그녀의 처절한 한풀이였던 것이다. 훗날 사람들에게 양양의 보급품들은 하나의 전설이 되었다.

유한의 보급.

장두태의 말에서 유래가 되어 '한 맺힌 보급품'이 되었고 더 나아가서 무한의 성에 빗대어 최종적으로 '유한의 보급'이라고들 훗날의 전략가들은 이름 붙였다.

황인은 절대로 적의 병력이 삼천은 넘지 않는다고 확신했
다. 그래서 삼만 오천의 병력으로 천라지망에 가까운 삼중의
포위 기동 전략을 마련하였고, 이것은 설사 지민군이 황인의
기동우회전술을 황인보다 한나절 먼저 알았다고 해도 돌파할
수 없는, 단 한 번의 격돌도 없이 포위망을 빠져나가는 것은
불가능했고 적어도 한 번의 격돌로 삼천의 적병에 대항하여
한나절을 버틸 수 있는 병력으로 각 단위부대의 최소 단위를
제한하였다. 물샐틈없는 삼중 포위망이었다. 그리고 파밀의
날—물론 황인은 그날이 '파멸의 날' 임을 믿어 의심치 않았다—이
왔다. 그리고 지민군은 단 칠십 명의 병력만 잃은 채 황인의

야심찬 포위망을 유유히 빠져나갔다.

첫 번째로 천붕 부대의 눈부신 역투와 역기래의 초조감으로 인한 독단적인 작전 변경이 있었다. 그로 인해 황인은 우측 방면에 두 개의 포위망을 반나절 동안이나 잃어야 했다.

두 번째로 연락 체계의 혼선이었다. 그 대표적인 것으로 황인이 위치한 본대로부터 기껏해야 한 시간 거리에 떨어져 있는 좌군 두 개 부대가 어이없게도—황인의 입장에서는 어이가 없는 일이었지만 이것은 분명히 흑초방 고수들의 활약이었다—그 하나의 부대에 무려 네 시간이나 지나서 훈령이 당도하였고, 나머지 하나의 부대는 그보다도 늦어서 무려 여섯 시간 후에나 황인의 명령이 시행되었다.

마지막으로 천정벽의 일휘군 이백 기병이 있었다. 천정벽의 기마병은 이리군 좌군의 지척 거리까지 아슬아슬하게 접근하여 도발을 했다. 이리군의 일천 기마대가 추격전을 펼쳤다. 필사의 추격전이었다.

쫓아오면 달아나고, 멀어지면 다가오는 위험한 곡예였다. 그것은 이리군 기마병의 자존심에 불을 질렀다. 이리군의 기마병은 무려 삼십 리나 지민군의 본대의 남서쪽으로 천정벽의 기마대를 추격하였다. 이리군의 능숙한 기마술도 일휘국 정예의 자존심과 죽음을 각오한 도피전의 의지를 꺾을 수는 없었다.

천정벽과 그의 수하들은 삼십 명의 동료를 불귀의 객으로 전송하고 초죽음이 되어 황산의 협곡으로 귀환하였다. 그리하여 지민군 칠백육십사 명의 총병력은 지휘관 천붕을 위시한 백여 명의 병사들의 희생으로 무사히 포위망을 돌파하여 황산의 입구에 무사히 안착하여 재편성에 들어갔다. 물론 지민과 혹초방의 위험한 정찰에 의한 평철의 정밀한 정세 판단이 없으면 불가능했던 철수 작전이었다.

전령의 대장 차이록이 보고하였다.
"아뢰옵니다."
"말하라."
"적들은 황산 입구의 협곡에서 재집결하였습니다. 그것이 그들의 모두인 것 같습니다."
"모두?"
"예, 전령을 최대한 풀어서 그 앞과 옆, 뒤까지 모두 살폈습니다. 앞과 양옆에는 전혀 인적이 없었고, 다만 그들의 뒤에는 성이 하나 있었습니다."
"성?"
"예, 그들의 본거지인 것이 확실합니다."
두 가지가 확실하였다. 우선, 그들의 본거지를 등지고 모든 병력이 모였다는 것은 더 이상의 교란과 도주를 피하고 정면 대결을 해보겠다는 것, 최후의 결전이었다. 다음으로 그늘은 황인이 자신들을 포기하고 일휘국의 배웅과 대결하는 것을 용납하지 않겠다는 뜻이 되었다.

"병력은?"

"예, 최소 육백에서 최대 천오백……."

"뭐라고? 확실한 것이냐?"

황인이 깜짝 놀라서 차이록의 말을 끊었다.

"예, 천오백이 넘는다면 소장의 목을 치셔도 좋습니다."

낭패감과 굴욕감이 황인의 온 정신을 휘감고 돌았다. 이럴 수는 없었다. 이런 치욕은 황인의 생에 일찍이 없었다.

"도전을 한다면 받아줄 수밖에. 가자, 황산으로."

황인의 분노가 극에 달했다. 그러나 그의 오랜 충신 보골타는 그렇지 않았다.

"대장군, 더 이상은 안 됩니다."

그의 오랜 동반자 보골타가 으르렁거리듯 충언을 했다. 보골타의 말이라면 무시하기 어려운 황인이었다.

두 가지 선택의 기로였다. 감정은 황인에게 그대로 밀어붙이라 하는데 이성은 그만 떠나야 한다고 하고 있었다.

시작은 좋았다. 아보대륙을 떠난 군량미는 소파반도에서 수송결사대—수송대가 아니라 수송결사대라고 함이 합당하다고 황인은 믿고 있었다—의 숭고한 희생정신이 한 달의 시간을 벌어주었다. 그 피 같은 시간을 황인은 전혀 예상치 못한 곳에서 잃고 있었다.

황산에 마을이 있다고 했다. 그저 이름 없는 마을, 이제 황인도 그 실체를 만나는 것이다. 그곳에 성이 있다는 보고였다. 정말 어이없고 뜬금없는 보고였다. 그리고 정작 그 성의 고작 천오백 명도 안 되는 군대와 마주한 황인이 보다 어이없고 뜬금없는 꼴을 당하고 있었다.

한 달 하고도 열흘이었다. 단 사흘이면 주파할 수 있는 지역에서 엉뚱한 적을 만나 한 달 열흘을 소비하고 있었다. 이제는 식량과 입을 것, 화살 등의 잔여량을 걱정해야 할 지경에 이르렀다. 황인은 그들을 발기발기 찢어 죽이고 싶었다. 그러나 앞서 보낸 혈완계의 결사대가 마음에 걸렸다. 혈완계는 황인이 아끼는 최고의 후기지수였고, 그의 휘하 정예 기병대 삼천도 오늘을 위해 선발하고 또 선발하여 키워낸 정예 중의 정예였다.

"보골타 그대도 보았지 않은가? 저들의 전력을……."

황인의 걱정은 그들의 후방이었다. 이대로 도멸강까지 전진한다면 등 뒤가 걱정이 되었다. 만약 이미 늦어서 혈완계의 결사대를 구하지 못하고 등 뒤에 지민군의 추격이 들이닥친다면 황인의 포위 작전은 오히려 황인군이 포위되는 상황이 되기 십상이었다.

"제가 가겠습니다. 삼천의 병사만 주십시오. 제가 장군님의 등 뒤를 든든하게 지키겠습니다. 대장군님의 혈루화가, 혈루화가……."

보골타가 감정이 복받치는 듯 말문이 닫았다. 황인도 보았다. 매일같이 분재를 돌보던 황인이었다. 어찌 장님이 아닌 이상, 그것을 보지 못하겠는가. 혈루화에 꽃봉오리가 맺히기 시작한 것이다.

일휘국의 수도 하지성에서 그 꽃을 피우리라 보골타와 군게 맹세하지 않았던가. 황인은 결국 보골타에게 자신의 복수를 대신하게 하였다. 보골타라면 믿을 수 있었다.

보골타, 오늘날 황인을 존재하게 만든 장본인, 그는 끈기있고 냉정한 장수였다. 보골타는 높은 봉우리의 정상에 서서 황산의 입구 계곡을 바라보았다. 그곳에 청사자 깃발이 휘날리는 일단의 군인들이 있었다.

"천? 아니지……."

보골타는 이를 으드득 갈았다. 절대 천오백 명의 군세가 아니었다. 기껏해야 육백, 잘 잡아주어도 칠백이었다.

보골타는 세밀하게 적의 진형을 살펴보았다. 적은 의외로 좁은 협곡을 벗어나서 진을 펼치고 있었다. 겨우 말 다섯 필이 동시에 지나갈 만한 좁은 계곡을 버리고 서서히 부채꼴로 펼쳐지는 언덕의 상단에 삼열 횡대의 대체적인 진형이었다.

"언덕이라……."

보골타의 예상으로도 지민군의 진형의 위치가 일리가 있었다. 언덕의 장점을 살리는 전술이었다. 분명히 계곡 양안에 매복이나 함정은 없었다. 이미 정찰병을 보내서 확인한 터였다. 적은 수로 많은 수를 상대함에 있어서 협곡 안이 좋았다. 수가 아무리 많아도 싸우는 것은 최전열뿐이었다.

좁은 협곡 안에서라면 일천 병사로도 충분히 열 겹으로 두 텁게 전열을 유지할 수 있었다. 적이 아무리 수가 많아서 백 겹 이백 겹으로 늘어서더라도 싸우는 숫자는 동일했다.

그럼에도 불구하고 협곡의 뒤로 물러났음은 언덕의 이점을 활용하기 위함이었다. 언덕은 협곡의 좁은 협로까지 이어져 있었다. 오랫동안 달려와 체력이 소진된 이리군을 언덕에서 추진력을 얻어 협곡까지 밀어 넣을 수 있음을 전제로 하는 전술이었다.

'그렇게 해줄 수는 없지.'

보골타는 병력을 두 개조로 나누었다. 총병력 이천칠백에서 기병 천 명을 따로 떼어내고 천칠백의 보병으로 우선 삼개 대로 편성하여 선봉에 세우고, 후위는 기병 천으로 맡게 하였다. 이른바 이중 돌격. 먼저 보병을 투입하여 언덕에서 전선을 형성하여 고착시킨 후, 기병으로 말을 달려 좁은 협로를 빠져나와 넓은 곳에서 다량의 기마로 쓸어버린다는 전술이었다. 보병의 많은 희생을 감수해야 했으나 그들의 핵심 전력인 기병을 최대한 활용할 수 있었다.

"우리가 황인 대장군의 뒤를 든든하게 만들어 드린다면 하지성은 우리 것이다. 굶주린 용사들이여, 우리가 저늘을 깨무순다면 내일은 하지성의 풍요로움이 우리의 것이다. 가라, 가서 내일의 향연을 준비하라!"

보골타는 그렇게 병사들을 독려하였고, 보병 부대가 협곡으로 진입하였다. 병사들은 보골타의 지시대로 체력을 아끼기 위해서 최대한 느린 걸음으로 협곡을 통과하였다.

보골타의 보병들이 움직이자 협곡 위에서 이를 지켜보던 전령이 득달같이 달려와 보고하였다.

"적들이 몰려옵니다. 병력은 이천가량, 그런데 기병은 없습니다. 모두 보병입니다."

"확실한가?"

지민이 의아해서 물었다.

"네, 확실합니다."

지민의 알 수 없다는 표정과 달리 평철은 예상했다는 듯이 고개를 끄덕거렸다.

"예상했던 일입니다. 접근해 오는 보병 부대가 끝은 아닐 겁니다. 그들의 주력인 기마대를 위해서 아마도 길을 트려는 선발대 같습니다. 보병들의 역할은 일종의 교두보 확보입니다."

척후의 보고로는 황산으로 이동한 적의 병력은 삼천이라고 했다. 그렇다면 후위로 들이칠 기병은 일천이 되는 셈이었다. 예상보다는 많은 숫자였다. 평철에게는 오직 삼백오십의 기마병만이 있었다.

평철은 칠백여 명의 병력을 모두 오 개 조로 나누었다. 삼천여의 적병을 상대하는 정면 대결에서 칠백을 또다시 나누는 것은 위험했다. 그러나 평철은 그렇게 하였다.

우선 무한의 성 주민군 백오십 명과 그녀의 기사단 오십 명을 중앙에 삼열 횡대로 세웠다. 가장 평철의 전략을 잘 알고, 접근전에 강한 그녀의 기사단을 제이열에 집중적으로 배치하였다. 그리고 천정벽의 일휘국의 백칠십 기병을 중앙의 보병과 이격시켜서 우측에 배치하였다. 기병은 예외없이 오른손으로 창을 들도록 지시하였다.

다음으로 요철상과 구패의 무리들을 따로 떼어내어 일휘국 기마병의 뒤쪽에 예비대로 대비케 했다. 또한 스물일곱 명의 흑초방 무리들을 단독으로 좌측에 서도록 했다. 일당백의 고수들이었으므로 한쪽 측면을 능히 막아주리라는 계산에 의한 도박이었다. 그리고 남은 양양 용병단의 직할대를 흑초방의 후위에 예비대로 또한 대비하였다.

이와 같은 평철의 전술은 당시로서는 파격적이었다. 당시의 전술에는 예비대라는 개념 자체가 따로 존재하지 않았다. 야전사령관은 예비대를 보유하지 않았기 때문에 일단 전투가 개시되면 더 이상 지휘할 수단이 없었다.

지휘관에게는 솔선하여 전투에 뛰어들어 싸우지 않는 이상 할 일이 남아 있지 않았던 것이다. 결국 전형적인 당시의 전투는 종국에는 진형을 재편성할 지휘관도 없이 개싸움이 되는 것이 다반사였다.

정년은 조마조마한 마음으로 언덕 아래를 내려다보았다가 가슴이 터질 듯하여 마음을 진정시키려고 하늘을 올려다보았다. 뭉게구름만 흘러갈 뿐, 맑은 날씨였다. 그러고 보니 팔월 한 달 동안 비가 오지 않고 있었다.

"음, 비가 와야 할 텐데……."

문득 지난해 겨우 개간에 성공한 동쪽 벌판이 생각났다. 서쪽과는 달리 개울이 멀어서 비가 안 오면 심어놓은 순무가 모두 말라 죽을 것 같았다.

"이런……!"

정년은 속으로 실소를 터뜨렸다. 지금 당장 죽을지도 모르는데 내일의 순무를 걱정하다니.

"온다."

옆에서 숨죽인 목소리가 그렇게 말했다. 비교적 겁이 많은 올해 스물다섯이 된 대칠이의 목소리였다. 대칠이는 노총각이었다. 그러고 보니 대칠이는 아직 장가도 못 가본 처지였다. 정년도 별다를 것은 없지만 이제 열아홉, 아직 장가를 걱정할 나이는 아니었다.

협곡 쪽을 바라보니 푸르스름한 옷을 걸친 사내들이 꼬물꼬물 협곡을 빠져나오고 있었다. 손에 든 커다란 방패가 어쩐지 힘겨워 보였다. 하지만 정년은 그 생각을 이내 털어버려야 했다. 일전에 가까이서 보니 눈에 색깔도 있고 코도 길고, 뭐든지 컸다. 무시무시한 놈들이었다. 게다가 이제 더 이상 갈 곳도 없는 황산 마을의 인생막장들에게 마을을 비우도록 강요하는, 그 근본적인 원인이 되는 놈들이었다. 정년은 억지로 적개심을 불러일으켰다.

"모두 활시위를 당길 준비를 하도록."

앞줄의 사내가 그렇게 말했다. '그녀의 기사단' 이라던가. 그녀의 기사단 사내들은 뭔가 달라도 다른 사람들이었다. 하나같이 노련하고 강단이 있는 사내들이었다.

"어허, 아직 활시위를 당기지는 말고. 그래서야 어디 저놈들이 여기까지 도착하도록 견디겠어. 괜찮아. 긴장 풀어. 저놈들 아무것도 아니라구."

누군가가 긴장을 해서 활시위를 힘껏 당긴 모양이었다. 아닌 게 아니라 정년도 가슴이 콩닥거렸다. 저런 경고가 없었다면 정년도 활시위를 당겼을지도 모를 일이었다.

협곡을 빠져나와 다시 전열을 정비한 이리군이 천천히 언덕을 오르고 있었다.

"아직… 조금 더 기다려."

이리군이 방패를 앞세우고 한 걸음 한 걸음 다가왔다. 정년의 공포도 그만큼 커졌다. 그만 달아나 버리고 싶었다.

"장전!"

정년은 서둘러서 화살을 시위에 메겼다. 그리고 있는 힘껏 당겼다.

"발사!"

정년은 정면으로 똑바로 보이는 이리족 보병을 과녁 삼아 화살을 쏘았다. 화살은 많았다. 아마도 오늘 하루 종일 쏴대도 떨어지지 않을 성싶었다.

정년은 다시 화살을 쏘았다. 이번에는 이리군의 방패에 정통으로 맞았다. 놈은 충격으로 비틀거렸다. 궁술이 좋은 자들도 있어서 벌써 방패 사이로 슬쩍 보이는 어깨나 투구를 맞추는 자들도 있었다. 그만큼 가까워졌다. 이제 조금만 더 다가온다면 방패로도 화살의 방어는 무리였다.

"와아!"

뭐라고 일제히 함성을 외치며 이리군이 달리기 시작했다. 아마 이리군도 더 이상 방패가 화살의 방어에 소용없음을 깨달은 모양이었다.

정년이 화살을 네댓 발 더 쏘고 나자 어느새 놈들이 지척이었다. 그들의 헐떡이는 소리가 들리는 듯했다.

"장창!"

"뭐 하나! 장창을 들라니까!"

호통 소리가 들려왔다. 정년도 깜짝 놀라서 활을 내려놓고 장창을 들었다.

"돌격 준비!"

정년은 숨을 몰아쉬고 장창을 두 손으로 꼬나 잡은 채 달리기 준비를 했다. 아무것도 생각이 나지를 않았다. 머릿속으로 수없이 암기해 왔던 것을 상기해 보았다.

'창으로 찌른다. 적의 배를 관통한 창이 안 뽑히거나 부러졌으면 허리춤의 도끼를 든다.'

오른쪽 허리춤을 더듬어 확인을 했다. 도끼는 단단히 매달려 있었다.

'도끼마저 날아갔다면 왼쪽의 검을 뽑아 든다.'

왼쪽을 더듬었다. 검도 무사했다.

'검마저 사용했다면 근처의 무기를 주워서 닥치는 대로 사용한다……'

"이것만 생각해라. 우리는 돌아갈 곳이 없다."

누군가 그렇게 비장하게 말했다.

그렇다. 돌아갈 곳도 없다. 이 무한의 성을 잃는다면 남는 곳은…

"가자. 이제 남은 우리가 돌아갈 곳은 무덤뿐이다."

정년은 고개를 끄덕이고 눈을 부릅떴다. 이제 여기서 물러선다면 돌아갈 곳은 무덤밖에 없었다.

여기까지 생각했을 때 마침내 기다려 왔던, 하지만 피할 수 있다면 피하고 싶었던 명령이 떨어졌다.

"돌격."

"돌아갈 곳은 없다!"

정년도 크게 외치며 일어섰다.

“돌아갈 곳은 없다!”

주위의 사람들도 한목소리가 되었다. 그것은 마침내 큰 외침이 되었고, 절규가 되었고, 우리의 간절한 기도가 되었다. 정년은 달렸다. 도끼가 거치적거리고 검이 거치적거렸지만 죽어라 달렸다.

“열! 열을 맞춰!”

“열!”

정년도 따라 외쳤다. 열은 삼열이었다. 정년은 첫 번째 열. 속도를 줄이고 동료들과 열을 맞췄다. 그리고 다시 달렸다. 긴장감과 숨참으로 폭발할 듯하였다.

이리군의 전열이 코앞으로 다가왔다. 정년은 헐떡이는 숨을 고르고 단창을 힘껏 찔렀다.

핑, 퍽, 창.

화살이 난무하고, 여기저기서 병장기의 충돌음이 들려왔다. 그리고 비탄과 고통으로 채색된 비명도…….

‘들어갔다!’

오랜 길을 무거운 방패와 더불어 화살 세례를 받고 달려온 이리군 보병은 많이 지쳐 있었다. 아마도 다리가 후들거려 제대로 피할 수도 없었을 것이다.

‘윽, 창이…….’

머릿속이 하얘졌다.

‘창이 뽑히지 않으면 어떻게 하라고 했더라?’

정년은 본능적으로 쓰러진 이리군의 배를 밟고 창을 힘껏 당겼다.

그때 팽 하고 살기 어린 창 하나가 동공에 확대되었다. 그 짧은 순간, 정년은 이제 죽는구나 하는 직감과 함께 그의 길지 않은 반생이 주마등처럼 스쳐 지나갔다. 눈을 질끈 감았다.

쨍!

눈을 떠보니 등 뒤에서 창이 솟아 나와 정년의 최후를 장식하려던 창을 막고 있었다. 제이열의 그녀의 기사단 병사가 정년을 대신해서 막아준 것이다.

"조심해야시."

얼빠진 정년이 돌아보니 사내가 그렇게 심드렁하게 말하고 다시 다른 상대를 찾고 있었다.

정년은 정신을 차리고 두 팔로 창을 잡은 채, 시체를 밟고 선 발에 의지하여 끙 하고 힘을 썼다.

'빠졌다.'

창이 스르렁 빠져나오며 핏줄기가 뿜어져 나왔다. 훅 하고 다가오는 역겨운 피비린내와 새빨간 핏물. 정년은 엉덩방아를 찧은 채 멍하니 바라보다가 다시 일어섰다.

마을 주민들은 의외로 잘 버티고 있었다. 그것은 모두 이열의 그녀의 기사단 덕분이었다. 그들은 자신들의 안위보다 일렬의 동료들을 대신 지켜주는 데 우선하고 있었다. 삼열의 병사들에게도 그 모습은 보였다. 이열의 그녀의 기사단의 모습을 본 삼열의 무한의 성 주민들도 그것을 흉내 내어 이열의 그녀의 기사단에게 다가오는 위협을 대신 막아주었다.

정년도 자연스럽게 이열에 주의를 기울였다. 자신의 방어는 이열이 막아주고 있었다. 자신도 이열을 보호해 주어야 했다.

점차 숨이 가빠왔다. 다시 한 번 이리군의 가슴을 창으로 꿰뚫었으나 이제는 뽑을 힘이 남아 있지 않았다. 정년은 창을 버리고 허리춤의 도끼를 뽑아 들었다. 모두가 눈에 핏발이 섰고, 피 냄새와 절규에 찬 비명, 동료의 죽음에 야수가 되어가고 있었다.

평철과 낙도가 협곡이 훤히 보이는 언덕에 서서 전황을 지켜보고 있었다. 고개를 갸웃거리던 낙도가 물었다.

"이상한데요?"

"뭐가 말인가?"

"전령의 보고에 따르면 적의 보병이 이천 가까이 된다고 들었습니다. 한데 저건 기껏해야 육백… 왜 그럴까요?"

"이봐, 낙도."

"예, 사부님."

"우리는 고작 이백일세. 병력이 열세임에도 우군도, 좌군도, 예비군도 아직 나는 투입하고 있지 않네. 왜 그런가?"

"그거야……."

본시 천붕보다 전술에 관심이 적었던 낙도가 머리를 긁적였다. 평철이 은밀하게 한숨을 쉬고 어리석은 제자를 바로잡아 주었다.

"저것은 차륜전이야."

"차륜전이요?"

"이천의 병사를 한꺼번에 투입시키면 좁은 협곡을 지나오는지라 비능률적이지. 게다가 지형상의 불리함과 장비의 열세도 있고… 인해전술로 밀어붙이기에는 병력의 손실이 너무 크지. 이리군의 지휘군도 능력이 있는 자로군."

낙도가 머리로는 먼저 죽어간 동료 천붕에 떨어진나고는 하나 이미 평철에게 삼 년을 배운 터였다. 이제는 알아들었다. 육백이면 모두 삼군으로 분리했을 터였다. 언덕을 달려와서 지친 일군으로는 아무리 육백의 병력 우세라도 열세, 일차 격돌 후, 틈을 주지 않고 제이군으로 다시 돌진, 이제는 이미 격렬한 전투를 치른 아군도 지쳐 있을 것이고, 삼군이 돌진할 때쯤이면 아마도 전세는 역전이다.

평철의 삼열 횡대의 중앙 보병들은 평철의 의도대로 잘 싸워주었다. 평철은 일렬에게 단창을, 이열에게 장창을, 삼열에게 이번에 새로 열심히 훈련한 사람 두 길이나 되는 긴 장창을 주었다. 이것은 비록 삼열이지만 육박전이 되면 적의 일렬만 싸우지만 아군은 삼열 모두가 싸우는 효과를 주었다. 단창, 중창, 장창의 삼열 횡대로 구성된 지민군의 보병은 단지 이백의 병사로서 이론적으로는 세 배에 해당하는 위력을 보여주어야 했다.

평철은 전술의 효율성을 위해서 그녀의 기사단을 제이열에 배치한 것이다. 그녀의 기사단에게는 잊지 못할 '교훈'이라는 전통의 합격전술이 있었다. 일렬의 위기는 이열이 대신 막아주고, 이열의 위기는 삼열이 대신 막아주었다.

실제로 이번 전투에서 그것은 효율적으로 발휘되고 있었다. 고작 백팔십 명의 지민군 보병이 육백 명의 이리군 보병을 밀어붙이고 있었다.

"…하면 놈들의 차륜전이 제삼차 공격을 해올 때, 우리의 좌군과 우군이 호응하여 막는 것입니까?"

아직도 의문이 풀리지 않는지 낙도가 다시 물었다. 그러나 평철은 고개를 저었다.

"아니다."

"위험하지 않겠습니까?"

"버텨야지. 그래야 이길 수 있다. 꼭 버텨야 한다."

평철은 비장한 표정으로 그렇게 답했다.

지민군의 삼열 보병대는 처음부터 기세를 타고 있었다. 언덕의 경사가 큰 힘이었다. 지민은 그 추진력을 잃지 않도록 병사들을 밀어붙였다.

"조금만 더 힘내라! 전진! 전진!"

지민은 악을 썼다. 전쟁의 열기가 냉정한 지민까지 미치게 했다. 영주님과 장군님에게 이미 목숨을 바친 무한의 성 주민들과 그녀의 기사단은 그 명에 충실하였다.

협곡의 입구까지 밀려난 이리군은 썰물처럼 협곡 안으로 빠져 들어가기 시작했다. 아마도 퇴각 명령을 받은 모양이었다.

"후퇴! 더 이상 추격하지 마라!"

지민이 명을 내렸고, 주변의 병사들이 크게 복창을 했다.

"후퇴!"

"후퇴!"

마침내 전 병사가 한목소리가 되어 복창을 했다. 그제야 미처 돌아가던 병사들이 마음에 안정을 찾고 애초에 수십 번을 암기했던 행동강령을 떠올리며 그대로 행하였다. 조금도 빈틈이 없는 일사불란한 움직임으로 언덕의 진지까지 퇴각하였다.

"또 온다!"

숨도 돌릴 사이 없이 다시 이리군이 협곡을 빠져나오고 있었다.

"모두 활을 장착!"

각 조의 지휘관들은 이미 예상이라도 했다는 듯이 마음의 동요 없이 명을 내렸다. 그런 침착한 대응이 지친 병사들의 실망을 안정시켜 주었다.

“이미 예습을 한 번 했으니 모두 알고 있겠지? 편히 쉬어라. 놈들의 방패를 화살로 뚫을 수 있다는 확신이 설 때까지…….”

정년의 십인대 조장 모물도가 태평스러운 목소리로 주의 사항을 들려주었다. 정년은 조장 모물도의 명대로 참호에 등을 기대고 가쁜 숨을 진정시켰다. 아무리 힘껏 당겨도 화살로 놈들의 방패를 관통시키거나 방패 사이의 틈을 노리려면 팔십 보 이내로 들어와야 했다. 아직 적은 삼백 보가량 떨어져 있었다.

“장전!”

정년은 침착하게 활을 먹였다. 이리군 병사의 얼굴 표정이 보인다. 두려움과 돌진으로 인한 헐떡임, 그리고 전쟁의 광기. 순간 그 색목인도 사람이라고 느껴졌다.

“당겨!”

정년은 머리를 흔들었다. 적이다. 죽이지 않으면 내가 죽는 것이다.

“발사!”

냉정해진 정년은 침착하게 화살을 발사했다. 정확하게 색목인의 목줄기를 뚫었다. 정년은 마음속으로 다짐했다. 적이다. 저들에게 밀린다면 우리는 갈 곳도 없다.

누군가 큰 소리로 외쳤다.

“돌격, 돌아갈 곳은 없다!”

정년은 기계적으로 몸을 일으켰다. 이것은 어느새 하나의 구호가 되어 어제까지의 평범한 양민을 전사로 만들었다. 정년도 큰 소리로 외쳤다.

"돌격, 돌아갈 곳은 없다!"

두 번째 격돌은 보다 싱거웠다. 이미 예행연습을 마친 능숙한 지민군의 길이가 다른 창들의 삼열 횡대 합격은 이제 전우에 대한 믿음으로 발전했다. 그 믿음이 승패를 갈랐다. 첫 번째도 똑같은 숫자, 똑같은 지형, 똑같은 대형으로 패배한 적에게 무슨 확신이 있겠는가.

첫 번째 격돌과 똑같은 과정을 거쳐서 보다 손쉽게, 보다 피해가 적게 적들을 격퇴하였다. 그러나 두 번의 격돌로 인한 피로는 누적되고 있었다.

지민군이 진지로 되돌아와 재정비를 할 시간도 주지 않고 적들이 또 밀려왔다. 기나긴 휴식을 취한 적들과 이제 지쳐가는 지민군과의 세 번째 격돌이었다.

보골타는 고개를 설레설레 저었다.

'저들은 어찌 저리도 결사적이고, 어찌 저리도 용감한가, 어찌 저렇게 강인한가?'

하양족과 수차례 싸워온 노련한 보골타였지만 저렇게 규기가 엄정하고 강한 하양족 군대를 상대해 본 적은 없었다.

기껏 삼열 횡대로 늘어서는 기본을 무시한 전술이었다. 그러나 그 삼열은 철벽과도 같았다. 전혀 돌파되지도, 전열이 흐트러지지도 않았다. 장창과 단창의 기묘한 조화가 그들의 힘을 두 배, 세 배로 증폭시켰다. 보골타는 의문일 수밖에 없었다. 그는 지민의 '교훈'을 모르고 있었으니 말이다.

보골타는 천천히 언덕에서 내려왔다. 그리고 자신의 기마대 앞에 섰다. 어쨌거나 적은 극도로 지친 상황이었다. 설사 돌파는 못하더라도 최소한 일정 시간의 고착 상태를 자신의 보병들이 만들어줄 것이다. 그 고착 상태 동안 보골타의 기병은 좁은 협곡을 빠져나와 좌우로 펼쳐서 적의 측면을 공격할 것이다. 이른바 황인 대장군의 장기, 예전에 평철이 솔연의 태세라 칭한 양익의 기마를 통한 포위 작전을 시행하려는 것이다.

"군사들이여, 이제 승리가 가까웠다. 저기 넓은 벌판이 있고, 그곳에 승리가 있다. 가자."

그다지 넓은 벌판은 아니었지만 보골타의 기병들에게는 이제 넓은 벌판으로 보였다. 그리고 그곳에 승리가 있다고 믿게 되었다.

사열 종대로 정오를 맞춘 보골타의 기병대가 서서히 진군을 시작했다. 그것은 대 진룡벌판을 누비던 이리군의 자랑이요, 기백이었다.

우르르 흙먼지가 일었다.

평철이 협곡을 빠져나오는 흙먼지를 보았다. 그리고 직감했다. 마지막 결전이 임박했음을.

"가서 장군님께 일러라. 더는 전진하지 말고 무슨 일이 있더라도 버티어야 한다고. 드디어 때가 왔다고 전하거라."

"예, 모쪼록 버텨달라고 전하겠습니다."

낙도가 비장한 어조로 대답하고 전선으로 달려갔다.

"장군님!"

지민은 덮쳐 오는 이리군을 도끼로 내리찍고, 발로 걷어내고는 바닥에 떨어진 장창을 하나 주워 들고는 자신을 부른 쪽으로 시선을 돌렸다.

"오, 낙도."

"때가 왔습니다."

"그래, 적들의 기병이 드디어 오는가?"

"예, 부디 버텨주시기를……."

"그래, 버텨야겠지."

이것이 평철이 가장 위험힌 중앙군의 선두 중앙에 지민을 배치한 까닭이었다. 중앙이 버티어내지 못한다면 만사가 그대로 수포로 돌아갔다.

좁은 협곡을 빠져나온 부곰타의 기마대는 앞으로 전진함에 따라 대오를 점차 종대에서 횡대 대형으로 바꾸며 양 간래로 갈라졌다. 그 질서 정연함이 그들의 훈련이 얼마나 잘되었는가를 웅변해 주고 있었다.

양 갈래로 갈라진 기마병은 점차 속도를 더해서 지민군의 양쪽 측면으로 갈라져 들어갔다.

그때 언덕 위의 평철이 파란 기와 노란 기를 흔들었다. 그 모습을 협곡 앞 벌판의 양쪽 구석에 대기하고 있던 현택돈과 천정벽이 보았다.

"승마!"

천정벽이 외치고 그에 따라 천정벽의 삼백 명의 기병이 일제히 말에 올랐다.

"돌격!"

"일휘국에 영광을……!"

천정벽이 기개가 넘치는 목소리로 또박또박 외쳤다.

"일휘국에 영광을!"

병사들도 한목소리로 복창했다. 그리고 우두두 종대 대형의 기마가 달려나갔다. 천정벽이 맡아야 할 적은 세계 최강의 기병대 이리군의 오백 기, 자신은 삼백 기였다. 하지만 절대로 버티어야 했다. 평철의 주문은 승리를 하라는 것도 아니었다. 그냥 버티라는 것이었다.

지친 중앙의 보병들의 전열이 무너지기 시작했다. 그러나 지민과 그녀의 기사단은 악착같이 버티었다. 그리고 무한의 성 주민군들도 그들의 영주의 곁을 떠나가지 않았다. 중앙의 보병이 일대로 얽혀서 고착 상태가 되었다. 이렇게 되면 장창과 단창의 조합도 삼열 횡대도 없었다. 일대 혼전이 되었다. 지민은 아수라와 같이 외치며 싸웠다.

"물러나지 마라! 나를 믿어라!"

이미 믿고 말고가 아니었다. 그녀의 기사단도, 무한의 성주민들도 그들의 장군과 영주를 위해서라면 이미 목숨을 버릴 각오가 되어 있는 터였다.

지민의 좌군, 즉 현택돈의 흑초방 무리들이 조용히 이리군의 우군 기병대에 스며들었다. 이리하여 좌군, 중앙군, 우군의 삼군이 일제히 전투에 들어갔다. 전황은 말할 것도 없이 지민군의 열세였다. 그러나 핑절은 '아직은 때가 아니나'라고 혼잣말로 이를 갈며 두 개의 예비대를 아직도 움직이지 않고 있었다.

삼군 중 가장 형편이 좋은 쪽은 흑초방의 이십칠 명의 고수들이었다. 오히려 말에 의해서 행동을 제약받고 서로 간의 거리가 멀리 떨어진 기마병들이 무림고수들에게는 상대하기 수월했다. 그들은 이리 뛰고 저리 미끄러지며 말과 기병들을 베어 넘기고, 목을 베었다. 이리군의 우군 기병은 동에 번쩍, 서에 번쩍 하는 무림의 고수들에게 당황하였다. 겨우 스물일곱 명이었다.

오백의 기마가 달려서 돌파할 것도 짓밟고 지나갈 적의 진형도 없었다. 목표를 잃은 이리군의 기마가 여기저기 짚단처럼 쓰러지며 우왕좌왕하였다. 전열이 붕괴된 이리군의 우군은 얼마 지나지 않아서 제 기능을 상실하였다.

"장군님, 도대체 어느 하늘에서 뚝 떨어지셨소?"

언덕 위에서 전세를 관망하던 평철은 자기도 모르게 감탄사를 내뱉었다. 지민의 중앙군이 놀랍게도 전열을 재정비해 내었다.

지민의 이백 중보병이 힘이 다했는지 서서히 밀리고 있었던 것이 조금 전이었다. 그러나 어느새 다시 삼열 횡대로 진형이 정비되었고, 더 이상 물러나지 않고 고착 상태를 만들어 냈다. 체력이 먼저 떨어진 것은 지민군이었으나 언덕을 달려 올라온 적들도 오랜 시간의 전투에 힘을 소진하였다. 이리군도 그만큼 필사적이었던 것이다.

체력이 한계에 달하자 정신력의 싸움이 되었다. 정신력과 전의에서만큼은 지민군이 최고라고 자부할 수 있었다. 어쨌거나 흐트러진 전열을 육박전 중의 장수가 다시 재정비한 사례는 이제까지 없었다. 정말 대단한 군주에 열성적인 신하들이라 아니 할 수 없었다. 이로써 승리의 밑바탕이 마련된 것이다.

가장 먼저 무너진 쪽은 평철의 예상대로 이리군의 우군 기마대였다. 그들은 무림고수들의 상대가 아니었다. 비록 숫자에서는 압도적이었지만 아수라와 같이 길길이 날뛰는 흑초방의 고수들은 그야말로 공포였다. 공포와 두려움에 전의를 상실한 이리군의 우군 기마대가 패주하기 시작했다.

가장 염려했던 우군의 천정벽 기마대도 잘 버티고 있었다. 숫자적으로도 삼백 대 오백의 열세였고, 이리군의 기마대의 전투력에 비할 바도 아니었다. 그러나 지민군의 결사항전 분위기가 전염병처럼 일휘국의 기마병들에게 전염되었고, 결정적으로 우군이었다. 오른손잡이가 대부분인 구성의 특성상 대체로 전선은 시계 방향으로 기울어지기 마련이었다. 그런 이점으로 일휘국의 기마대도 비교적 선전을 해주고 있는 것이다.

마침내 이리군의 우군을 놀파한 흑조방의 누리늘이 석의 배후에서 전열을 재정비하고 천정벽이 있는 이리군의 좌군의 배후를 급습하였다.

평철은 그 즉시 기다리고 기다리던 요철상과 구패의 좌측 예비대에게 흑초방이 빠진 자리를 대신하도록 지시하였다. 기다림에 지친 북벽의 깡패들이 아귀처럼 이리군 보병의 좌측방을 강타하였다.

흑초방의 고수들에게 등 뒤를 급습당한 이리군 좌군의 전열이 급격하게 붕괴되었다.

평철은 때를 놓치지 않고 마지막 예비대인 양양의 용병단 직할대를 투입하여 뒤로 물러난 이리군 좌군의 자리를 차지하게 하였다.

마침내 뒤로 물러난 중앙군과 앞으로 전진한 천정벽의 기

마병, 그리고 빈 곳을 대체한 예비대로 인해서 반원의 포위망
이 형성되었다. 이윽고 이리군의 좌측 기마병을 돌파한 천정
벽의 기마병이 중앙 보병의 뒤쪽으로 우회하여 완벽한 포위
망이 형성되었다.

보골타에 의해서 세 개의 부대로 분리된 이 개의 보병 부대
가 뒤에 대기하고 있었으나 투입되지 않고 있었다. 전투의 와
중에 석대곤의 구절편에 보골타가 전사를 했던 것이다.

해가 뉘엿뉘엿 기울어갈 무렵, 전투도 마무리되었다. 칠백
명의 병력으로 삼천 명의 대군을 포위하여 철저히 붕괴시킨
완벽한 포위 섬멸전이었다.

七. 종횡무진 그리고 전멸

홍성진에 사령부를 설치하고 있던 일휘국왕 배웅에게 천정벽이 급파한 전령이 당도한 것은 혈완계의 삼천 결사대가 도멸강의 동쪽 하류를 건넌 지 딱 한 시간 후였다. 전령이 한나절 늦게 출발했으니 그가 얼마나 열심히 달려왔는지는 충분히 설명이 되었다.

"전하, 이리군의 삼천 기병이 이틀 전, 전속력으로 동쪽을 우회하여 남쪽으로 향했다는 급전이옵니다."

"동쪽이라… 하류 쪽에 배치된 병력은 있는가?"

"그것이……."

배웅은 괜한 질문을 했다고 생각했다. 완전히 허를 찔린 것이다.

"병부대신은 그것이 무슨 뜻인 줄 아는가?"

"예, 아마도 황인군이 파죽지세로 내려왔다면 지금쯤 그들이 결사대로서 우리의 배후를 치고 왔겠지요."

지민군의 선전분투는 이미 일휘국의 병부대신 양중표도 알고 있었다. 배웅은 지민에게 커다란 신세를 진 셈이었다.

"하면 이제는 어찌할 것 같은가?"

"그 결사대의 지휘관이 현명해서 상황 파악이 제대로 되었다면 하지성으로 향하겠지요."

일리가 있는 말이었다. 팔 년 전의 이리족의 작은 부족인 동남부의 황만족이 극심한 흉작으로 무량산 넘었을 때가 겨우 오천 병력이었다. 그때 하양반도의 북서부 거의 전역이 파죽지세로 황폐화된 적이 있었다. 물론 이번에는 사정이 다르다. 배웅도 충분히 준비를 했고 비록 자신은 홍성진에 나와 있으나 그들의 수도인 하지성의 길목을 그대로 버려두지는 않았다. 결사대가 단독으로 하지성까지 가려면 그 길목에 세 개의 요새를 돌파해야만 했다.

"평고성에는 현재 배교가 있지?"

"예, 그렇습니다."

배교는 배웅의 셋째 동생으로 이제 서른이 갓 넘은 성실한 장수였다. 배웅은 그에게 병력 이천을 주어 평고성을 수비하게 했다. 평고성은 홍성진에서 불과 오 일 거리였고, 하지성에서는 열흘 길이었다.

"당장 배교에게 급전을 날려라."

다행히도 홍성진과 평고성 사이에는 잘 길들여진 비둘기가 있었다. 전서구로 소식을 전한다면 반나절이었다. 아직 늦지 않았다.

"즉시 청량군을 보내 그들의 뒤를 추적하게 하라."

"예? 청량군 전체를 말입니까?"

"승부다. 즉시 시행하라."

"예, 그럼 그렇게 하겠나이다."

청량군이라면 기마가 주종을 이루는 일휘국의 주 전력으로 전체 병력의 절반에 해당하는 일만의 규모를 자랑하였다. 그들을 보낸다면 이제 몰려올 황인군과의 도멸강을 사이에 둔 결전에 무리가 따랐다. 그러나 배웅은 지민을 믿고 승부를 걸었다. 일단은 후방의 생쥐들을 소탕하는 것이 치세의 우선이라는 신념에 의한 결단이었다.

전서구는 무사히 도착하였고 배교는 이천 병력을 이끌고 동막분지로 나섰다. 황인의 결사대가 평고성을 무시하고 그냥 지나칠 것을 염려하여 그 길목을 막을 심산이었다. 홍성진의 배웅이 청량군을 급파하였으니 단단하게 방어를 하며 시간만 끌면 된다고 생각했다.

청량군의 선발대가 쉬지 않고 말을 몰아 마침내 평고성의 경계에 들어섰을 때, 선발대장 봉지명은 배교의 패배를 알리는 전령과 마주쳤다.

"아뿔사! 성을 버리고 나와서 야전을 하다니, 그것도 분지에서… 어찌 보병으로 적의 정예 기마대를 당할쏘냐?"

선발대장 봉지명은 더욱 부하들을 독려하여 속력을 더하였다. 그리고 마침내 평중성의 인근에서 혈완계의 결사대와 마주치게 되었다. 평중성의 태수 고지선은 현명하게도 성 밖으로 나오지 않고 성안에서 농성 중이었다. 그에게는 고작 오백의 수비군만이 있었다. 봉지명은 즉각 전령을 급파하여 고지선에게 적의 진로를 차단하고 합공을 하라고 지시하였다. 공교롭게도 지형상 혈완계의 결사대는 독 안에 든 쥐 신세였다. 식량의 부족 분은 평고성에서 현지 조달하였으나 화살과 창은 부족하였고, 평고성을 점령하기까지 결사대는 이틀이나 꼬박 굶어야 했다.

혈완계는 황인이 애지중지하는 신예 장수였다. 굶주리고 피로에 지친 삼천 병사를 독려하여 눈부신 선전을 벌였다. 봉지명의 선발대를 거의 붕괴 직전까지 몰고 갔다. 그러나 때마침 청량군의 본대가 도착하였고, 굶주리고 지친 병사와 말만으로는 일만의 사기충천한 병력에는 중과부적, 최후의 일인까지 결사항전하여 결국 전멸하고 말았다.

남쪽으로 도멸강을 향해서 길을 재촉하던 황인군이 보골

타의 패전 소식을 접한 것은 구월 사일 오전, 그날 점심도 먹기 전에 황인은 설상가상의 소식을 듣게 되었다.

"완계가… 완계가……."

"네, 용전분투하여 평고성을 점령하였고, 그로부터 사흘 후 평중성을 거의 손에 넣을 듯했으나 배웅의 일만 군대가 그때 들이닥쳐서 중과부적으로… 최후의 일인까지 결사항전하여 결국 전멸하였다 하옵니다."

산과 같던 사내 황인이 끝내 눈물을 보였다. 운명을 같이하자고 맹세한 중신 보골타를 잃었고, 같은 날 자신의 후계자라고 믿었던 혈완계까지 다시 만날 수 없게 되었다.

황인의 삼만 병력, 최초 사만 팔천이 모였으나 병참 수송의 문제가 발생하자 수송로의 안정을 위해서 일만을 남겨두었고, 첫 번째 전투에서 어이없게도 수공을 당하여 병사 천삼백을 잃고, 황산의 전투에서 보골타가 대패하며 다시 삼천의 병력을 잃었다. 그리고 혈완계를 위시한 삼천이 전멸하여 최초 사만 팔천의 병력이 죽도록 맞아도 간지러울 것만 같던 고작 칠백의 지민군 때문에 이제 삼만여 명이 되었다. 게다가 신출귀몰한 교란 작전으로 황인의 군량미를 적과 만나기도 전에 모두 합쳐서 삼분의 일을 잃게 하였고, 겨우 사흘 길을 한 달 보름이 지나도록 지나지 못하게 하였다.

이제 남은 군량은 겨우 열흘 치였고, 화살도 줄고 줄어서 이제 겨우 한 번의 격전을 치르고 나면 남은 화살이 있을까 걱정이었다.

“돌아가야 합니다, 대장군. 이제 도멸강을 단숨에 도하하지 못한다면 황산의 무뢰배들에게 뒷길이 막힙니다. 그때 가서 길을 돌린다면 우리 병사들은 무량산도 넘기 전에 모두 굶어 죽고 말 것입니다.”

부장들이 황인의 고집을 뜯어말렸다. 물론 최후의 도박이 남아 있었다.

“홍성진만 함락시킬 수 있다면⋯⋯.”

그러나 부질없는 꿈임을 황인도 알고 있었다. 배웅은 강을 경계로 방어전을 펼칠 것이 명백했다. 자칫하면 삼만의 병사가 몽땅 굶어 죽을 수도 있었다. 그것은 이제 막 국가의 기반을 다지고 있는 이리족에게는 겨우 이룩한 통치권의 상실을 의미했다.

황인은 눈물을 머금고 발길을 돌렸다. 그러나 보골타와 혈완계의 복수를 잊은 것은 아니었다. 돌아가는 길에 황산 무한의 성을 짓밟아 버리기로 했다. 아주 철저히 흔적도 남지 않도록.

八. 무한의 용병왕

　이즈음 호파수 주변의 세계의 이목이 이곳 황산에 집중해 있었다. 일휘국의 전서구가 날마다 새말의 녹부로 날아오고 있었고 그것은 진룡벌판의 하늘터에도, 멀리 이별반도의 파고인들에게도, 하양반도 남쪽의 국가들에게도 마찬가지였다. 그 무렵 새말의 양양도 마침내 마지막 결전이 도래했음을 소문을 들어서 알고 있었다.

　양양은 밤하늘의 별을 물끄러미 바라보며 생각했다.

　"지금쯤 황인군이 무한의 성에 당도했겠지."

　새벽바람이 차가웠다. 아들을 군에 보낸 여염집 어머니처럼 매일 새벽 정화수를 떠놓고 천지신명께 치성을 드리고 있는 양양이었다.

구월 오일 그 새벽, 양양이 새벽 별을 바라볼 무렵, 황인의 삼만 대군이 막 황산 자락에 도착하였다.

"그런 것인가? 이것이 그들의 성인가?"

다시 하루를 행군하여 황산에 도착한 황인이 무한의 성을 바라보며 말했다. 평이한 어조였지만 왠지 그의 탄식같이 들렸다.

"성이 아니라 요새로군요. 이건……."

총 인구가 천 명이 안 되는 마을에 웬 성이냐 했더니 그냥 협곡을 막아놓은 요새였다. 이것은 황인군으로서는 오히려 곤란했다. '그 작은 마을에 성은 무슨 성?' 하고 코웃음치고 왔다. 삼만으로 사방에서 일거에 몰아붙이면 성벽도 남아나지 않을 거라고 미리 짐작했다. 그러나 그것은 철저한 오산이었다.

한 면만 방어하면 되는 요새였다. 게다가 성벽은 대도시를 방불케 했고, 망루며, 첨탑으로 보아서는 방어 시설도 제법 갖추어놓은 것 같았다. 게다가 해자도 대군을 예상했다는 듯이 지나치게 깊고 넓었다. 황인 이하 제장들은 '끙' 하고 깊은 한숨을 쉴 수밖에 없었다.

"일단 한 번 부딪쳐 보지."

황인이 그렇게 말했고 병력을 총 사 개 조로 재편성하였다.

이십사 시간 삼교대로 하나의 조는 휴식을 취한다. 이십사 시간을 쉴 새 없이 몰아치면 그것을 방어해 낼 만한 성은 작금의 호파수 세계에 존재하는 성 중에는 하나도 없었다. 그러나 성안에서 기다리는 평철은 그렇지 않았다.

땡땡땡!
급박한 타종과 함께 망루의 초병이 깃발을 수선스럽게 흔들었다. 깃발을 보지 않아도 모두가 알 수 있었다. 보나마나 황인군의 대군세가 노도처럼 밀려오고 있는 것이다.
"혼나."
주하가 떨리는 목소리로 말했다.
"와, 저게 모두 몇 명이야?"
종두가 감탄을 하며 말했다.
넓은 성문 앞 벌판을 바닥이 안 보이게 가득 메울 줄은 주하도 종두도 상상치 못했다. 주하와 종두는 활시위를 팽팽하게 당겼다. 그때 뒤통수에 불이 났다.
"왜 때려요?"
"인마, 벌써 그렇게 당기고 있으면 팔이 퍽도 견디겠다. 잘못하다간 니네 발등에 화살이 박힌다아."
덩치가 산만 한 그들의 조장 규정계였다.
"얼른 활 못 풀어?"
규정계가 으르렁거렸고 주하와 종두는 그만 찔끔해서 활

을 풀었다.

"조금 더 기다려. 저 짐승 같은 놈들 눈 색깔이 무슨 색인지 확인해 보고 활시위를 당겨도 늦지 않아."

규정계가 친절하게 설명하고 성벽의 다른 곳을 순찰하러 갔다. 주하와 종두는 이제 열넷이었다. 열넷이면 어엿한 사내 대장부였다, 적어도 이 마을에서는. 갓난쟁이와 다 죽어가는 노인을 제외하고는 열외없었다. 모두가 싸워야 했다. 이제 더 이상 돌아갈 곳은 없었다.

이리군은 천년만년은 자랐을 듯한 거대한 통나무에 바퀴를 달아서 성문으로 끌고 왔다. 앞부분을 송곳처럼 뾰족하게 깎아놓은 것을 보니 그것으로 성문을 파괴할 모양이었다. 어서어서 성문을 부숴달라고 가만히 지켜보고 있을 무한의 성 주민들이 아니었다. 지난 석 달 동안 군사 평철과 함께 반복해서 깎고 쌓으며 준비를 해왔다. 군사 평철은 말했었다.

"진인사대천명! 이제 다 준비되었습니다. 우리는 십만 병사가 쳐들어와도 석 달은 능히 농성을 할 수 있도록 준비하였습니다. 이리족 놈들을 맞이합시다."

"식량은 일 년치나 있는뎁쇼?"

"걱정 마십시오. 그럼 일 년을 버티겠습니다. 우리의 성이 무한의 성이 아니라 무한의 농성이 되도록."

주민 하나가 묻자 평철이 자신있게 대답했었다. 그날 마을 주민과 평철은 오래간만에 환하게 웃었었다.

그런 평철의 장담대로 무한의 성은 개미 떼처럼 끝도 없이 밀려오는 이리군을 끊임없이 막아내었다. 성문을 파괴하러 송곳 같은 통나무가 굴러오면 끓는 기름, 끓는 물, 쇠공, 불화살, 돌덩이를 무한정 굴려주었고, 그도 안 되면 지민과 흑초방의 무사들이 성벽을 타고 내려가서 처리하였다. 어쩐 일인지 흑초방의 무사들은 맨손맨발로 성벽을 타고 내리고 타고 오르기를 마치 제집 계단 왕래하듯 하였다. 그것은 거미와도 같았다. 아니, 거미보다도 빨랐다.

"야아, 주하야. 눈이 보인다. 눈 색깔이 이상해."

종두가 겁에 질려 물었다.

"인마, 그러니까 색목인이지."

주하가 자신도 겁이 더럭 났지만 그것을 숨기고 당당하게 대답했다.

"이제 쏴도 되는 거지?"

"응."

주하도 화살을 쏘고, 종두도 화살을 쏘았다. 사다리를 오르던 색목인들이 처절한 비명과 함께 속절없이 성벽 아래로 떨어졌다.

"죽었을까?"

"당연하지. 이게 높이가 얼만데……."

종두가 어두운 얼굴로 물었고 주하가 슬픈 얼굴로 대답했다. 종두와 주하는 양쪽 모두 이제 열네 살이었다. 색목인에게 당당하게 활은 쏘았지만 그래도 아직 열네 살밖에는 되지 않았다. 이 마을에서 그것은 당연한 일이었다.

공격은 이십사 시간 잠시도 쉴 사이 없이 치열하게 계속되었고, 다음날까지 잠시도 쉴 틈 없이 계속되었다. 그러나 무한의 성은 꿋꿋하게 버티어내고 있었다. 오히려 지쳐 가는 것은 충분히 휴식을 취한 이리군이었다. 희생이 너무 컸다. 죽음의 공포가 전군에 만연하였다.

"대장군님, 이대로는 안 되겠습니다. 사상자가 너무 많습니다."

"조금만 더 몰아붙여 보자. 오늘이면 사흘이다. 저놈들은 사흘 동안 한숨도 자지 못했다. 이제는 한계가 올 것이다."

황인이 그렇게 독려했지만 어쩐지 확신이 서지 않은 말투였다. 도대체 알 수 없는 노릇이었다. 저렇게 죽음도 두려워하지 않고 아기를 지키려는 어미처럼 지독하게 버티는 놈들은 본 적이 없었다.

"대장군께서도 아시지 않습니까? 이제 화살도 다 떨어져 가려니와 지금 식량으로는 이틀이 한계입니다. 이래서는 무량산도 못 넘고 다 굶어 죽을 겁니다."

그때 차이록이 색다른 제안을 했다.

"그러나 부교에 쓸 목재는 아직 많이 남았습니다."

그랬다. 도멸강을 도하할 부교를 만들 목재를 써보지도 못하고 회군해 버렸다.

"그래서?"

"목책을 세우면 어떻겠습니까?"

황인은 정신이 번쩍 들었다. 전통적으로 이리족의 부교 기술은 마지막 조각을 수직으로 건설하였다. 그것은 피안의 적들에 의한 화살 공격으로부터 공병대를 보호하기 위한 비책이었는데 목책도 그와 같은 방법으로 건립할 수 있을 것도 같았다.

"공병대장을 불러들이라."

황인이 공병대장을 불러서 물었고 공병대장은 자신있다고 대답하였다.

목책을 쌓는 것이다. 성벽보다 높은 목책을, 그리고 목책을 쓰러뜨려서 성벽에 걸치면 대형 사다리가 되었다. 성벽은 목책에 의한 대형 사다리로 무의미해지는 것이었다.

"오늘 밤이 마지막이다. 맹공을 펼치도록 제장들은 수하들을 독려하라."

그날 밤, 이리군은 전에 없는 치열한 공격을 퍼부었다. 주여도, 죽여도 악착같이 성벽을 기어올라 왔다. 격렬한 공방전이었다. 그 정신없는 와중에 이리군의 공병대는 밤을 새워서 목책을 세우고 있었다.

"오늘 밤은 이상하군요."

평철이 갸웃거렸다.

"뭐가 말인가?"

"너무 무모한 공격입니다. 이건 이리군을 쓸데없이 희생시키는 것이나 다름없어요. 이상하군요."

"뭐어, 우리한테 유리한 것이 아닌가?"

"그게… 황인은 지민 장군님만큼이나 수하를 사랑하는 장수라 들었습니다. 이렇게 단순하고 희생이 많은 공성을 고집할 정도로 녹록한 장수도 아니구요."

향금은 이제 열세 살이 되었다. 무한의 성에는 작년에 이주해 왔다. 남부의 탐관오리의 착취를 견디다 못한 그녀의 아버지는 일생일대의 도박을 했다. 그리고 적어도 향금의 입장에서는 아버지의 도박을 성공이라고 생각했다. 그것도 대성공이라고.

향금은 이 산골 마을에는 어울리지 않게 희여멀건했고, 속눈썹이 유난히 길었다. 특히나 그녀의 양 볼은 복숭아처럼 탐스러웠다. 그래서 그녀는 장군님을 시중들게 되었다.

영광스러운 일이었다. 그런데 그녀는 할 일이 없었다. 왜냐하면 지민 장군님은 언제나 성벽에 있었다. 밤에도 잠을 자지 않고 식사도 활을 쏘거나 거친 이리족 색목인이 타고 올라오는 사다리를 밀어뜨리며 그냥 성벽에서 드셨다.

뭐어, 장군님만 그런 것은 아니었으니 딱히 속상할 것도 없

다. 성안의 사람이면 누구나 그랬다. 참다못해 향금이도 성벽
으로 나갔다.

할 일은 많았다. 뒷집 덕칠이네 아줌마는 밥을 지었고 을금
이네 어머니는 행주치마로 돌을 날랐다. 마을 여자들 중에서
도 가장 나이가 많다는 석순이 할머니도 커다란 가마솥에 기
름을 끓이고 있었다. 향금이가 외성에 나와도 아무도 반겨주
지 않았다. 아마도 쳐다볼 여가도 없는 것 같았다. 향금이도
팔을 걷어붙이고 나섰다.

덕칠이 아줌마의 앞에는 산더미처럼 주먹밥이 쌓여 있었
다. 성벽의 병사들이 식사를 해야 했지만 그것을 나를 손이
부족했던 모양이다.

향금은 앞치마를 벌려 주먹밥을 가득 담고서는 물었다.

"아줌마, 이거 어디?"

"오, 향금이로구나. 잘 왔다. 어디 보자. 저기까지는 아까
나누어 주었으니 저기부터 저기까지 쭈욱 돌려라."

향금이는 주먹밥이 든 치마를 부여잡고 성벽의 계단으로
향했다. 가는 길에 계단 한편에 돌중이 아버지가 비스듬히 누
워 있었다.

반가운 마음에 불러보았다.

"아저씨."

"어, 향금… 향금이로구나."

언제나 또박또박 정확하게 말하던 아저씨의 말투가 이상

했다.

"아저씨, 괜찮으세요?"

"어, 나는 괜찮아. 어여 가봐라. 싸우는 사람들 배가 많이 고플 거야."

"예, 그럼 갔다가 다시 올게요."

"오긴 뭘 와. 난 괜찮데두. 할 일 없으면 물차에 끓는 물이라도 실어서 날라라."

아저씨가 역정을 냈다. 그러나 향금이는 꾹 참고 고분고분 대답했다.

"예."

아저씨는 자꾸만 괜찮다고 하며 향금이에게 어서 가라고 손짓을 했다. 아저씨의 눈이 퀭하니 풀려 있었다.

향금이는 돌아서 계단을 오르며 말없이 눈물을 흘렸다.

'괜찮긴 뭐가 괜찮아, 팔에서 피가 멈추지도 않는데…….'

돌중이네 아저씨는 오른팔이 없었다. 어제 그제만 해도 마을 뒷산에서 두 팔로 괭이를 움켜쥐고 열심히 열심히 괭이질을 하던 아저씨였다. 분명히 그때는 두 팔이었다.

향금이는 이를 악물고 눈물을 훔쳤다. 그리고 더 이상 울지 않았다. 울게 되면 눈앞이 뿌예져서 계단이 잘 보이지를 않는다. 안 보이는 것은 상관없지만 그래서는 빨리빨리 주먹밥을 나를 수 없었다. 그것만은 정말 싫었다. 향금이는 부지런히 부지런히 움직여서 주먹밥을 병사들에게 배급하였다. 울고 있을 시간 따위는, 슬퍼할 시간 따위는 없었다.

"주하야."

"어, 향금아."

험악하게 인상을 쓰고 있던 주하의 얼굴이 언제 그랬냐는 듯 환하게 펴졌다.

"괜찮아?"

"응, 끄떡없어."

주하는 피범벅이었다. 그러나 주하는 보란 듯이 허리를 폈다. 자세히 살펴보니 어디 다친 데는 없는 것 같았다. 향금이는 은밀하게 안도의 한숨을 내쉬었다.

"이거 먹어."

"어."

주하의 눈길은 어느새 성벽 너머를 바라보고 있었다. 그리고 향금이가 내미는 주먹밥을 보는 둥 마는 둥 받아 들어서는 그대로 시선을 고정한 채 베어 물었다.

"천천히 먹어."

주하가 대답하려고 입을 벌렸다. 그러나 대답은 끝내 나오지 않았다.

쉬웅!

귀청을 찢을 듯한 바람을 가르는 파공음과 함께 주하는 그대로 굳어버렸다. 향금이가 보니 주하의 목에는 화살이 꽂혀 있었다. 화살은 주하의 목줄기를 뚫고 목뒤로 손가락만큼이나 튀어나와 있었다. 그래도 즉사였다.

주하는 이제 열네 살짜리 다 자라지도 않은 소년이었다. 주하네 집은 바로 향금이네 옆집이었다. 처음 이주해 왔을 때 주하네 아버지가 향금이네 집을 어지간히도 도와주었다. 지난 겨울 동안 양식을 나누어 주고 향금이네 개간일도 언제나 같이 해주었다. 향금이네가 개간해 낸 밭에서 첫 수확물이 나올 때까지 쭈욱 언제나 그러했다.

언젠가 향금이가 아버지와 주하네 아버지가 개간하는 돌밭에 새참을 들고 나간 적이 있었다. 그때 같이 일을 도와주던 주하가 말했었다.

"이 감자 누가 쪘어?"

"응? 내가. 왜, 맛이 없어?"

"아니, 맛있어. 너무 맛있어."

향금이가 보기에도 주하는 만날 먹는 감자가 물리지도 않는지 그날따라 유난히도 맛있게 먹는 것 같았다. 그래서 기쁜 마음에 향금이가 또 말했다.

"그래? 그렇게 맛있어? 내가 또 쪄다 줄게."

"진짜지?"

"응."

"내일도?"

"응."

"모레도?"

“응.”

“내가 죽는 날까지?”

“피이—”

“내 소원인데두?”

주하는 마음속에 깊숙이 간직해 두었던 소원을 오늘 풀었다. 비록 감자가 아닌 주먹밥이었지만.

과과곽—!!

그때, 엄청난 소리와 함께 성벽 너머에서 무언가가 내려왔다. 엄청나게 큰 목책이었다. 저 끝에서 이 끝까지 성벽을 몽땅 덮을 정도로 엄청나게 큰 목책이었다. 향금이가 눈물 어린 눈으로 내려다보니 그 목책을 사다리로 해서 무서운 이리군들이 새카맣게 성벽으로 올라오고 있었다. 병사들이 기를 쓰고 막아보려 했지만 중과부적이었다.

황인은 망연자실 눈앞의 괴물 같은 물체가 우뚝 솟아 있는 것을 바라보았다.

“그랬던가? 성이, 또 성이 있었던가?”

무한의 성의 외성을 목책이라는 편법으로 천신만고 끝에 격파한 황인은 이제 끝났다고 생각했다. 그런데 내성이라는 또 하나의 벽에 직면했다.

“장군, 배웅이……”

황인이 부장 괴돌매의 말을 끊었다.

"안다."

황인도 알고 있었다. 마침내 배웅군이 도멸강을 건너 북진하고 있다는 전갈이 한 시간 전에 있었다. 서둘러 온다면 기병대는 사흘이면 이곳까지 주파가 가능했다. 돌아갈 길이 차단되는 것이다.

"장군, 화살이……."

"안대두!"

황인이 신경질적으로 또 말을 막았다. 화살도 동이 나고 말았음을 대장군 황인이 왜 모른단 말인가.

"식량이……."

"……."

이번에는 황인도 대답하지 않았다. 지금 당장 무량산으로 떠나도 병사들에게 하루에 두 끼씩밖에는 쌀을 배급할 수 없음을 황인도 너무도 분명히 알고 있었다.

'그라면 어떻게 했을까? 그라면 어떤 조언을 했을까?

한참을 생각에 잠겨 있던 황인은 문득 보골타가 그리워졌다. 그리고 혼잣말처럼 중얼거렸다.

"혈루화는……."

황인의 뒤에 시립해 있던 장군들은 무슨 말인지 몰라서 어리둥절했으나 항시 황인의 곁에서 시중을 들던 시동 벽해가 알아듣고 비통한 어조로 말했다.

"피었습니다. 오늘 아침 피처럼 빨갛게 활짝 피었습니다."

"그랬던가? 혈루화가 피었단 말이지?"

"예, 대장군."

시동 벽해가 참지 못하고 울음을 터뜨렸다.

다시 한참을 무한 내성의 성벽을 물끄러미 바라보던 황인이 힘없이 말했다.

"돌아가자."

황인 대장군이 눈물을 흘렸다. 한 맺힌 피눈물이었다.

무한의 성 내성 성벽 위에 지민과 그의 충성스런 수하 삼백 명이 철군하는 이리군의 군대를 바라보고 있었다.

장두태가 허망하다는 듯 말했다.

"철저히, 정말 철저히도 파괴했군요. 성도, 집도, 망루도……."

내성의 바같은 더 이상 성이 아니었다. 그야말로 이리군에 의해서 초토화가 되었다. 모두가 말을 잃었다. 그러나 마을의 건립에 가장 열성이었던 무한의 성 촌장 장두태가 오랜 침묵을 깨뜨렸다.

"다시 지어야지요. 이전보다 더욱 단단하게……."

"예, 제가 돕겠습니다."

외성 성벽 거축의 총감독관이었던 평천이 맘을 받으며 장두태의 앙상한 어깨를 쓰다듬었다.

　　사람들은 이날 이후, 지민을 일러 '무한의 용병왕' 이라 칭
했다. 무한의 영주는 그 권력으로 치자면 왕보다 더했다. 그
리고 그는 양양 용병단의 용병으로서 황산 결전에 참가하였
다.

　　그래서 무한의 용병왕이다.

『용병시대』 4권에 계속

지금 유전자가 말하는 사랑과 성의 관한 솔직 대담한 진실이 펼쳐집니다!

남편의 후광을 등에 업는 것은 까마귀와 인간뿐…

모두에게 바보 취급받던 독신 암컷이 단번에 인생대역전을 해서 서열 1위인 수컷의 아내 자리를 차지하게 될 수도 있다는 말입니다.
모든 여성이 이상형의 남자와 결혼할 수 있는 것은 아닙니다.
적당한 선에서 타협하여 적당한 사람과 결혼하지요.
하지만 솔직히 말해서 당연히 멋진 남자가 더 좋지 않겠습니까?
따라서 여성은 생각합니다.
'그럼 어떻게 하지? 유전자만이라면 가질 수 있어!'
그리하여 장기계획형이나 단기승부형과 같은 여러 가지 방법의 외도가 생겨나는 것입니다.
물론 모든 여성이 이를 실행에 옮기지는 않습니다.

하지만 기회가 있다면 어떨까요?
다른 조건과 이미 타협을 봤다면?
남편이 사소한 일은 눈치 못 채는 둔한 남자라면?
뭔가 유전자의 음모가 느껴지지 않습니까?

실패를 모르는 남자 선택법!
「내 남자친구는 왼손잡이」 법칙

어째서 여성은 왼손잡이 남성에게 마음이 끌리는 걸까요?

여기서 기억해야 할 것은 몸의 좌우와 뇌의 좌우는 원칙적으로 반대 관계라는 점입니다.
따라서 왼손잡이 남성은 우뇌가 발달했습니다.
발달했다는 사실이 왼손잡이를 통해 반영된 것입니다.

그리고 두 번째로 생각해야 할 것은 우뇌는 남성 호르몬의 일종이 테스토스테론에 의해 발달한다는 점입니다.
요약하자면 왼손잡이 남성은 우뇌가 발달했는데, 그것은 테스토스테론 수치가 높기 때문입니다.
그것은 다름 아닌 생식 능력이 높다는 것을 의미하지요.

「내 남자 친구는 왼손잡이」에 감춰진 의미는… 내 남자 친구는 생식 능력이 높아… 인 것입니다.

초등학생이 반드시 읽어야 할 좋은 책 49권

각 학년별로 초등학생이 반드시 읽어야할 좋은 책을 선정하여 통합논술의 기본이 되는 '올바른 독서법'을 일깨워 줍니다.

교과서와 함께하는
초등학교 통합논술

초등1학년 | 값 12,000원 / 초등2학년 | 값 9,500원 / 초등3학년 | 값 11,000원 / 초등4학년 | 값 9,500원 / 초등5학년 | 값 9,500원 / 초등6학년 | 값 11,000원

♣ 혼자 할 수 있어요.

엄마가 책 읽는 방법을 가르쳐 주어도 좋아요.
독서지도하는 선생님이 가르쳐 주어도 좋답니다.
"초등 교과서와 함께하는 **통합논술 시리즈**"는
아이 스스로 독서할 수 있도록 꾸며진 책이에요.
엄마와 선생님은 요령만 가르쳐 주시면 된답니다.

♣ 교과서의 중요한 내용이 총정리되어 있어요.

각 학년별로 중요한 교과 내용이 함께 수록되어 있어요.
초등학생은 교과서 내용을 충실하게 공부해야합니다.
아울러 그와 병행한 독서가 대단히 중요하지요.
"초등 교과서와 함께하는 **통합논술 시리즈**"는
두가지 방법 모두 알려준답니다.

♣ 이 책은 훌륭하신 선생님들이 함께 쓰신 책이랍니다.

동화작가 선생님들이 쓰셨어요. 소설가 선생님도 쓰셨답니다.
국어 논술독서지도 선생님들도 함께 쓰셨지요.
"초등 교과서와 함께하는 **통합논술 시리즈**"는
엄마의 마음으로 모든 선생님들이 함께 꾸민 책이랍니다.

입소문을 통해 아는 분은 다 알고 계십니다!
올 한해 공인중개사 최고의 화제작!

1~2권 합본 | 이웅훈 지음
3~4권 합본 | 이웅훈 지음
5~6권 합본 | 이웅훈 지음
용어해설 | 이웅훈 지음

수험생 기본 필독서
만화 공인중개사

제목 : 만화공인중개사 쓰신 분에게 감사드립니다.

학원을 두 달 다녔어요. 근데 과연 그 숫자 외우기 그런 게 몇 문제나 나올까 생각을 했어요.
아니라는 생각이 드네요. 학원강의를 뒤로하고 서점을 갔어요. 내 머리에가장 이해될수 있는
책이 없나 하구요. 거기서 만화를 발견했어요. 무조건 세 번 봤어요. 3개월 걸렸어요. 문제집을 보라고
했는데 그건 시행을 못했어요. 근데 합격을 했네요.
어떻게 감사의 말을 해야 될지……
도서관에서 만화책 들고 다니니까 사람들이 비웃더라구요. 만화책으로 공인중개사를 공부한다고
미친 사람처럼 보더라구요. 근데 그거 다 감수하고 했던 내가 자랑스럽습니다.
어떻게 감사이 맘을 체야 할지   정말 감사립니다.
부디 행복하세요. 제 나이 41살에 좋은 스승을 만난 것 같습니다.
엎드려 감사드립니다.

—본사 홈페이지에 독자분이 올린 메일 中 에서 발췌—